KB274040

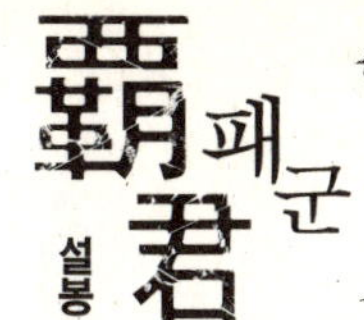

覇君 패군

설봉 新무협 판타지 소설

FANTASTIC ORIENTAL HEROES

패군 13

설봉 新무협 판타지 소설

초판 1쇄 찍은 날 § 2010년 8월 31일
초판 1쇄 펴낸 날 § 2010년 9월 7일

지은이 § 설봉
펴낸이 § 서경석

편집팀장 § 서지현
편집 § 주소영 · 박우진

펴낸곳 § 도서출판 청어람
등록번호 § 제1081-1-89호
등록일자 § 1999. 5. 31
어람번호 § 제2-1972호

주소 § 경기도 부천시 원미구 심곡2동 163-2 서경B/D 3F (우) 420-822
전화 § 032-656-4452 팩스 § 032-656-4453
http://www.chungeoram.com
E-mail § chungeoram@chungeoram.com

ⓒ 설봉, 2009

ISBN 978-89-251-2281-6 04810
ISBN 978-89-251-1840-6 (세트)

설봉 新무협 판타지 소설

覇春
패군

13

타수세(打手勢)

청어람

目次

第八十五章
수습(收拾)

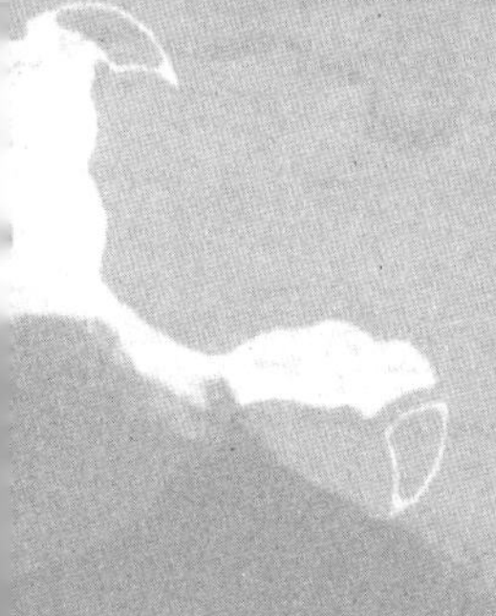

미행이 붙었다.

북지단에서 붙인 미행은 아니다. 미행자는 상당한 고수, 그조차도 간신히 눈치챌 정도로 뛰어난 자다.

파아아아앗!

그의 존재를 받아들이기 위해 각성을 열었다.

그가 누구인지, 어느 정도의 고수인지 짐작하고 싶었다.

각성은 이럴 때 아주 유용하다. 진기로 쏘아내면 뛰어난 고수일 경우, 백중백 눈치챈다. 이질적인 기운을 발견해 내는 것은 살기를 느끼는 것과 다를 바 없다.

하나 각성은 눈치채지 못한다.

미풍처럼 있는 듯 없는 듯 다가섰다가 살며시 돌아오기 때문에 각성을 아는 자만이 발견할 수 있다.

마음대로 상대의 기운을 읽고, 선제공격 또한 흔적없이 가할 수 있는 조금은 비겁한 공부다.

사실 그는 미행자가 붙은 것조차 알지 못했다.

숲에 들어와서야 자신 외에 또 다른 자가 아주 가까이 붙어 있다는 것을 알게 되었다.

기습 공격을 가할까 하는 충동도 느꼈다.

뒤돌아서기 무섭게 달려든다면 완벽한 제압은 어렵더라도 도주는 못하게 막아설 자신이 있었다.

그래도 돌다리도 두들겨 보고 난 다음에 건넌다는 심정으로 각성을 일으켰다.

'일목!'

츠츠츠춧!

자욱하게 깔린 안개를 뚫고 상대를 본다.

바위를 지나고, 나무를 제치고, 풀숲을 헤치고…… 그가 있는 곳으로 나아간다.

거의 다 왔다. 자연 속에 살아 숨 쉬는 인간의 모습이 그려진다.

자연의 청량함과는 비교할 수 없는 탁함.

그가 있다. 그 순간,

타앗!

그의 각성은 강력한 힘에 튕겨지고 말았다.

계야부는 큰 충격을 이기지 못하고 상반신을 휘청거렸다.

북지단주에게 각성을 쏘아냈을 때보다 더 큰 반탄력이다. 북지단주의 강기는 철벽처럼 느껴졌는데, 이자의 강기는 철봉으로 휘둘러 치는 것 같다.

가만히 서 있는 철벽과 마주쳐 오는 철봉.

그 순간, 그의 각성이 깨져 버렸다. 몸 안에 숨어 있던 또 다른 자아는 순식간에 증발해 버렸고, 내공 잃은 육신이 크나큰 강기를 맞이하고 있었다.

자신이 상대를 알아보려고 했던 것처럼 상대도 진기를 쏘아 내 자신을 염탐한 것이다.

파앗!

다행스럽게도 상대의 강기는 그의 몸을 강타하기 직전에 산산이 흩어졌다.

하마터면 큰일 날 뻔했다.

예전의 계야부였다면 오기로 맞받아쳤겠지만 내공을 잃은 몸으로는 아무것도 하지 못한다. 피할 수도, 마주칠 수도 없다. 강기가 흩어지지 않았다면 지금쯤 그는 피를 쏟아내고 있으리라.

'일목!'

계야부는 황급히 각성 속으로 들어갔다.

상대에게 쏘아지는 신경을 차단한다. 몸과 마음과 생각을 소멸시킨다. 머릿속을 한 점 티끌도 없는 고요함 속으로 이끈다.

온 세상이 깜깜하다.

익숙한 풍경이다. 각성 속으로 들어가기 위해서 거치는 단계다. 어두움 속에서 살의 감촉이 사라지고, 마음의 느낌이 사라지고, 생각이 소멸된다.

그리고 빛 한 줄기가 떠오른다.

진실의 빛, 대자연의 빛이다.

어둠 속에서 빛 한 줄기는 너무도 선명하다. 굳이 쳐다보지 않으려고 해도 자연히 쳐다보아진다.

빛줄기를 따라가면 광명이 나온다. 그리고 광명 속에 새로운 내가 탄생한다.

팟!

그는 광명의 빛으로 세상을 비췄다.

그 속에 한 사람이 보였다.

쌍수도를 어깨 위에 걸치고 천천히 다가오는 사람!

'할위막사!'

계야부는 깜짝 놀랐다. 설마 미행자가 할위막사였다는 말인가!

할위막사는 운남성에 있어야 한다. 아니, 운남성에 없더라도 섬서성에 있어서는 안 된다.

만총림이 바로 얼마 전에 할위막사가 운남성에 있다고 보고했다.

그들이 잘못 알았다. 할위막사를 놓치고 있었다. 그렇다면 다른 오대고수 역시 제대로 파악하고 있다고 보기 어렵다.

어떤 방법으로 만총림의 눈과 귀를 가렸는지 모르지만, 할위막사는 보기 좋게 그들을 따돌리고 눈앞에 섰다.

"그동안 별로 나아진 게 없군."

"더 강해지셨군요."

"허허허! 더 강해지다니. 어른을 놀리면 못써."

"어쩐 일이십니까?"

"지금쯤 발전할 때가 되었거든. 그 과정을 한 군데도 놓치기 싫어서 말이지."

쒜엑!

할위막사의 말이 무슨 뜻인지 헤아리기도 전에 쌍수도가 신랄하게 날아들었다.

계야부는 검을 지니지 않았다.

언제부터인가 검이 무겁고 불편하다는 생각이 들기 시작했다. 별로 쓸모도 없는 물건을 힘들게 갖고 다닌다는 생각을 지울 수 없었다. 그래서 장검을 놓고 소도를 취했다.

스윽!

품에 찔러 넣었던 소도가 하얀 날을 드러냈다.

쒜엑! 쉬익!

쌍수도가 간발의 차이로 어깨를 훑고 지나갔다. 그사이, 소도의 번뜩이는 독아(毒牙)가 할위막사의 옆구리를 핥았다.

쓰으웃!

할위막사의 옷이 길게 베어졌다.

한 치만 더 깊게 베었어도 그의 옆구리는 기다란 상흔이 새겨졌을 게다.

“좋은 수!”

쒜에엑!

밑으로 흘러 땅을 가리키던 쌍수도가 불쑥 솟구쳐 가슴팍을 향해 다가왔다.

신법 같은 것은 필요없다. 초식도 없는 것 같다. 단지 오른발을 오른쪽으로 반보쯤 더 벌렸을 뿐이다.

'발이 움직이고 반대방향으로 도를 쳐낸다!'

계야부는 허리를 납작 숙여 쌍수도를 등 위로 흘려보냈다. 동시에 할위막사와는 반대로 왼발을 반보쯤 왼쪽으로 옮겼다.

할위막사와 그의 몸이 나란히 보게 되었다. 실상은 정반대이지만 겉보기에는 할위막사가 도주하고 그가 따라가는 형세가 되었다.

쒜액!

소도가 다시 할위막사의 옆구리를 노리며 쳐나갔다.

이번에는 할위막사도 피하지 않았다.

쌍수도를 오른손, 한 손으로만 잡았다. 왼손은 독룡조(獨龍爪)가 되어 손목을 노렸다.

쒜액! 쒜액! 쒜액! 쒜액!

소도와 독룡조가 보이지 않는 여의주 한 알을 놓고 다퉜다.

독룡조는 계야부의 손목을 노렸다. 독룡조의 다섯 이빨이 벌어지기도 하고 모아지기도 하며 소도를 피해 손목으로 달려들었다. 소도는 옆구리를 노릴 수 없게 되었다. 하지만 눈앞에 먹이가 있다. 새 주둥이같이 생긴 다섯 손가락이 좋은 먹이다.

서로가 서로의 공격 부위를 노린다.

이는 쌍쟁호투(雙爭好鬪)를 연상시켰다.

허공에는 아무것도 없다. 하지만 두 용이 격렬하게 싸움을 벌인다. 마치 허공에 여의주라도 있는 듯, 서로 바싹 붙어 서서 독아(毒牙)와 독조(毒爪)로만 싸운다.

달리 보면 이두사(二頭蛇)의 싸움 같기도 하다.

몸은 서로 붙어 있으니 움직임이 없다. 하나 두 머리는 맹렬하게 뒤엉킨다. 몸에서 갈라진 머리 부분만 움직여 상대를 물어 죽이려고 애쓴다.

쐐액! 쐐액! 쐐액! 쐐액!

순식간에 이십여 초가 흘렀다.

서서히 승부가 판가름 나기 시작했다.

독룡조는 활발하게 움직이는데 소도는 움직임을 잃어가고 있다. 변화가 둔화되었고, 속도도 따라가지 못한다. 일방적으로 두들겨 맞는 모습도 간간이 비친다.

계야부의 움직임은 즉흥적이다. 변화하는 독룡조의 모습에 맞추어 즉각 반응을 내놓는다.

독룡조는 체계적인 움직임을 보인다. 초식의 변화가 가미되어 있으니 당연한 일이다.

초식은 끊임없이 면면히 이어진다. 한 단계, 한 단계 계단을 밟아 올라간다. 올라가면 올라갈수록 더 강하고 더 빠른, 그리고 더 현란한 공격을 구사한다.

소도가 독룡조의 움직임을 따라잡지 못한다.

이것은 초식과 본능적인 움직임의 차이다.

초식은 초 수를 더해갈수록 위력이 배가(倍加)되도록 구성
되었다.

하나 더하기 하나는 둘이 아니다. 초식에서는 셋도 되고 넷
도 된다. 초식을 뒷받침해 주는 진기가 그런 역할을 해준다.
내리막길을 달리는 눈덩이처럼 초 수가 더해질수록 가속도가
붙는다.

초 수가 불어날수록 속도, 위력, 변화…… 모든 면에서 압도
적인 차이가 생긴다.

타타타타탁!

독룡조가 소도를 쪼아댔다.

소도는 웅크려 들었다. 손목을 내주었다. 한 번, 두 번……
타격을 받기 시작했다.

뼈마디가 욱신거린다. 손목이 떨어져 나갈 것 같다.

그리고 큰 움직임을 보이지 못했다. 상처 입은 짐승처럼 몸
을 잔뜩 웅크렸다. 작은 공격은 몸통으로 받아내며, 결정적인
일격만 피하자는 심산으로 저항을 포기하지 않았다.

승부는 끝난 것처럼 보였다.

맹수와의 싸움에서 초식동물이 승리하는 것처럼 보였다.

실제로 계야부의 손목뼈는 금이 간 상태였다.

독룡조의 강력한 타격은 인간의 뼈를 단숨에 부숴놓는다.
요혈을 강타당하지 않아도 격중당하기만 하면 저항할 수 없는
상태로 만들어 버린다.

계야부는 다섯 번이나 가격당했다.

일반적인 상태라면 벌써 뼈가 부서지고도 남았다. 약간 금이 간 상태만 된 것도 강골(强骨) 덕분이다.

아니다. 선천적인 강골은 진기가 깃들인 독룡조를 감당해 내지 못한다. 할위막사의 내공이라면 못 부술 게 없다.

독룡조가 공격해 올 때, 계야부는 패배를 직감했다.

'상대할 수 없다!'

간단한 생각이다. 누구나 할 수 있는 단순한 느낌이다. 누구나 강력한 공격 앞에서는 이런 생각을 할 수 있다. 그러나 곧 정신을 수습하고 대처해 나간다.

이것이 일반적이다.

하나 계야부는 다르다. 신 무공을 사용하는 그에게 이런 느낌은 일종의 명령으로 작용하다.

상대할 수 없다!

공격을 포기하고 수비에만 치중하라!

전혀 다른 말이지만 계야부의 또 다른 자신은 이 두 말을 같은 말로 받아들인다.

계야부는 단지 생각만 했을 뿐이지만, 몸속의 실체는 실제로 명령을 받아들였고, 명령대로 움직인다.

소도가 독룡조에게 당하는 상황은 이래서 나온 것이다.

계야부는 곧 실책을 자각했다.

자신의 손이 공격에서 수비로 변화할 때, 마음이 희망보다는 절망으로 흐를 때, 독룡조의 움직임이 더욱 화려하고 강하게 보일 때…… 자신이 어떤 상태로 싸우고 있는지 알아챘다.

'일목!'

정신에 다시 한 번 명령을 내린다.

"타앗!"

입으로 나직한 일성도 토해냈다.

'일목'이란 일종의 격발 장치를 아주 강하게 걸어준 것이
다.

정신은 의식 저편에 숨어 있는 또 다른 자신을 향해 다시 한
번 울부짖었다.

일어서라! 싸워라!

순간, 변화가 생겼다.

상처 입은 맹수가 탈피(脫皮)하기 시작했다. 움직이기 힘들
것 같은 상처도 말끔히 나았다.

손목의 아픔이 느껴지지 않는다.

손목뼈에 금이 간 상태인데, 싸우기 딱 좋을 만큼 강하게 힘
이 들어간다.

퍼억! 퍽퍽!

독룡조가 그의 손목을 연타했다.

할위막사의 독룡조는 바위에도 구멍을 뚫을 수 있다. 그런
힘이 고스란히 계야부의 손목에 얹혀졌다.

아프지 않다. 전혀 아프지 않다. 손목은 멀쩡하다. 구멍도
뚫리지 않을뿐더러 멍조차 들지 않았다. 낙엽이 얹히는 것보
다 훨씬 미약한 감촉만 느껴질 뿐이다.

스웃! 쉿!

소도가 독룡조의 이빨을 뚫고 나아갔다.

할위막사는 깜짝 놀라 뒤로 물러섰다. 전력을 다해서 뒤로 빠져나갔다.

그는 그럴 필요가 없었다. 계야부는 한 번의 손놀림에서 멈췄다. 할위막사를 쫓아가지 않았다. 충분히 쫓아갈 능력이 있었음에도 멈춰 섰다.

'아프지 않다!'

그는 자신의 손목을 쳐다보며 감탄을 금치 못했다.

각성의 능력을 모르는 바는 아니지만 물리적인 타격조차도 감당해 낼 줄은 몰랐다.

상식으로 이해할 수 없는, 납득할 수 없는, 직접 몸으로 겪었으면서도 믿지 못할 일이 방금 벌어졌다.

맞으면 아파야 한다.

칼에 베이면 피가 흘러야 한다.

이것이 상식이다. 누구나 알고 있는, 바보가 아니라면 의심조차 않을 기본이다.

그렇다. 이 순간, 계야부는 바보가 되었다. 누구나 알고 있고 믿고 있는 사실을 머릿속에서 뒤집어 버렸다.

일목! 아프지 않다! 싸워라!

순간 육신의 통점(痛點)이 사라져 버렸다.

신경이 마비된 것처럼 죽어버렸다. 육신을 활발하게 움직이는 데는 지장이 없는데, 타격에는 둔감한 미련퉁이가 되어버렸다. 살갗은 찰갑이라도 된 듯 단단해졌다.

자신이 자신에게 명령을 내렸기 때문에 벌어진 일이다.

"더 하시겠습니까?"

할위막사는 고개를 흔들었다.

"됐어. 발전이 전혀 없는 건 아니군. 후후후! 재미있어. 아주 재미있어. 조만간 의살을 제대로 구사하는 친구가 나오겠군. 그건 그렇고…… 자네 그 얼굴, 어떻게 좀 할 수 없나? 보면 구역질이 치솟아져 말이야."

"후후후!"

"쯧! 하고 많은 얼굴 중에 하필이면…… 간다! 잘살아라!"

쉬잇!

할위막사는 뭐라고 할 틈도 주지 않고 사라졌다.

할위막사가 의살에 관심을 가지고 있는 것은 분명하다.

약간의 관심이 아니다. 모든 것을 포기하고 뒤만 졸졸 따라다닐 정도로 지극한 관심을 가진다.

의살이란 것이 할위막사 같은 초극고수가 관심을 가질 정도로 지고한 것이었나?

분명한 것은 지금 현재로서는 그를 따라가지 못한다는 것이다.

그가 물러섰을 때, 적극적으로 따라가지 않은 것도 이런 현상을 읽었기 때문이다.

의살은 그에게 무한한 공능을 주지만, 육신이 공능을 따라가지 못한다.

그는 찰나 만에 삼십여 장을 날아갈 능력이 있다. 한데 실제로는 그렇게 하지 못한다. 그런 일을 벌였다가는 두 다리가 부러지거나 심장이 터져 버린다.

주어진 능력을 육신이 뒷받침해 주지 못한다.

반면에 진기는 그런 능력을 뒷받침해 준다.

할위막사는 육신의 부족한 부분을 진기에서 메운다. 그리하여 주어진 능력을 십분 발휘한다.

진기와 육신은 공생관계다. 서로 떨어뜨려서 생각할 수 없다. 항상 서로 보완하고 발전시킨다.

반면에 각성과 육신은 전혀 별개다. 한 몸에 들어 있고, 떼어놓고 생각할 수도 없지만 같지 않다.

사지가 잘라지면 육신은 병신임을 자각한다. 움직이는 데 한계를 느낀다. 하나 생각은 그렇지 않다. 사지가 멀쩡하다고 생각하면 상상 속에서나마 어디든 자유롭게 돌아다닐 수 있다.

여기까지는 누구나 할 수 있다.

각성은 한 발 더 나아간다.

생각은 곧 현실로 되돌아온다. 사지가 잘린 육신을 보고 '그럼 그렇지' 하며 탄식한다. 사지가 자유롭다는 생각을 열심히 한다고 해서 팔다리가 다시 솟아나는 것도 아니다.

각성은 '생각' 을 한 차원 높게 발전시킨 것이다.

생각을 느낌으로 받아들인다. 사지가 잘린 현실은 망각하고 온전해진 자신을 현실처럼 느껴야 한다. 하면 일상의 모든 것에서 자유로워진다.

사람들은 말한다. 사지가 잘려서 괴롭겠습니다.

그는 대답한다. 전혀 괴롭지 않습니다. 가고 싶은 데 갈 수 있고, 움직이고 싶을 때 움직입니다. 사지가 멀쩡했을 때처럼 자유롭게 돌아다닙니다.

기적이 이루어지는 방법까지 생각해 낼 필요는 없다.

어떤 방법이든 각성을 하면 이루어진다.

의수와 의족이 생길 수도 있다. 그의 팔다리가 되어줄 사람이 나타날 수도 있다. 팔다리가 필요없는 직업에 종사할 수도 있고, 특이한 기공을 수련하게 될지도 모른다.

어떤 방법이든 그가 각성한 현상은 현실로 나타난다.

온전하게 각성했는지, 아니면 단순히 생각에 그치고 말았는지 고민해야 한다.

계야부 같은 경우에는 각성이 무척 높은 상태다.

그의 생각이 워낙 높아서 육신이 한꺼번에 뒤쫓아가지 못한다.

이럴 때는 따라갈 수 있게끔 시간적인 여유를 주어야 한다.

찰나 만에 삼십 장을 나아가고 싶은가? 나아갈 수 있다. 지금 당장에라도 나아갈 수 있다. 하지만 조금만 기다려라. 육신을 뜯어고쳐서 조만간 그 일이 가능하게끔 만들어놓으마.

계야부는 기다려야 한다.

언제까지? 그건 모른다. 각성을 깊게 하면 준비되는 기간이

짧아질 것이요, 낮게 하면 길어지게 된다.

각성은 끊임없이, 그리고 깊게 해야 한다.

'할 줄 안다'가 문제가 아니라 '일상화(日常化)' 시켜야 하며, 스님이 화두를 붙잡고 늘어지는 것은 상대도 되지 않을 만큼 훨씬 더 깊이 파고들어야 한다.

앞으로는 어떨지 몰라도 현재로서는 할위막사를 감당할 수 없다.

북지단주에 이어서 할위막사까지…… 육신의 무공이 정신무공을 능가한다.

할위막사는 자신의 신공보다 뒤떨어지는 무공에 관심을 보이고 있는 것이다.

이런 경우가 얼마나 될까?

나에게 절정무공이 있는데, 겨우 이류나 삼류 정도 되는 무공을 눈여겨볼 사람이 몇이나 될까?

그는 의살이 발전한다고 했다. 분명히 발전 과정을 놓치고 싶지 않다고 말했다.

의살은 지금도 상당한 수준이지만 앞으로의 발전 가능성은 그 누구도 예측하지 못한다. 할위막사를 능가할 수도 있다. 그렇지는 못하더라도 최소한 비슷한 정도의 위력은 구사하게 될 것이다.

하나 그가 관심을 가지는 것은 의살이 강한 무공이라서가 아니다. 강한 무공을 찾자면 총주나 동정호 오대고수 중 다른 자의 무공에서 찾는 편이 빠르다.

의살은 할위막사조차도 잘 알지 못하는 생소한 분야다.

이 점이 그의 관심을 끌어당긴다.

생소한, 낯선, 처음 보는, 잘 알지 못하는…… 뿌리를 모르는 무공이기에 관심이 생긴 것이다.

다른 사람은 말할 것도 없다. 일류고수라는 자들도 의살을 알아보지도 못한다. 진기를 사용하지 않는데도 막강한 내공이 실린 줄 알고 쩔쩔맨다.

의살을 많이 써본 것은 아니다. 이제 겨우 몇 번 사용해 봤다. 하지만 그 정도로도 의살의 효과를 절감하기에는 충분했다.

계야부는 또 하나의 변수를 찾아냈다.

의살이 할위막사의 관심을 끌어당긴다면 다른 자의 관심도 끌어낼 수 있다.

일교사는 물론이다. 그는 항시 무림을 주시하고 있으니 당연히 관심을 쏟을 게다. 거기에 잘하면 안선 대공까지 끌어당길 수도 있다. 아니, 이미 지켜보고 있는지도 모른다.

그가 납득할 수 없는 것은 의살의 발전 가능성을 운운한 부분이다.

할위막사가 한 말이니 틀림없겠지만 의살은 처음이 곧 끝이다.

할위막사가 말한 발전 가능성이 육신의 발전을 말하는 것이라면 맞는 말이지만, 각성의 발전을 말하는 것이라면 틀린 말이다.

그는 이미 다 가졌다.

그가 할 수 있는 최고의 무공을 선보이고 있다.

독룡조를 무통점으로 견뎌낸 것? 그것도 육신의 발전일 뿐이다. 각성은 이미 오래전에 그런 상황을 그려내고 있었다. 그런 것을 이제야 육신이 알아듣고 통점을 없앤 것이다.

'이제는 정말 기다리는 일만 남았군.'

계야부는 소도를 거뒀다.

2

"무총이 움직이기 시작했습니다."

"허허허! 무슨 말을 그렇게 하나. 무총이 움직이기 시작했다니. 그런 말은 무총에 대한 예의가 아닐세."

"네?"

"무총은 살아 있는 생물일세. 누가 움직이고 말고 할 게 아니란 말이네. 자네 벌집을 건드릴 자신이 있나? 벌집. 말벌집 말이네. 허허허! 무총이 그렇지. 말벌들이 수두룩한 말벌집이야. 거기서 말벌 한두 마리 빠져나왔다고 어찌 움직인다는 표현을 쓰나."

"죄송합니다."

"누군가 나온 것 같은데, 누군가?"

"봉인된 삼문(三門)입니다."

"봉인 삼문…… 을 풀었나?"

“비목대 대주 비공이 전격적으로 풀었습니다.”

“허허허! 그것도 잘못된 말이네. 비목대 대주가 독단적으로 할 수 있는 행동은 아무것도 없네. 무총이 행한 일은 모두 총주의 머리에서 나온 게야.”

“네. 잘못했습니다.”

“쯧! 언제나 되어야 그놈의 잘못했다는 말을 듣게 되지 않을지…… 입에 붙은 것 아닌가?”

“죄송합니다.”

“허허허! 못 말릴 사람 같으니.”

노인과 중년인은 부드러운 바람을 맞으며 꽃밭을 거닐었다.

한여름에 핀 꽃은 색깔과 향기가 진하다. 은은한 멋보다는 화려한 미(美)를 뽐낸다.

노인은 가위를 들고 거닐다가 눈에 거슬리는 가지가 보이면 망설임없이 잘랐다.

“봉인 삼문이 어디로 향했는지 파악했나?”

“검산은 남쪽으로 방향을 잡았습니다. 조춘(組椿)과 여도(余陶)를 지났는데…… 최종 목적지는 아마도 동정호가 아닌가 싶습니다.”

“동정호라. 후후! 십영자가 목표겠군.”

“그리 보고 있습니다.”

“……”

노인은 침묵했다.

마침 눈에 거슬리는 가지가 보였다. 다른 가지들보다 유독 옆으로 삐져나온 가지다.

노인이 가위로 가지를 잘랐다.

"저희 판단으로는 십영자의 고전이 예상됩니다. 그들이 강하다고는 하지만 검산을 상대하기에는…… 그래서 사전에 언질을 던져주는 것이 좋다는 결론을 내렸습니다."

"미리 말해준다?"

"십영자 중에 동나라고 꽤 쓸 만한 자가 있습니다. 그자에게 언질을 주면……"

"그만두게."

"……?"

"십영자와 검산의 동귀어진을 노리는가?"

"그렇습니다."

"허허허! 세상에 쉽게 얻는 건 없다네. 아직도 그런 이치를 모르는가. 일거양득(一擧兩得)이란 말은 잘못된 게야. 그런 건 운이 따라주었을 때고…… 일거일득. 노력으로 얻을 수 있는 것만 얻게. 차근차근히…… 서둘 필요가 무엔가."

"알겠습니다."

"그리고…… 자네, 동나를 너무 쉽게 봤어. 허허허! 동나는 꽤 쓸 만한 자가 아니네. 천하를 가지고 장난치는 자야. 그런 자에게 어찌 쓸 만하다는 말을 하는 겐가."

"죄송합니다."

중년인은 고개를 푹 숙였다.

"붕지는 어디로 갔나?"

"움직이지 않았습니다."

"……?"

"거리로 쏟아져 나와 술만 마시고 있습니다."

"너희 판단은 뭔가?"

"일교사가 너무 많이 움직였다. 옷자락 펄럭이는 소리가 그리 많이 났으니……."

"일교사다?"

"그리 봅니다."

"허허허! 너흰 아직도 일교사를 모르는구나. 일교사가 그리 빨리 당할 사람이더냐. 그 사람은 치기는 해도 당할 사람은 아니지. 암! 허허허!"

"하면……."

"고우진일 게다. 무총에 고우진의 정체를 흘린 사람도 일교사일 게야. 근래에 일교사에게는 고민거리가 생겼지. 측근 중에 배신자가 있는데, 누군지 모르겠단 말이지. 후후후! 이번 일은 주변을 정리한다는 차원에서 일교사가 만든 소재일 걸세."

"그렇…… 습니까?"

"하면 살림이 단차에게 갔겠군."

"그렇습니다. 이동 경로로 보아 북지단이 목표라고……."

"허허허!"

노인은 기분 좋게 웃었다.

툭! 툭!

병든 가지가 잘려 나갔다.

뒤따르는 중년인에게는 떨어져 나가는 가지가 꼭 정리되고 있는 중원처럼 보였다.

무총 총주는 봉인 삼문을 풀어서 판을 뒤흔들고자 한다.

한쪽만 건드리는 게 아니다. 이쪽저쪽 모두 건드린다. 그것도 있으나마나 한 자들을 이용하여 치명적인 타격을 줄 생각이다.

봉인 삼문은 마성(魔性)이 너무 깊다.

그들을 무림에 풀어놓는다면 각 지단은 하루가 멀다 하고 총통기를 발동해야 할 게다.

무총주는 그들을 모두 풀었다.

물론 전권을 행사한 사람은 비목대 비공이다. 그의 책임하에 봉인 삼문이 풀렸다.

여기에는 어떤 계산이 깔려 있을까?

봉인 삼문은 몰살당해도 상관없는 문파다. 아니, 봉문으로 가둬놓느니 차라리 몰살시켜 버리는 것이 나은 곳이다. 사람들의 이목이 있고, 봉인 삼문이 하도 영리하게 행동했기 때문에 아직까지 명이 붙어 있지만 기회만 닿으면 몰살시키고 싶은 곳이다.

다른 한쪽도 그에 못지않다.

십영자는 사일도의 모든 것이다. 그들이 있음으로 해서 사일도가 날개를 펴고 있다. 무총에 대한 발언권도 강해졌고, 이제는 직접 간여도 한다.

일단 날개를 부러뜨리고 싶다.

단차는 반갑지 않다. 이제 와서 새삼 의살이라니.

더욱 기막힌 것은 비공의 태도다. 그는 부대주들과 회합을 할 때, 단차를 사이비라고 격하시켰다.

신만이 사용하는 무공을 인간이 사용하고 있다며 폄하했다.

그 판단은 맞을 것이다.

봉인 삼문과 대화할 때는 의살이 틀림없다고 말했지만 속마음은 그게 아닐 게다.

무총은 의살을 믿지 않는다.

그런 점은 안선도 마찬가지다. 의살이라니!

의살을 아는 사람은 모두 같은 생각을 한다.

의살은 지고한 정신에서 펼쳐진다. 우주만물의 생성 이치를 환히 꿰뚫은 성인(聖人)만이 펼쳐 낸다.

일수에 바다를 가르고, 호풍환우(呼風喚雨)도 가능하다.

신(神)이 무엇을 못하겠는가.

그렇다. 의살은 오직 신만이 구사할 수 있다.

신과 인간의 싸움은 상상도 안 된다. 감히 신 앞에 검을 들이댈 인간도 없지만 신도 하찮은 인간 따위와 손속을 맞댈 흥미는 생기지 않으리라.

의살과 인간이 창안해 낸 무공은 싸움이 안 된다.

그렇기 때문에 신은 인간 세상을 떠난다. 사람이 없는 곳에 가서 자신의 수련에만 전념한다. 우주를 환히 알기에 우주 속의 일부가 되어간다.

사람들과 어울려 사는 경우도 있다.

부처와 마하비라의 일대기에서 볼 수 있듯이, 사람들 속에 함께 살며 진리를 설파한다.

부처가 무공으로 사람을 죽였다는 말을 들어본 적이 있는가? 마하비라가 마인을 때려죽였다는 소리는 들어보았는가?

그들은 그럴 필요가 없다.

그들이 사용하는 의살은 사람을 살상하는 쪽으로 사용되지 않는다. 마음을 개과천선(改過遷善)케 하는 데 이용된다.

우주의 생성 이치를 알고 있기에 억지로 득도(得道)시키지는 않는다. 그런 행동은 땅에 심지도 않은 씨앗을 가지고 개화시키는 행위나 다를 바 없다.

꽃은 피울 수 있다. 하나 스스로 개화한 꽃이 아니면 시들어 죽고 만다.

그들은 끊임없이 선(善)을 말한다. 자신들이 터득한 바를 고스란히 전달해 주기 위해 노력한다. 어떠한 대가도 원하지 않고 오로지 타인의 성취만을 돌본다.

의살을 터득한 자에게 무공은 존재치 않는다. 다툼이나 살인 같은 것은 더더욱 보이지 않는다.

이것이 신의 길이다.

단차처럼 인간들과 어울려 손속을 섞는 일은 생각도 하지 못한다.

한데 단차는 그런 행동을 한다.

한마디로 그는 우주의 생성 이치를 알지 못한다.

호풍환우도 일으키지 못한다. 그에게는 천지를 가를 수 있는 무공도 없다.

그는 비목대 비공이 판단한 것처럼 사이비다.

혹여 그가 의살을 사용한다면…… 아니, 사용하는 것처럼 보인다면…… 한때 많은 사람들이 연구했고, 수련했으며, 시행착오도 많았던 정신 무공의 일종일 것이다.

좋게 말하면 공의 무공이요, 나쁘게 말하면 환(幻)의 무공이다.

단차 같은 자는 크게 소용되지 않는다. 차라리 무림을 더 어지럽히느니 지금 정리하는 것이 좋다.

고우진은 어떤가?

그는 빙화참과 빙극검형을 동시에 수련한 이 시대의 기린아다.

그의 발전 가능성은 무한하다. 본인이 얼마나 정진하느냐에 따라서 무총주와 버금갈 수도 있다.

그는 분명히 천하제일고수가 될 수 있는 토대를 지녔다.

아쉬운 것은 그가 적이라는 점이다.

싹이 더 자라기 전에 잘라 버린다.

이들 셋의 공통점은 이들이 세상에 끼친 해악이 없다는 점이다. 그러면서도 무한한 가능성을 지녔고, 그만큼 골칫거리가 될 가능성도 높다.

더군다나 이들은 지금 자체로만 해도 가공할 무위를 보인다.

봉인 삼문을 전격 투입해도 승산을 장담할 수 없을 만큼 강한 상대들인 것이다.

무총주는 기막힌 선택을 했다.

어느 쪽이 죽어도 상관없다. 봉인 삼문이 당한다면 속이 시원하고, 상대가 당한다면 두 다리를 쭉 뻗을 수 있다.

살아남는 쪽은 다음에 다시 생각하면 된다.

노인의 머릿속에 봉인 삼문과 두 사람, 그리고 십영자의 치열한 싸움이 그려졌다.

그조차도 어느 쪽 손을 들어줘야 할지 판단이 서지 않는 극과 극의 부딪침이다.

"허허허! 좋은 구경거리가 되겠어."

노인은 가위를 들어 막 솟기 시작한 가지를 잘랐다.

전지란 썩은 가지만 하는 게 아니다. 매년, 갓 움트기 시작한 새싹을 솎아주는 것도 나무를 가꾸는 요령이다. 그 일을 하지 않으면 금방 나무의 전체적인 모양이 흐트러지고 만다.

무총주는 그런 일을 하고 있다.

중년인이 뒤를 따르며 말했다.

"안선에서 자금을 요구해 왔는데……."

"그래? 그럼 줘야지. 주게."

"그게……."

"왜 그러는가?"

"요구한 액수가 은 오십만 냥입니다."

"……."

전지를 하던 노인이 놀란 눈으로 중년인을 쳐다봤다.

중년인이 즉시 부언 설명했다.

"자금을 요청한 분은 사교사입니다. 본격적으로 간자들을 활용할 심산이신 듯했습니다."

"그런가…… . 주게. 단! 쉽게 주면 안 되겠지?"

노인이 선뜻 말했다.

"사람이란 하나를 주면 열을 요구한다. 명심하고 있습니다. 기루(妓樓)와 전장(錢莊)을 팔겠습니다. 내놓은 물건은 이가(二家) 쪽에서 다시 사도록…… ."

"삼가(三家)로 하게. 이가는 너무 많이 드러났어."

"알겠습니다. 그리고…… ."

"허허! 이 사람, 오늘 작심하고 왔구먼."

"단차가 북지단 마방주를 죽였습니다."

"허어!"

노인은 짧은 탄식을 토해냈다.

단차에 대한 보고는 용납된다. 그가 의살이라는 생소한 무공을 들고 나온 이상 한 번쯤 보고를 할 만도 하다. 하지만 북지단 마방주 정도의 죽음까지 거론하는 건 중원 상계(商界)를 움켜쥐고 있는 전왕(錢王)에 대한 예의가 아니다.

전왕의 재력이라면 북지단 마방 같은 것은 하루아침에 무너뜨릴 수 있다. 또 반대로 일으켜 세울 수도 있다. 그 정도의 작은 집단은 신경 쓸 건더기도 안 된다.

"죄송합니다. 하지만 보고를 올려야 할 것 같아서…… ."

"허허! 그 사람 하고는…… 자네 판단이 그렇다니 해보게."

"단차가 마방주를 죽인 것은 안선이 기어나오기를 원했기 때문입니다. 마방주를 죽였으니 누구라도 나서야 하지 않겠습니까? 그렇지 않으면 다른 안선주를 죽일 것이 뻔하고…… 안선주의 죽음은 곧 우리의 손실로 이어지니."

"살림이 단차를 치기 전까지 시간을 벌어보자는 겐가?"

"이번 오십만 냥. 너무 크지 않습니까? 사교사도 약간의 노력은 해줘야죠."

"돈을 주면서 차도살인(借刀殺人)을 부탁한다는 겐가?"

"사교사의 손에 끝장이 난다면 그걸로 끝이겠지만…… 사교사도 눈이 있고 귀가 있으니 살림이 다가올 때까지 치는 시늉만 낼 겁니다. 그걸로 우리 사람들은 안전을 보장할 수 있습니다."

"허허허! 알아서 하게. 그리고……."

"네."

"그런 일…… 보고할 사안이 아니었네."

"헛! 죄, 죄송합니다."

중년인이 경악성을 토해내며 즉시 부복했다.

전왕은 심기 안정을 최우선으로 여긴다.

하루 중 아침 산책을 가장 귀하게 여기는 이유도 거기에 있다.

중년인은 아침 산책을 따라나섰다. 이것저것 보고를 했지만 그 자체가 전왕의 심기를 어지럽히는 일이다. 그리고 가장 마지막에 한 말, 보고하지 않아도 될 사안이었다는 말은 심기가 무척 불편하다는 뜻이기도 하다.

하루에도 판단해야 할 사안이 수십 개에 이르고, 각개의 판단이 능히 성 하나를 살 만한 은자가 거래된다는 점에서 그의 심기 안정은 가히 돈으로 환산할 수 없다 할 것이다.

불쾌하다!

이 말을 무인의 입장에서 달리 말한다면 '철천지원수! 외나무다리에서 만났구나!' 라는 정도로 바꿀 수 있을 게다.

"다음에는 조심하시게."

노인이 가위를 들어 신경질적으로 가지를 잘랐다.

툭!

중년인의 목 대신 멀쩡한 가지 하나가 떨어졌다.

3

무인은 한 가지 절기를 터득하기 위해 평생을 바치기도 한다.

명문대파(名門大派)로 소문난 곳도 신공절기의 숫자를 헤아려 보면 스무 개가 넘지 않는다.

그중에서도 가장 많은 무공을 소유한 문파는 단연 소림사(少林寺)다. 소림사는 자타가 공인하는 불문 무공의 최고봉이다. 소림사에 칠십이절예(七十二絶藝)가 존재한다는 것은 세상에 널리 알려진 것으로 비밀도 아니다.

여러 가지 무공을 다양하게 수련하는 것은 유사시에 사용할 초식이 많다는 점에서 유용하다.

사약란은 백여 종에 이르는 무학을 수련했다.

수련할 수는 없었으나 외울 수는 있었던 무학들이 하나씩 하나씩 그녀의 것이 되어갔다.

고수가 되기 위해서는 다양한 무공을 섭렵하는 것만큼이나 심도있는 수련이 중요하다.

신공절기 하나만 가지고도 초극고수가 된 사례는 얼마든지 찾아볼 수 있다.

멀리서 찾을 필요도 없다. 그녀 주변에도 그런 사람이 있다.

일력광겸은 오로지 독비신공만 수련했다. 사사표풍도 흑사편으로 펼치는 흑선류밖에 없다. 사색신녀가 알고 있는 절학도 삼양절맥지와 유마심안이 전부다.

오로지 한 가지 무공에만 매진한 경우다.

사약란은 알고 있는 무공들을 심도 깊이 수련했다.

어느 것 하나 정통하지 않은 것이 없다.

그녀는 일약 초극고수가 되었다.

십영자 중 서너 명이 합공을 취해도 손끝 하나 건드리지 못하는 극상의 고수로 탈바꿈했다.

또 다른 진전도 있었다.

그녀는 독심독의가 심득을 적어놓은 독경(毒經)을 찾아내어 연마했다.

원래 그녀에게 발각되라고 일부러 보기 좋은 곳에 놓고 간

독경이지만 독심독의가 평생에 걸쳐서 깨달은 모든 심득이 한 권의 책자로 변해서 그녀의 머릿속으로 스며들었다.

그녀의 성취는 괄목상대(刮目相對)라는 말로는 표현할 수 없을 정도로 빨랐다.

실력이 여름철 대나무처럼 하루가 다르게 쑥쑥 자랐다.

문일지십(聞一知十), 견일지십(見一知十).

그녀는 주변의 모든 것을 흡수했다. 하다못해 그녀의 비무 상대가 되어주었던 십영자의 무공들까지 남김없이 빨아들였다.

스스슷!

그녀는 야음(夜陰) 속을 질주했다.

순식간에 난석환류진을 벗어났다. 해자도 눈 깜짝할 사이에 건넜고, 수많은 독충들이 우글거리는 독림 속으로 들어섰다.

이 속에 오라버니와 십영자가 있다.

그녀는 풀잎 흔들리는 소리마저 죽였다. 은밀히, 차분하게, 하나 빠른 속도로 독림을 헤집고 나아갔다.

십영자는 많이 겪어봐서 두렵지 않다.

물론 비무에서 선보인 무공이 그들의 진신 무공이라고 생각하지는 않는다.

그들은 틀림없이 필살절초 몇 수쯤은 감춰놓았을 게다. 내공, 초식…… 모든 부분에서 삼 할쯤은 숨겼을 것이다.

그렇다고 해도 그들은 두렵지 않다.

그녀가 두려워하는 사람은 오라버니다.

사일도의 무공은 그녀가 가장 잘 안다. 어렸을 때는 수련하는 모습을 지켜봤고, 서지단 군사가 된 다음에는 서지단이 수집한 정보를 바탕으로 무공 수준을 짐작해 냈다.

오라버니의 무공은 동정호 오대고수와 견줄 수 있다.

단언하건대 이 시대 최강 무인 중 한 명이 오라버니다.

이것이 서지단 군사로서 그녀의 판단이었다.

지금도 그 판단에는 확신을 가진다.

오라버니라서가 아니라 제삼자의 눈으로 봤을 때, 오라버니를 능가할 만한 고수는 흔치 않다.

그녀는 그런 고수의 이목을 속여 넘겨야 한다.

가능할까? 오라버니의 이목을 속이고 잠입할 수 있을까? 불가능할지도 모르지만 최선을 다해서 성공해야 한다.

쉬익!

그녀는 야조(夜鳥)가 되어 날아올랐다.

쉬익! 척!

삼 척 장검이 새파란 예기를 토해냈다.

무엇이든 닿기만 하면 잘라 버릴 것 같은 잘 갈려진 장검이 동나의 목에 대어졌다.

"허허! 아가씨, 이게 무슨……."

"쉿! 질문은 내가 해요."

"그러시지요."

동나는 태연했다.

사약란도 태연했다. 아니, 무심했다. 몰래 잠입했고, 검을 들이대고 있지만 정말 죽이려는지, 아니면 위협만 하는 것인지, 마음속에 어떤 생각을 가지고 있는지 짐작조차 못할 정도로 감정을 일체 드러내지 않았다.

"동나, 거짓말은 용납 안 해요."

"허허! 감히 어찌 아가씨께 거짓을 아뢰겠습니까? 어떤 질문인지 하시지요."

벨 생각이 아니잖느냐. 검은 치우는 게 어떠냐.

그의 표정에 자신감이 묻어났다.

사약란은 그런 자신감조차도 무시했다. 여전히 무심한 표정으로 검을 들이댄 채 역시 감정없는 음성으로 책 읽듯 말을 이어나갔다.

"귀영십삼식을 내 방에 갖다 놓은 의도부터 말해야겠죠?"

"뛰어난 절기라서 드렸습니다."

동나는 순순히 시인했다.

"상공이 수련한 귀영십삼식과 많이 달랐어요."

"수련하셨으니 아시겠지만, 어떤 무공이 더 나았습니까?"

"……"

"그럼 다른 걸 말해보죠. 계야부가 수련한 귀영십삼식에 문제가 있었습니까?"

"……"

사약란은 두 번이나 대답을 하지 못했다.

동나의 말뜻은 같은 귀영십삼식이지만 두 무공이 서로 다르다는 점을 시인하고 있다. 뿐만 아니라 두 무공 모두 이상이 없으며, 언뜻 들으면 계야부가 수련한 귀영십삼식을 진일보시켜서 그녀에게 주었다는 뜻으로도 들린다.

그녀가 물었다.

"무공을 손본 사람이 누구죠?"

"허허! 저희를 너무 높이 보신 것 아닙니까? 우리 중 그 누구도 귀영십삼식의 오의를 깨닫지 못하고 있습니다. 사실 그런 무공을 계야부가 수련해 냈다는 게 놀랍지만…… 모르는 무공을 손댈 수 있는 사람은 없죠."

"오라버니예요?"

동나는 고개를 끄덕였다.

"오라버니는 귀영십삼식을 수련하지 않았어요. 수련할 생각도 한 적이 없다고 들었어요. 헌데 어떻게 보완, 발전시킬 수 있었는지 이해할 수 없네요."

"허허! 그건 오라버니께 직접 물어보심이 어떠하신지요."

동나는 시종일관 공손했다.

그 점이 마음에 들지 않는다. 특히 동나가 나중에 한 말은 아주 마음에 들지 않는다.

오라버니께 직접 물어봐라.

그 말은 흔히 책사란 자들이 자신의 책임을 다른 사람에게 전가할 때 종종 쓰는 말이다.

일은 자신이 벌여놓고 윗사람 핑계를 댄다.

윗사람은 당연하다는 듯이 책임을 뒤집어써 준다. 그래 봤자 아무런 사단도 일어나지 않을 때는 십 중 십 뒤집어쓴다. 수하가 소신껏 활동할 수 있게끔 환경을 조성해 주는 것으로 착각하기 때문이다. 사실은 수하의 자만심만 높여주는 일인데.

사약란은 검을 거뒀다.

"실례했군요. 오라버니에게 직접 물어봤어야 하는 건데."

"그게 더 빨랐을 겁니다. 하나 그 비급을 갖다 놓은 게 저이니…… 소저를 이해합니다."

동나가 흰 이를 드러내며 웃었다.

사약란은 발길을 돌려 되돌아섰다.

오라버니를 만날 필요는 없다.

오라버니는 진실을 말하지 않는다. 사실을 사실대로 말해주지 않는다. 모든 사실이 오라버니 선에서 일단 걸러진다. 그래서 좋은 것은 사실대로 말해주고, 나쁜 것은 거짓말이 되어 흘러나온다.

오래전부터 그런 점을 알고 있었다.

다만 오라버니이기에, 오라버니를 믿기에 수긍하고 따라주었을 뿐이다.

이제 이해가 상충된다.

낭군 계야부의 죽음과 오라버니의 이해가 충돌했다.

그녀로서는 처음으로 오라버니의 의중을 의심해야 하는 지경에 이르렀다.

많은 것을 묻고 싶다.

낭군이 꼭 죽을 수밖에 없는 운명이었는지도, 달리 다른 길은 없었는지도 묻고 싶다.

돌아오는 대답은 듣지 않아도 뻔하다.

그래서 묻지 않는다.

'오라버니, 전 맹세했어요. 가가의 죽음과 연관된 사람들, 반드시 대가를 치를 거라고. 오라버니…… 제발 제 검이 가는 길 앞에 서 있지 마세요.'

그녀는 불길한 마음을 감추기 위해 깊이 심호흡을 했다.

지난 일을 되돌아보면 모든 게 우연의 일치로 이루어졌다.

안선이 계야부를 보내 자신을 납치했다.

그것 자체가 우습다.

오라버니가 있고, 십일영자가 있는데…… 겨우 육교사나 십교사 따위의 농간에 놀아났다는 것은 믿기지 않는다.

사람들은 안선 교사들의 능력을 높이 살지 모르지만 오라버니의 상대로는 한 수 뒤진다.

그녀만은 그런 사실을 명확하게 알고 있다.

흔히 무총 제일의 고수를 꼽을 때는 총주를 거론한다.

여기에는 이견이 없다.

하면 무총 제일의 군사로는 누가 꼽힐까?

많은 사람들이 사약란을 거론한다. 동나를 말하는 사람도 있고, 비공을 말하기도 한다. 동지단, 북지단, 남지단 군사들의 이름도 당연히 거론된다.

여기에서 주목할 점은 오라버니를 거론하는 사람은 없다는 점이다.

하늘이 시샘하는 지략을 지녔는데, 누구도 알아주는 사람이 없다. 아니, 드러낸 적이 없다.

할아버지 무총주, 오라버니 사일도, 그리고 그녀.

이제 이 세 명은 무공 분야에서 각기 독특한 경지에 올랐다.

할아버지는 명실공히 천하제일인이고, 다른 두 명의 무공은 전혀 증명되지 않았다. 하나 두 사람을 알고 있는 사람이라면 할아버지의 뒤를 이을 사람으로 손색이 없다고 말할 것이다.

세 사람은 뛰어난 머리도 지녔다.

그중에 알려진 사람은 사약란뿐이다.

할아버지는 무총을 세우는 과정에서 놀라운 지략을 펼쳤건만, 그에 관한 것은 일절 함구되었다.

오라버니의 지략 또한 군사가 되고도 남는다.

무총을 떠나는 순간부터 다시 돌아오기까지 그가 겪어야 했던 일은 상당히 많다.

그를 견제하는 자들이 쳐놓은 덫을 피해야 했다. 고의적인 암살도 견뎌내야 했다. 중상모략으로 뒤덮인 들판을 외롭게 뚫고 나와야만 했다.

그는 자신의 존재감을 증명했다.

그가 무총을 나간 것은 자신에게 할 수 있는 공격을 모두 취해보라는 자신감의 발로였고, 다시 돌아온 것은 '너희가 졌다' 라는 승리의 선언이었다.

결코 평범한 자는 빠져나올 수 없는 험로를 뚫고 나왔다.

그런데 세상이 본 것은 오라버니의 무공뿐이다. 그의 놀라운 지략은 생각하지 않는다.

어떻게 이런 일이 가능할까?

오라버니 곁에 동나라는 책사가 있기 때문이다. 같은 이유로 할아버지 곁에는 비목대가 있다.

그들의 역할이 결코 크지 않음에도 사람들은 그들만 주시한다. 모든 지략과 행동 방침은 그들의 머리에서 결정된다고 믿는다. 그들이 건네주는 것은 조언일 뿐인데.

사(謝) 가(家)의 후손은 지략과 무공을 겸비했다.

그런 능력과 힘으로 할아버지는 끊임없이 오라버니를 시험한다. 그리고 오라버니는 언제 무슨 일이 있었냐는 듯 담담하게 헤쳐 나온다.

할아버지는 무총을 순순히 내어줄 의사가 없다.

세파에 단련시키고 부대끼게 만들어 어떤 일에도 꺾이지 않는 강철을 만들고 있다.

강철이 되면 무총을 이어받을 것이다.

오라버니는 관심없는 척하고, 할아버지는 계승의 '계' 자도 꺼내지 않고 있지만 두 사람 사이에 흐르는 무언의 약조는 모든 사람이 짐작하고 있다.

물론 중도에서 부러지면 다른 자가 계승한다.

도와주는 사람은 없다. 오로지 모든 시험을 오라버니 혼자서 버텨 나가야 한다.

무총 총주라는 자리는 굉장히 위태로운 자리다.

암살이나 중상모략은 패용한 검처럼 항시 붙어 다닌다. 언제 어디서 벌어질지 모를 순간에 늘 대비하고 있어야 한다.

총주가 잘못되면 무총도 무너진다.

한순간만 방심해도 무총이라는 거대한 세력이 모래알처럼 흩어지고 만다.

중원에서 무총 같은 집단을 창건했다는 것은 자신만의 왕국을 건설했다는 뜻과도 같다.

그렇다. 무총은 무인 집단이 아니라 중원을 호령하는 왕국이다.

소림사나 무당파 등등 구파일방이나 오대세가 등 명문들은 한때 명성을 구가했던 지방 호족에 지나지 않는다.

할아버지와 오라버니는 거대한 왕국을 가운데 두고 밀고 당기는 싸움을 하고 있다.

그 싸움에서 그녀는 방관자였다.

어느 쪽을 도와줄 수도, 도와줘서도 안 되는 그런 싸움이었다. 또 싸움이 워낙 거대해서 그녀가 끼어들 자리도 없었다. 그녀는 그저 서지단 군사가 되어 무림 일각을 평온하게 유지시키면 되는 거였다.

그렇게 알고 지내왔다.

오라버니가 다칠까 봐 늘 마음 한구석을 졸이면서도 '잘 견뎌내시겠지' 하며 무심히 지나쳤다.

그런데 어느 날 문득 정신을 차려보니 거대한 싸움 한복판
에 자신이 서 있다.

애초 시작은 서인에서 비롯되었다.

아버지께 따르는 여인이 많았다. 그래서 바람을 피우는지
확인하기 위해 서인으로 수궁사를 새겼다.

한데 그녀가 사용한 수궁사에는 엄청난 비밀이 숨겨져 있었
다.

사일도에겐 치명적인 약점이 있다. 그는 만독불침(萬毒不
侵)이나 오직 하나의 독에는 속수무책이다. 그 독이 바로 서인
에 담겨져서 사약란에게 전해졌다.

서인은 그녀의 몸에 잠복해 있는 상태다.

사내와 운우지락을 나눠 서인이 옮겨질 때, 잠복된 서인도
활동성을 얻게 된다. 그 순간부터 활발하게 움직이며, 사일도
를 향한 죽음의 칼을 간다.

이것이 이 세상에서 오직 몇 명만이 알고 있는 극비 중의 극
비, 서인이다.

사일도, 그의 죽음은 무총에 얼마만한 타격을 줄까?

그리 큰 타격은 주지 못한다.

현재 그는 무총의 후계자가 되느냐 마느냐 하는 시험을 치
르는 중이다. 물론 시험 중에 사망한다고 해도 어쩔 수 없다는
전제 조건이 붙어 있다.

죽어도 어쩔 수 없다…… 다시 말해서 안선이 그를 죽인다
고 해도 무총 입장에서는 코털을 간질이는 정도의 타격도 받

지 않는다는 뜻이다.

그를 죽일 필요는 없다. 죽이려면 차라리 비목대 대주나 지단의 단주를 노리는 것이 훨씬 낫다. 아니, 서지단 군사였던 사약란을 죽이는 쪽이 더 큰 파장을 불러온다.

사일도의 죽음이 가치없다면 서인 역시 가치를 잃는다.

한데 묘하게도 서인을 주목할 만한 일이 벌어진다.

화화구중!

그녀의 몸에 화화구중이 봉인되어 있다.

화화구중을 심은 사람은 두말할 것도 없이 할아버지다. 즉, 할아버지는 아주 어렸을 때부터 그녀를 후인으로 점찍어놓고 있었다. 오라버니를 제치고 그녀를 선택했다.

오라버니는 거기에 반기를 들었다.

서인에 수를 부려서 화화구중이 빠져나갈 수 있는 길을 열어놓았다. 그리고 그 사실을 안선에 은밀히 흘렸다.

안선은 이를 바탕으로 '천번'이라는 계획을 수립한다.

겉으로는 사일도를 죽인다고 엄포를 놓았지만 실은 사약란의 몸에서 화화구중을 빼내는 게 주목적이었다.

이를 위해 계야부가 이용된다.

일차로 서인을 꺼내고, 이차로 빙정이 녹아내리기를 기다렸다가 화화구중을 흡수한다.

무총을 계략으로 무너뜨리는 게 아니다. 절대적인 힘으로, 빙정과 화화구중이 합쳐진 힘으로 짓밟으려는 생각이다.

천번! 그야말로 하늘도 무너뜨릴 힘이다.

안선이 천번을 성공시켰다면, 그리하여 그녀가 지닌 힘이 일교사에게 넘어갔다면…… 그가 가공할 힘으로 무총을 쳤다면, 할아버지와 겨뤘다면…… 어떤 결과가 벌어졌을까?

동귀어진이다.

일교사의 무공이 하늘에 닿겠지만 할아버지는 이미 신의 경지에 이른 지 오래다.

안선과 무총이 동시에 없어진다.

그 후에 남는 것은 어지러워진 세상을 정리하는 것뿐이다.

오라버니는 어린 나이에, 철도 모를 나이에 여기까지 읽고 서인에 수를 부린 것이다.

한편으로는 후인이 되기 위해 부단히 노력하면서, 다른 한편으로는 안선을 자신이 의도한 대로 움직이게 만든…… 그런 무서운 사람이 오라버니다.

계야부의 죽음에는 분명히 오라버니도 일정 부분 책임이 있다.

한데 지금은 모든 일이 틀어졌다.

계야부가 화화구중을 흡수하는 대신 빙정을 내놓았다. 천번은 틀어졌다. 사약란도 문제다. 무총을 이어받기 위해서는 극양의 기운을 지녀야 하는데 음양합일기를 갖게 되었다. 할아버지의 무공을 이어받는다는 건 그림의 떡이다.

분명히 할아버지의 진노가 하늘에 닿았으리라. 오라버니를 향한 눈길이 매서워졌으리라.

여기서 할아버지의 고민이 있다.

이제는 사약란을 후인으로 받아들일 수 없게 되었다. 차분하게 양성하는 것은 포기하고, 그녀의 무공이 어느 정도인지 사일도에게 했듯이 냉정하게 시험해야 한다.

두 가지 영물이 섞였다고 해서 한 가지 영물보다 반드시 기운이 강하라는 법은 없다.

음양합일기는 음양합일기대로, 극양기는 극양기대로 독특한 세계를 형성하는 법이다.

한쪽은 사막, 한쪽은 빙지(氷地).

그 둘의 중간지대에 초원(草原)이 있다고 해서 반드시 초원이 사막보다 낫다고 할 수 없는 것과 같은 이치다.

사약란을 시험대에 세워야 한다. 냉정하게 평가해야 한다. 무총을 이끌 수 있는 재목인지 아닌지 살펴야 한다.

그래서 재목이 아니라고 판별되면…… 그때는 어찌하나.

그녀가 있었기에 사일도를 냉혹하게 몰아붙일 수 있었는데, 이제 그 둘의 입장이 같아졌다면…… 그리고 사약란이 재질이 미흡하다고 생각되면…… 사일도를 내칠 수 없지 않은가.

그가 일을 망쳤다지만 그것 역시 본인이 생존하기 위한 방책 중의 하나, 무림을 사는 사람이라면 당연히 갖춰야 할 소양이지 않은가. 그런 걸 나무랄 수는 없지 않은가.

사일도가 밉기는 하지만 내칠 수는 없는 입장이 되어버렸다.

오라버니의 상실감도 컸을 게다. 온전한 무총 계승은 물 건너갔고, 이제는 정말 목숨을 부지하기 위해 발버둥쳐야 할지도 모른다. 할아버지가 용서하지 않는다면……

오라버니는 무총을 벗어나 동정호로 왔다.

일단은 할아버지 곁에서 비켜나 있으려는 심산일 것이고, 동정호의 비궁이 천험의 요새라는 점도 마음을 끌었을 게고, 사약란의 무공이 어느 정도인지 직접 눈으로 보고 싶은 마음도 컸으리라.

여기서부터 오라버니는 활로를 찾아야 한다.

안선은 더 큰일 났다. 화화구중을 빼앗기는커녕 빙정까지 빼앗겼다.

모두들 급격하게 틀어져 버린 사태를 수습하기에 부산하다.

지금의 고요함은 태풍을 수반하고 있다. 곧 몰아칠 태풍은 무림을 피바다로 물들일 게다.

사약란은 무공을 수련하는 동안 자신에게 벌어졌던 모든 일을 정리하고 분석했다.

얻어낸 결과는 믿기지 않았다. 하나 믿어야 한다.

이 세상에서 가장 다정했던 오누이는 사라졌다. 암중에 칼을 품고 있는 사이가 되고 말았다.

계야부…… 그 사람만 불쌍하다.

그는 자신도 모르는 사이에 빙정을 받아들였다. 자신의 손목에 수궁사가 새겨질 무렵이니…… 그는 막 군인이 되었을 때일 게다. 천번을 가동시킨 일교사가 천하에 다시없는 보물, 빙정을 직접 심었을 게다. 빙정을 다룰 수 있는 사람은 그밖에 없으니까.

계야부의 죽음은 오라버니에게서 출발했다.

‘오라버니…… 여기까지. 제발 더는 하지 마세요. 무총을 원하시면 가지세요. 얼마든지. 하니 제발…… 이 이상은 하지 마세요.’

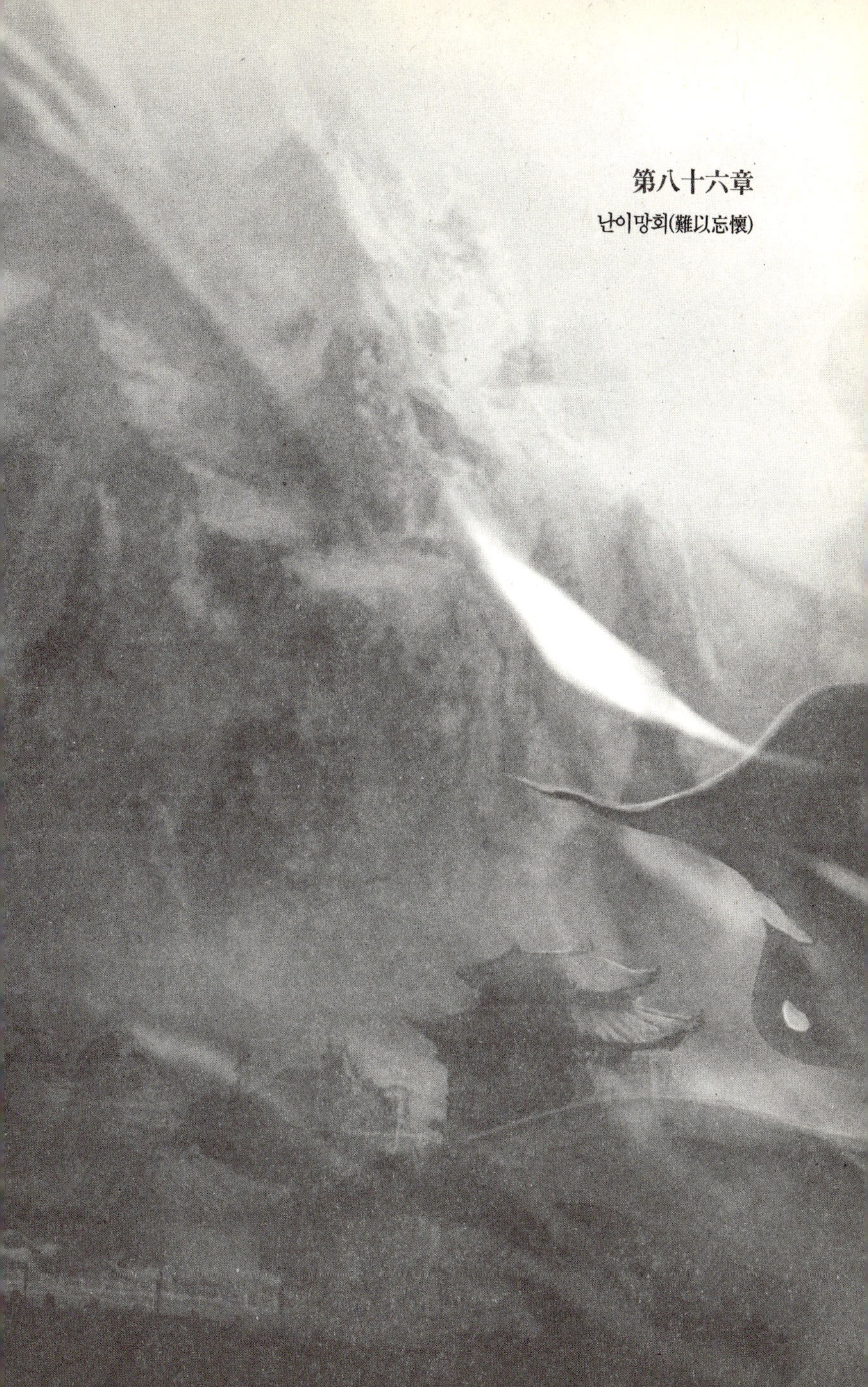

第八十六章
난이망회(難以忘懷)

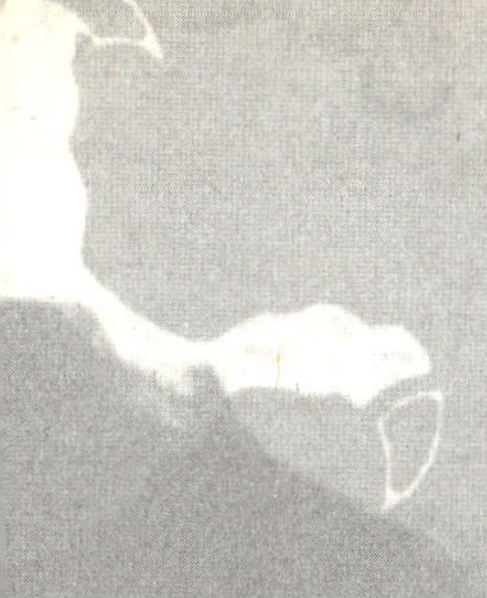

빛 한 점 들지 않는 골방은 퀴퀴한 곰팡내로 가득했다.

"오랜만이군."

"네놈이냐!"

"후후! 이런 데 갇혀 있으면 기 좀 죽어야 하는데…… 어쨌든 팔팔한 모습을 보니 나쁘지는 않군."

"퉤! 더러운 자식!"

어둠 속에서 침 뱉는 소리가 들렸다.

잠시 침묵이 흘렀다.

"후후! 시세를 아는 자는 준걸이라는 말도 듣지 못했나 보군. 좋아. 어차피 가는 길이 다르니까. 찾아온 용건을 말하지. 사람 좀 죽여줘야겠다. 죽이는 대가는 자유. 이 정도면 썩 괜찮은 조건 아닌가?"

"……."

이번에는 갇힌 자가 침묵했다.

한참 만에 그가 말했다.

"무슨 수작이냐?"

"수작이라니! 좋은 뜻에서 찾아왔건만…… 후후! 북으로 가라. 죽일 자는 단차. 의살이라는 해괴한 무공을 쓰는데…… 뭐랄까? 정신을 조종하는 일종의 사술(邪術)이랄까? 하지만 꽤 강력해. 그 사술에 많은 사람이 당했지."

"호호호! 내게 말하는 걸 보니 안선이 나설 수 없는 일인가 보군."

"눈치 하나는 빠르단 말이야. 그런 것도 있고…… 또 그놈의 무공이 만만치 않다는 이유도 있고."

"헛수작하지 말고 가라."

"갈 것 같으면 찾아오지도 않았지. 이럴 때 아니면 쓸모가 없을 것 같은데, 괜한 자존심 때문에 살 수 있는 기회를 놓치지 마."

"호호호! 살려줄 마음이나 있었나!"

"있으니까 찾아왔지. 자, 자! 밀고 당기기는 그만 하자고. 해야지?"

"……."

"그래, 잘 생각했어. 그럼 파훼 방법을 일러주지. 보는 대로 죽일 것. 시간을 주지 말란 소리야. 말을 나눌 생각도 하지 말

고, 잠시의 여유도 즐기지 마. 무조건! 무조건 붙었다 하면 네
가 가진 모든 것을 쓰도록 해.”
　“분명히 하자. 이번으로 끝인가?”
　“끝이야.”
　“믿어도 되나?”
　“쯧! 그래도 한솥밥을 먹은 처지인데 그리 못 믿겠나? 이번
일만 끝내면 가고 싶은 대로 가라고.”
　“네놈을 죽이러 와도 되나?”
　“그건 곤란한데……. 난 죽고 싶지 않아서 말이야.”
　“후후후! 죽어야 할 게다.”
　“그런가? 하긴…… 이 세상에 죽고 싶은 사람이 어디 있겠
나. 죽은 사람들 모두 마지막 순간까지 살고 싶다는 생각으로
가득했을 테지. 마음대로 해.”
　뇌옥(牢獄)에서 작은 협상이 이루어졌다.

＊　　　＊　　　＊

　그는 폭포에 앉아 쏟아지는 물줄기에 온몸을 맡겼다.
　머릿속이 잡념으로 들끓을 때는 막중한 압력에 전신을 던지
는 것도 좋다. 하면 한순간에 온 정신이 폭포수에 집중된다.
폭포에 온몸을 맡기는 순간부터 잡념으로부터 해방되는 것이
다.
　그래서 폭포를 좋아한다.

하루 종일, 한 달 내내…….

"후후! 검을 쓰는 자가 몸에서 검을 떼어놓다니, 좋지 않아."

순간, 온 신경이 쭈뼛 섰다.

눈을 떠 음성이 들린 곳을 쳐다봤다.

낯선 사내가 능글맞은 미소를 흘리며 검을 들어 보인다.

스릉!

사내가 검을 뽑는다. 자신의 검을 뽑아 햇살에 비추어 본다.

"무림에서 벗어났다고 너무 방심하는 것 아냐? 정식으로 은거한 것도 아니면서. 아니지. 우리 같은 사람은 은거라는 게 없잖아? 그저 죽을 때까지 싸워야 하는 팔자인데…… 이게 아니라도 싸울 만한 게 있다는 소리인가?"

사내가 검을 좌우로 휘저었다.

쒜엑! 쒜에에에엑!

검에서 매서운 한풍이 일어난다.

제법 떨어진 거리에서 지켜보고 있건만, 한기가 몸서리쳐지게 다가온다.

'상당한 고수!'

그는 전력을 다해야 할 자와 부딪쳤다는 것을 직감했다.

산에서 맹수가 맹수를 만났다.

양쪽 모두 약간의 틈만 잡으면 목을 물어뜯을 수 있는 능력을 구비했다.

한데 상대가 자신의 발톱을 빼갔다.

엄청나게 불리한 상황이다.

그는 벌떡 일어서려다 주춤거렸다.

'이제 와서 뭘 살겠다고……'

그는 다시 주저앉아 폭포에 온몸을 내맡겼다.

"호오! 그게 꽤 수련이 되나 봐?"

사내가 놀란 눈으로 말했다.

이 순간부터 대답하지 않는다. 악의를 품고 왔으면 죽일 것이요, 그렇지 않으면 돌아갈 것이다. 자신이 누군지 알고 찾아온 자이니 틀림없이 살의를 품겠지만…… 괜찮다.

"웅지를 품고 검을 들었을 텐데, 줄 한번 잘못 서서 안됐군."

그의 눈썹이 꿈틀거렸다.

줄을 잘못 섰다고는 생각지 않는다. 운이 따라주지 않았을 뿐이다.

"한 놈만 죽여라. 하면 제대로 된 주군을 모실 수 있도록 길을 열어주겠다."

"……."

"북으로 가라. 이름은 단차. 아마도 가명일 듯싶은데. 놈에 관한 정보는 여기 있다."

사내는 바닥에 검을 내려놓았다. 그리고 그 옆에 서신 한 장을 얹었다.

"후후! 쉽게 생각하지는 마라. 놈은 북지단 외단주조차 어쩌지 못하는 놈이니까. 자세한 건 서신을 읽어보면 알 것이고…… 무사히 다녀오면 우린 다시 만날 수 있겠지. 그때는 편한 마음으로 술 한잔할 수도 있을 것이고.”

“…….”

사내가 태연히 등을 돌려 걸어갔다.

그의 몸이 격렬하게 떨리기 시작했다. 사내가 멀어지면 멀어질수록 걷잡을 수 없이 떨렸다.

‘뭐야, 이 감정은!’

그는 스스로에게 분노했다.

무인에게 주공이란 한 사람이면 족하다. 그가 죽는 순간 수하의 삶도 끝난 것이다.

다른 자들은 어찌 행동하는지 알 바 아니고, 그 자신만은 그리 생각해 왔다.

한데 욕망이 솟구친다.

검을 잡고 싶다. 검을 쓰고 싶다.

기회란 자주 오는 게 아니다. 앞으로 살아갈 날은 많지만 지금과 같은 기회는 두 번 다시 생기지 않으리라.

그는 사내의 뒷모습에서 무림의 냉혹함을 읽었다.

나를 위해 검을 들어주지 않는 자, 썩은 가지에 불과하다.

“후욱!”

그는 거친 숨을 몰아쉬며 폭포에서 뛰쳐나왔다.

*　　　*　　　*

달그락! 달그락!

사기그릇 속에서 주사위가 돌아간다.

네 사내는 그릇을 쳐다보지 않았다. 험상궂은 표정으로 도박을 벌이고 있는 한 사내의 등만 노려보았다.

"걸지?"

주사위를 흔들고 있던 사내가 말했다.

"아! 그럴까? 잠시 돈 좀 세고 나서 하면 안 될까? 이거 얼마나 되는지 알아야…… 에라, 모르겠다."

얼굴에 부드러운 미소를 띠고 있는 사내가 동전 한 무더기를 앞으로 밀어놓았다. 그러자,

탁!

주사위 돌리던 사내가 신경질적으로 사기그릇을 엎었다.

"숫자는?"

"일(一), 사(四)."

"일사란다. 똑똑히들 기억해 둬라!"

사내가 사기그릇을 들어 올렸다.

주사위가 두 개가 보였다. 나온 숫자는 오와 사.

"빌어먹을!"

사내는 성질난다는 듯 그릇을 냅다 던져 버렸다.

"하나를 맞혔으니 판돈의 두 배네. 하하! 이거 미안해서……."

돈을 밀어 넣은 사내가 동전을 헤아리기 시작했다.

주사위 두 개에 나오는 숫자는 두 개다. 한 개를 맞히면 판

돈의 두 배를 돌려주고, 두 개 다 맞히면 네 배를 준다. 얼핏 생각하면 그 정도 못하겠냐 싶지만 찍은 숫자가 한 번도 안 나올 가능성이 칠 할이나 된다는 데 주의해야 한다.

한데 어디선가 불쑥 나타난 촌놈이 돈을 쓸어가고 있다.

주사위를 다섯 번이나 굴렸는데, 매번 하나씩은 맞힌다. 그리고 그때마다 엄청난 돈을 쏟아 넣어야 했다.

"이백서른세 냥. 이백 냥만 주게."

"없어."

"……?"

얼굴에 미소를 띤 사내는 잘못 들었나 싶어서 얼굴을 빠딱 치켜들었다. 그 순간,

퍼억!

등 뒤에 늘어서 있던 사내 중 한 명이 몽둥이로 그의 뒤통수를 냅다 후려쳤다.

둔탁한 소리와 함께 노름하던 사내의 머리에서 피가 흘러내렸다.

"어디서 굴러먹다 온 놈인데 난장을 쳐대는 거야!"

"어, 이 자식! 오늘 한번 맛 좀 봐라."

사내들은 힘없는 노름꾼을 땅에 메다꽂고 몽둥이질, 발길질을 쏟아냈다.

웅성거리며 모여 있던 사람들이 뿔뿔이 흩어졌다. 원수 진 사람처럼 두들겨 패던 장한들도 판을 접어버리고 돌아갔다.

텅 빈 골목에 피투성이가 된 그만 남았다.

"후후후!"

그의 입에서 웃음이 새어 나왔다.

두들겨 맞아도, 머리가 깨져도 답답한 마음은 풀어지지 않는다.

꺾인 야망, 무너진 일상!

"후후! 후후후후!"

그는 단단한 몸집에 언제나 자신만만하던 사람을 떠올렸다.

이제는 잊어야지 하면서도 하루에 몇 번씩 꼭 생각을 하곤 한다. 정말 잊어야지, 잊어야지 하면서도 눈앞에 환영처럼 어른거리는 것을 막지 못한다.

그는 땅바닥에 누워 밤하늘을 올려다봤다.

하늘은 무심하게도 맑다. 별이 총총하다. 폭우라도 쏟아지면 마음이 편해지려나?

"……!"

두 팔, 두 다리를 쭉 뻗고 무심히 하늘을 쳐다보던 그에게 낯선 기운이 범접했다.

츠츠츠츳!

진한 살기가 전신을 난자한다.

그는 눈을 감아버렸다.

저항하고자 하면 충분히 할 수 있지만, 이제 그만 목숨을 놓아도 괜찮다 싶었다.

원한이 실린 일격이면 얼마나 좋을까? 괜히 돈이나 뜯자고 달려드는 어설픈 강도만 아니면 괜찮을 텐데.

"후후후! 폐인이 되어 떠돈다는 소문은 들었는데, 이건 상태가 훨씬 심하군. 검이나 들 수 있겠나? 아니지. 병기가 칼이지? 칼은 어쨌나? 설마 엿 바꿔 먹은 건 아닐 테고."

"……."

그는 감은 눈을 뜨지 않았다.

죽기는 틀렸다. 아니, 아주 귀찮게 되었다. 상대는 자신을 알고 찾아왔다. 그리 잘 알지도 못하면서 아주 잘 아는 척한다. 후후! 이런 놈들 치고 쓸 만한 놈 없고 귀찮지 않은 놈 없다.

"한 사람만 죽여라. 자유를 주마."

"……?"

말을 듣는 순간 몸이 딱딱하게 경직되었다.

내용이 어찌 좀 이상하다. 자유? 이런 말을 흘릴 수 있는 사람은…… 안선에서 보낸 사자(使者)밖에 없다.

"북지단에 단차란 자가 있다. 그자만 죽이면 된다. 후후! 자세한 정보가 필요한가?"

"네놈…… 누구냐!"

'말하지 않으면 죽인다!' 는 협박이 짧은 말 속에 내포되었다.

파파팟!

살기도 쏘아냈다. 상대는 서 있고 자신은 누워 있지만 능히 한 걸음쯤 뒤로 물러서게 만들 수 있는 패악의 살기다.

그는 물러서지 않았다. 아니, 한 걸음 앞으로 다가와 그의 머리 위로 쭈그리고 앉았다.

"내가 누군지 알 필요가 있을까? 어차피 서로 만날 사이도 아닌데. 넌 단차를 죽이고 자유를 얻으면 그만이고, 난 심부름만 하면 끝나는 거고. 문제있나?"

"……."

"대답이 없다는 건 승낙으로 받아들이마. 필요한 건 안선에서 조달해도 좋다. 은자, 물자, 정보, 사람…… 원하는 건 모두 갖다 써라. 이유 불문, 무조건 지불한다."

"후후후! 단차란 자…… 처음 들어보는데, 강한 모양이군. 안선이 이토록 전폭적인 지원을 해준 적이 없는데."

"전폭적인 지원이라고 생각하지 말고, 네가 쓰면 얼마나 쓰겠냐고 생각하면 될 거야."

"후후! 우리…… 한 번은 더 만나야 할 것 같군."

"그런 말을 한 사람이 많아. 살아 돌아오기나 해. 참! 놈이 의살을 사용한다고 말했나?"

"뭣!"

그는 누운 채로 경악성을 토해냈다.

"쯧쯧! 자유를 주는 청부인데 가벼울 거라고 생각한 건 아니지? 후후! 살아 돌아와라. 그럼 한 번 더 볼 수 있을 테니. 수하들은 아직도 건재한가? 하도 귀신같은 자들이라서…… 후후후!"

사내가 웃으며 멀어져 갔다.

그는 한동안 일어서지 못했다.

사내의 말은 믿어도 좋다. 안선은 이런 식으로 명령을 하달한다. 그가 누군지 모르고, 명령을 확인해 줄 서신 한 장 없지만 그의 말은 믿어도 좋다.

단차를 죽이면 자유의 몸이 된다.

안선에서 벗어나 홀가분하게 무림인의 일원이 될 수도 있고, 다시 안선으로 들어가 안선의 새로운 일원이 될 수도 있다.

새 출발을 할 수 있게 된다.

지금까지 두 다리를 옭아매고 있던 십교사의 그늘에서 벗어날 수 있는 유일한 제의다.

"단주(團主)……."

바람 소리처럼 툭 한마디가 튀어나왔다.

"여기 있습니다."

허공에서 응답이 왔다.

"사왕(死王)!"

"기다리고 있습니다."

"혼수(魂首)!"

"보기 힘들었습니다. 이제 일어서시는 겁니까?"

각기 다른 음성들이 세 방향에서 울렸다.

유명단(幽冥團), 유령사(幽靈死), 유마혼(幽魔魂)!

그들이 눈을 떴다.

"단차란 자를 아는가?"

"알고자 하시면 일각 이내에 사돈에 팔촌까지 파헤쳐 오겠습니다.”

“떠난 자는?”

“후후! 저희를 어찌 보시고.”

“저흰 마도(魔刀)님처럼 나약하지 않습니다. 흐흐!”

단 한 명의 이탈자도 없다.

떠날 사람은 떠나도 좋다고 말했다. 넉넉하게 은자까지 지불해 주었다. 그래도 그들은 떠나지 않고 폐인이 되어 떠도는 자신 곁을 지켰다.

그는 일어섰다.

“도(刀)!”

지붕 위에서 옛날 그가 애병으로 사용하던 마도가 뚝 떨어졌다.

이럴 줄 알았다. 안선을 떠나며 강물 속에 던져 버렸는데…… 찾아서 지니고 다닐 줄 알았다.

“후후후! 오랜만에 사냥을 해야겠군. 단차라…… 어떤 놈인지 낱낱이 캐와!”

소안마도의 입에서 일갈이 떨어졌다.

*　　　*　　　*

잘생긴 미공자(美公子)? 기개가 활달한 장부(丈夫)? 강한 쇠냄새가 물씬 풍기는 강자(强者)?

뭐라고 한마디로 말할 수 없는, 그러나 매우 뛰어나 보이는 사내가 느릿한 걸음으로 정원을 들어섰다.

정원은 온통 꽃으로 가득했다.

그의 눈이 정원 한구석에 닿았다.

그곳에는 몸집 좋고 얼굴이 보통 사람보다 배는 큰 사내가 늑대의 눈빛으로 시녀의 나신(裸身)을 훑어보고 있었다.

미공자가 그에게 다가서며 말했다.

"보냈습니다."

"쓸 만한 자들인가?"

"매우! 괜찮은 자들입니다."

미공자는 시녀의 주위를 한 바퀴 돌면서 나신을 감상했다.

시녀는 아름다웠다.

단순히 아름답다는 말로는 표현할 수 없는…… 정신을 아득하게 만드는 미(美)의 화신(化身)이었다.

"조각 같군요. 몸매가 아주 훌륭해요. 이런 애를 어디서 데려온 겁니까?"

"후후! 마음에 드나?"

"이런 꽃은 그냥 이대로 지켜보는 게 낫죠. 괜히 꺾었다가는 후회하기 십상이니까요. 볼 때는 모양이 제일이나 꺾는 순간에는 맛과 향이 우선입니다. 모양 좋다고 맛도 좋지는 않죠. 후후후!"

"여색에도 일가견이 있는 줄은 몰랐군."

"일가견이라고까지는 할 게 없고…… 앞으로 계속 즐겨볼 생각입니다. 영웅호색(英雄好色)이라는 변명거리도 있고 하니."

"하하하! 그런가?"

시녀를 감상하던 사내가 일어섰다.

"사실 이 아이, 독화(毒花)라네. 찔렸다 하면 즉사하고 말 아주 치명적인 독화지. 그래도 흥미있나?"

그는 앞서 걸었다.

그 뒤를 미공자가 따랐다. 그리고 마지막으로 나신의 시녀가 사뿐사뿐 걸음을 옮겼다.

"관심없습니다. 처음부터 관심없었으니 제게 떠넘길 생각은 아예 마십시오."

미공자는 진심인 듯 손사래까지 쳤다.

"넌 어떠냐? 앞으로 무림을 이끌어 나갈 동량인데, 네 사내로 만들 자신이 있느냐?"

시녀가 옥구슬 굴러가는 음성으로 말했다.

"음식은 겉보기와 맛이 다를 때가 많습니다. 공자님은 용모가 뛰어나고 풍채는 항우(項羽)와 견줄 수 있으며, 기개는 하늘을 꿰뚫고 있으니 아주 맛있어 보입니다만…… 그 맛까지야 먹어보지 않고서는 말할 수 없겠죠. 제 사내가 되고 안 되고는 맛을 보고 난 후에나 논할 이야기지요."

"뭐? 하하하!"

"후후후!"

두 사내는 웃었다.

미공자가 시녀를 흘깃 쳐다보며 말했다.

"내력이 있는 여인이군요. 누굽니까?"

"이름은 설영영. 무림에서는 화향호리라고 불리던 여인이네. 화화곡 곡주였지. 화화곡주보다는 사사귀로 더 알려졌고."

"아!"

"아나?"

"알아볼 생각입니다."

"지금부터 알아보는 건 어떤가?"

"사양하지 않겠습니다. 일을 잘 처리한 상으로 알고 기꺼이 받겠습니다."

"하하하! 상이지, 상이야. 하하하!"

머리 큰 사내는 호탕하게 웃었다.

보고가 이어졌다.

"칠교사가 은 십만 냥을 보내왔습니다. 나머지 사십만 냥은 기루와 전장들이 처분되는 대로 바로 보내주겠다고 합니다."

"애 좀 먹이겠다는 거군."

머리 큰 사내, 사교사는 짐작했다는 듯 입꼬리를 비틀며 웃었다.

"고우진이 재미있는 발상을 했습니다."

"재미있는 발상? 하긴 나도 궁금했어. 단차에게 보낸 자들이 누군가? 안선의 힘을 축내지 않고, 어설픈 자들도 아니고…… 무림에 그만한 자들은 드물 텐데 말이야."

"죽은 교사들의 수족입니다."

“교사들의 수족?”

“고우진은 이교사의 수족인 팔비첨창을 제일 먼저 접촉했고, 두 번째는 육교사의 수족인 북망고검을 찾아냈습니다. 그리고 세 번째이자 마지막으로 십교사의 수족이었던 소안마도를 끄집어냈습니다. 그들이라면 단차를 붙들어놓는 정도가 아니라 죽일 수도 있을 겁니다.”

“호오!”

사교사는 놀라운 듯 눈을 부릅떴다.

팔비첨창, 북망고검, 소안마도…… 죽은 교사들의 제일 측근들이다.

그들은 주군에 대한 충성심이 너무 깊기 때문에 다른 교사들이 거두지 않는다. 그렇다고 마음 편히 무림을 활보하는 것도 용납하지 않는다. 안선에 대한 비밀을 너무 많이 알고 있기 때문이다.

그들은 쥐 죽은 듯이 살아야 한다.

아무도 없는 심산유곡에 둥지를 틀어도 좋고, 남해 바다 고적한 섬에 틀어박혀도 좋다. 무림에는 일절 모습을 드러내서는 안 된다. 그렇지 않을 경우, 그와 연관된 자들은 모두 죽는다.

그들에게는 연관된 자들이 많다.

그들과 연관되었다기보다는 주군과 연관된 사람들이 대부분이지만 그래도 지켜주어야 할 사람들이다.

고우진이 그들을 썼다?

“이건…… 풋내기가 아닌데?”

솔직히 감탄했다. 죽은 자들, 이미 잊힌 자들을 다시 끄집어내다니. 이런 게 어찌 무림을 모르는 몽골 풋내기의 행동이라고 할 수 있는가.

“저희도 그렇게 생각했습니다. 주의 깊게 지켜보셔야 합니다. 자칫하면 이교사처럼…….”

사교사는 고개를 끄덕였다.

고우진을 시험할 기회는 두 번이나 더 있다.

오늘 당장…… 이 밤이 지나고 나면 화향호리의 입에서 무언가 재미있는 말이 흘러나올 것이다. 그리고 두 번째로 그를 향한 칼날도 있다.

이번에 마무리한 일까지 세 가지 난관을 어떤 식으로 헤쳐나가는지 지켜보면 그가 어떤 자인지 알 수 있을 게다.

그는 웃었다.

“후후후! 그래 봤자 풋내기지.”

2

쓱! 쓰으읏!

검날이 숫돌과 부드러운 마찰을 일으킨다.

검을 밀고 당기면서 숫돌의 오톨도톨한 느낌을 음미한다. 숫돌과 숫돌 위에 뿌려진 물과 장검의 어울림 속에서 울려 나오는 소리를 감미로운 음악 듣듯이 경청한다.

소예는 온 정신을 검에 쏟아부었다.

비궁은 독물들의 세상이다. 독물들이 주인이고, 인간은 잠시 머물다 가는 손님이다.

비궁 중에서 그나마 몸을 눕힐 수 있는 곳은 사약란과 그의 일행이 거주하는 비지(秘地)뿐이다.

한데 그곳은 들어갈 수 없다.

십영자는 오로지 독림에서 명이 떨어지기만 기다린다.

어떤 명령인지, 자신들이 이곳에 왜 왔는지…… 그들이 아는 것은 없다.

사일도는 많은 것을 가르쳐 주지 않는다. 필요한 때에 딱 적절하다 싶을 정도의 말만 한다.

그래도 그를 믿는 마음에는 변함이 없다.

남자라면 살아가면서 무슨 부탁이든 들어줘야 할 벗이 두세 명쯤은 있게 마련이다.

어떤 부탁이든 들어준다.

돈을 달라면 돈을 주고, 목숨을 달라면 목숨을 준다.

세인들은 피를 나눈 형제라도 그런 일은 할 수 없다고 한다. 부탁을 들어주는 것에도 어느 정도 한계가 있다고 한다.

틀린 말이다. 어느 정도의 부탁을 들어줄 수 있느냐 하는 것은 벗을 사귀는 깊이에 따라서 다르다. 도산검림(刀山劍林)에 몸을 담고 사는 무인들은 마음이 맞는 벗을 만나면 목숨도 기꺼이 내줄 수 있을 정도로 깊이 사귄다.

십영자에게 사일도가 그런 존재다.

일교사의 간자, 비삼으로 활동하다가 조용히 스러져 간 황욱도 진정한 의리를 간직했다.

그는 폭혈신공을 수련했다.

일교사가 사일도를 죽이기 위해 특별히 창안했다는 자살 마공이다.

그런데 사용하지 않았다. 동나가 주는 독약을 순순히 마셨고, 조용히 스러져 갔다.

마지막 순간에 일교사의 간자라는 신분보다 십일영자 중 한 명인 황욱이라는 신분을 택한 것이다. 그만큼 그에게는 사일도에 대한 의리와 충성이 중요했다.

벗을 위하여! 주공을 위하여!

사일도가 독림에 머물라 했으니 머문다. 교대로 호숫가에 나가 경계를 서라 하니 선다.

토론은 있지만 항명은 없다.

명령이 떨어지기 전에는 자신의 의견을 십분 피력하지만 일단 행동방침이 결정되면 아무리 지독한 일일지라도 기꺼이 해낸다.

소예는 호숫가에 나왔다.

동정호에는 많은 배가 미련을 못 버리고 둥둥 떠 있지만 비궁에 발을 들여놓는 자는 없다.

해약을 복용하고, 피독산을 바르고, 몸에 피독주까지 지녔어도 머리가 어질어질하다.

목숨을 열 개쯤 갖지 않은 다음에야 어느 누가 이런 독물 속에 과감히 뛰어들 수 있는가.

동정호를 바라보고, 노래도 불러보고, 운공조식도 해보고, 수련도 해보고…… 그리고 검을 간다.

마음이 조용히 가라앉는다.

지루하게 흐르는 시간을 죽이기 위해서는 무엇이든 몰두할 것이 필요하다.

쓱! 쓰으으웃!

날카롭게 갈아진 검날이 햇볕에 반짝거린다. 순간,

'훗!'

소예는 짧은 헛바람을 토해냈다.

검날에 낯선 자들이 비친다.

한 명, 두 명, 세 명…… 얼핏 보았지만 못해도 십여 명은 넘는 것 같다.

'언제?'

소예는 벌떡 일어남과 동시에 앞을 향해 치달렸다.

낯선 자들은 등 뒤에 있지 앞에 있지 않다.

놈들은 바다처럼 넓게 펼쳐진 호수를 통해 들어오지 않았다. 아니, 앞쪽으로 오지 않았다. 다른 쪽, 옆이나 뒤로 돌아왔다. 자신이 파악할 수 없을 정도로 은밀히 잠입했다.

소예는 등에 칼을 맞지 않을 정도로 치달린 다음 번개같이 뒤돌아섰다.

사내들은 뒤쫓아오지 않았다. 그들은 제자리에 서서 뭐 하냐는 듯 웃어댔다.

　"검(劍). 오행매화보(五行梅花步). 일자혜검(一字慧劍). 화산 파(華山派). 네가 소예군."

　사내들은 자신을 알고 있다. 자신은 이들을 모른다.

　문답무용(問答無用)!

　직감이 왔다. 이들은 결코 호의를 가지고 비궁에 들어선 게 아니다. 뿐만이 아니라 비궁을 제집 드나들 듯이 들락거릴 수 있는 실력까지 갖췄다.

　상당히 곤란한 상대와 만난 것이다.

　그는 사내들이 누군지 짐작해 내려고 애썼다. 한편으로는 신호를 보내는 것도 잊지 않았다.

　슈웃! 퍼엉!

　왼손이 들썩이자 화탄이 허공으로 쏘아졌다.

　아름다운 오색 불꽃이 푸른 하늘을 물들인다. 작은 불덩이 가 화려하게 퍼지더니 이내 한 줌 재가 되어 스러진다.

　사내들은 그가 화탄을 쏘도록 내버려 두었다.

　'설마!'

　불길한 예감이 등줄기를 타고 자르르 흐른다.

　은밀히 침입한 자들은 신호에 민감하다. 그런 자들은 절대 로 신호를 보내게 하지 않는다.

　이들은 태연했다. 그것은 다시 말해서 독림 안에 있는 구영 자가 만반의 태세를 갖춰도 상대할 자신이 있다는 것이다. 그 게 아니면 이미 기습하고 있을지도 모른다.

　침입한 자들은 이들이 전부가 아니다.

이들은…… 불길하지만 오로지 자신만을 노리고 왔다.

구영자를 상대할 자들은 따로 있다. 주공 사일도를 가로막을 자도 따로 있다.

"어디서 온 자들인지, 말할 리 없겠지?"

"검자(劍者)에게 말이 필요하다고 보나?"

순간, 소예의 머릿속에 번개같이 스쳐 가는 생각이 있었다.

'검산!'

선천적으로 살인자가 될 수밖에 없는 사람들이 있다.

살인마의 피를 물려받았기 때문에 살인마가 되었다는 말은 새빨간 거짓말이다. 그러면 도둑의 피를 물려받으면 도둑이 되고, 학자의 피를 물려받으면 개똥밭에 내다 버려도 학자가 된단 말인가.

사람은 물려받은 피보다 어떤 환경에서 자랐느냐가 중요하다.

살인마들은 최악의 환경 속에서 성장한다.

도둑질을 보고 배운 아이는 도둑질이 나쁜 짓인지 모른다. 성장한 후에 도둑질이 나쁘다고 말해주어도 무의식 속에서는 여전히 나쁘지 않다는 생각이 살아서 숨 쉰다.

살인도 마찬가지 경우다.

정신이상자는 살인에 둔감하다. 그들에게 살인이란 농부가 닭이나 오리를 잡는 것과 다름없다. 아무런 죄책감도 없다. 죄책감을 구성하는 부분이 망가져 버렸다.

우발적인 살인이 아니라 살인을 즐기는 사람들은 거의 대부분 뇌의 어느 한 부분이 고장 났다고 봐도 무방하다.

이런 자들이 모여서 본격적으로 검을 연구했다.

그들에게 목숨은 중요치 않았다. 자신의 목숨은 물론이고 타인의 목숨도 단지 검예를 상승시키기 위한 도구일 뿐이다.

악마!

그들은 악마였다. 사람을 죽이는 것과 돼지를 죽이는 것이 같다고 생각하는 인간도살자였다.

그들은 많은 살수를 개발했다.

인간이 어느 정도까지 칼질을 버텨내는지 그들만큼 잘 아는 사람도 없을 게다.

사람을 죽이는 기술은 발전을 거듭하여 초상승 검공이 되었다.

검산!

죽은 자들의 검이 산이 되어 쌓여 있는 곳.

그들은 정신이상자이되 바보는 아니다. 누구보다도 뛰어난 머리와 얼음 같은 마음으로 살인을 즐기는 살인귀다.

그들이 늘 하는 말이 검자에게 무슨 말이 필요하냐는 것이다. 검자는 검을 들고 싸우면 되는 것이 아닌가. 실력이 부족하면 죽는 것이다. 여러 말이 필요없다.

살인귀, 그들이 풀려났다.

"무총이…… 악수(惡手)를 두었구나!"

소예는 검을 들어 올렸다.

일자혜검으로 이들을 상대할 수 있을지 의문스럽다.

검산의 검공은 무총주가 직접 봉문을 명할 정도로 살인적이었다. 이들이 본격적으로 검을 들면 성(城) 하나를 초토화시키는 데 십여 일이면 충분하다는 말도 나돌았다.

"화산파 일자혜검. 좋은 검공이지. 어디 볼까?"

스릉!

사내 중 한 명이 검을 뽑았다.

다른 자들은 한 발쯤 떨어진 곳에서 팔짱을 끼고 지켜보았다.

합공을 할 기세는 아니다.

'살인마들이 자존심은 있어가지고.'

그는 검을 들어 올렸다.

일자혜검은 단 한 번의 가름으로 승부를 결정짓는 사검(死劍)이다.

상대의 육신을 가운데 두고 육신 밖에 점과 점을 찍는다. 그리고 검으로 점과 점을 일직선으로 잇는다.

일자혜검이 통하려면 몇 가지 단서가 붙어야 한다.

쾌(快)는 제일 먼저 거론되어야 한다. 상대의 신법보다 두 배 이상은 빨라야 한다. 상대를 목석(木石)처럼 묶어둔 상태에서 단숨에 베어내야 한다.

두 번째로 거론될 것이 패력(覇力)이다.

점과 점 사이에 들어 있는 것은 모두 베어낸다.

육신만 걸려들라는 법은 없다. 검도 걸릴 수 있고, 창이나 거도(巨刀)가 가로막을 수도 있다.

단검에 베어낸다. 점에서 점까지 거부하지 못할 힘으로 잘라낸다.

내공을 검 한 자루에, 단 일 초에 쏟아부어야 한다.

이런 검공으로는 부사영이 수련한 타사인이 있다.

타사인도 일격필살의 절명초이지만 일자혜검과는 많이 다르다.

일단 타사인은 물샐틈없는 검초를 사용해서 상대가 피하지 못할 곳으로 몰아넣는다. 그런 후에 일격을 가하게 된다.

일자혜검은 전자가 생략된다.

일자검에 혜(慧) 자가 붙은 것이 그 때문이다.

조용히, 차분하게, 냉정하게 상대의 검초를 지켜본다. 혜안(慧眼)을 가지고 일자검이 성공할 수 있는 기회를 포착한다. 슬기로운 눈과 머리로 거리와 방향과 힘을 조절한다.

그 후, 일격에 벤다.

타타타탁!

상대가 급하게 다가왔다.

좋은 현상이다. 급하게 다가오면 다가올수록 일자혜검의 성공률은 높아진다.

그는 마음을 차갑게 굳히고 결정적인 틈을 기다렸다. 그리고 그 기회는 상대가 일 장 안으로 들어서기 전부터 환하게 드러났다. 점과 점을 어디에 찍어야 가장 효율적인 일직선이 그어질지가 아주 뚜렷하게 보였다.

"후우!"

소예는 장검에 진기를 몰아넣었다.

'단 일 초!'

같이 지내던 십영자들조차도 그의 진기를 본 적은 한 번도 없다.

사일도의 명으로 중원을 떠돌며 무인들과 비무행을 할 때도 일자혜검은 사용하지 않았다.

하나 상대가 검산이라면 처음부터 최선을 다해야 한다. 이 정도면 충분하지 않을까 하는 검공보다는 일 초에 깨끗이 끝낼 수 있는 검공을 써야 한다.

"탓!"

짧은 소성을 토해내며 검을 쭉 뻗었다.

한 점이 찍혔다. 다른 한 점은 머릿속에 그려놓았다.

추왁!

검을 내리그었다.

검이 찍은 점과 상상 속의 점이 하나로 이어졌다. 일직선이 쭉 그어졌다.

푸왁!

공격해 오던 자의 몸이 두 쪽으로 쩍 갈라졌다.

검이 두 동강 났다. 상반신이 무 베듯 베어져 나뒹굴었다.

사내는 비명도 지르지 못하고 절명했다.

"후우!"

소예는 피 묻은 검을 거두며 진기를 조율했다.

싸움은 한 차례로 끝나지 않는다. 이제 겨우 십여 명 중에 한 명을 베었을 뿐이다.

츠으읏! 쓰쓰쓰쓰읏!

쓰러진 시신 위로 검은 독물들이 새까맣게 달려들었다.

피를 빨아 먹고, 살을 갉아 먹고, 골수까지 파먹는다.

방금 전까지만 해도 팔팔하게 검을 휘둘렀던 검사는 향 한 자루 탈 시간도 되지 못해서 뼈만 남고 말았다.

소예는 진기를 휘돌린 후, 다시 장검을 곧추세웠다.

"후후후! 그게 일자혜검이었군. 잘 봤어. 화산파의 명검 중에 일자혜검이 으뜸이라더니 정말 그렇군. 그리 말할 만해."

말을 하던 사내가 검을 뽑았다.

스르릉!

검날이 느릿하게 뽑혔다.

'고수!'

소예는 바싹 긴장했다.

발검(拔劍)만 보고도 상대의 무공을 짐작할 수 있다. 검 한 자루에 목숨을 건 세월이 무려 삼십여 년. 이제 그 정도는 알아볼 정도가 되었다고 자부한다.

츠츳!

진기가 주입된 검에서 검기가 파동 쳤다.

사내가 말했다.

"우리 검산에도 일자혜검 못지않은 절기가 있지."

"후후! 하늘을 무너뜨리는 절기인들 없을까."

검산에는 삼대절검(三大絶劍)이 있다. 그것이 무엇인지는 검산 사람만이 안다. 하지만 그 삼대절검으로 인해서 검산이 살인마의 집단에서 절정고수들의 문파로 탈바꿈할 수 있었다는 건 이미 널리 알려진 사실이다.

소예는 침착했다. 평정지수(平靜之水)처럼 고요하게…… 티끌 하나 묻지 않은 순백함으로…… 검을, 상대를, 상대가 뿜어내는 기운을 지켜본다.

타타탁!

그가 치달려왔다.

먼저 사내처럼 급하다. 그리고 보니 사용하는 신법도 똑같다. 보폭을 최대한 벌려서 달려오는 시간을 줄이는 대신, 호흡은 그만큼 더 가팔라진다.

이런 신법은 검을 쓰기에는 부적합하다.

'희한한 사람들……'

소예는 씩 웃으며 점과 점을 찍었다.

검산은 검에 관한 한 일가견을 지닌 사람들이라고 알려졌는데, 막상 부딪쳐 보니 그게 아니다. 아예 기본조차 모르는 게 아닐까 싶을 정도로 엉성하다.

이들은 왜 이런 검법을 구사하는 것일까? 이 정도로 설마 중원 무인들조차 경각해 마지않던 십영자를 벨 수 있다고 생각한 것은 아니겠지?

수많은 생각이 떠올랐지만 지금은 모두 접었다.

모든 신경을 싸움에 집중시킨다.

척!

검을 밑으로 늘어뜨렸다. 현실의 점을 찍은 것이다.

먼저 사내는 사선으로 내리그었다. 이번 사내는 밑에서 위로 올려친다. 사내가 사선 공격에 대비하여 올려칠 준비를 하고 있다. 제발 내리긋기만을 바라며 달려온다.

바보들……. 원하는 대로 검을 써줄 바보가 어디 있는가. 이건 기본이라고 할 수도 없는 것 아닌가. 원하는 것이 있으면 속으로 숨기기라도 할 것이지, 눈에 빤히 보이도록 환히 드러내 놓고 원하는 방식으로 싸워주기를 바라는가.

쒜엑!

검이 아래에서 위로 그어졌다. 순간,

타앙!

그의 검이 첫 번째 장벽과 부딪쳤다.

'웃!'

그는 깜짝 놀랐다. 원래는 검이 있어서는 안 된다. 그의 검이 첫 번째 부딪칠 것은 상대의 살이다. 두 번째가 뼈이고, 세 번째가 뒤늦게 쳐올려진 검을 잘라 버리는 것이다.

한데 첫 번째로 검과 검이 부딪쳤다.

까앙!

그의 검이 잘려 나갔다. 전신 진기가 하나로 집약되어 주입되었는데, 수수깡처럼 잘려 버렸다.

싸악!

눈앞에 번갯불이 스쳐 갔다.

팔에서 가슴에서…… 뜨거운 느낌이 왈칵 밀려든다. 용암에 던져진 것처럼, 모닥불 위에 드러누운 것처럼…… 너무 뜨겁다.

이제야 알았다. 이들은 일대일의 승부를 결행한 게 아니다. 아주 무서운 합공을 취했다.

아마도 검산의 삼대절검이란 것들, 모두 일 초의 승부를 탐할 것이다. 일자혜검처럼 상대를 죽이지 않으면 공격자가 위험해지는 절대 절명초일 게다.

먼저 사내는 일자혜검을 알아보기 위해 목숨을 던졌다.

그 자신이 가공할 절초를 지녔음에도 검산을 위해 기꺼이 죽음을 선택했다.

승패가 환히 드러나는 졸자(拙者)였다면 죽음을 택할 리 있겠나. 십영자 중에 한 명이고, 사용하는 검법이 일자혜검 정도 되니 목숨을 내놓은 것이다.

이는 두 가지 효과가 있다.

첫 번째는 자신들의 신법을 보여줌으로써 방심을 이끌어낸다. 엉성한 신법을 사용한 자가 손쉽게 꺼꾸러지면 아무리 경각심을 높인 상태라고 해도 다소 경계심이 누그러지게 되어 있다.

두 번째로는 일자혜검을 자세히 관찰할 수 있다.

한마디로 목숨 하나로 알아낼 수 있는 건 모두 알아내고 끌어낼 수 있는 건 모두 끌어낸다.

복수를 하는 건 다음 사람이다. 그다음 사람일 수도 있고, 다음다음이 될 수도 있다.

이들이 합공을 하지 않는다는 건 오산이다.

아주 완벽하고 치열하며 잔인한 합공을 구사한다.

검산 검수들은 일 초의 승부를 탐하는 무학들에게는 다시없는 천적이다.

"제길!"

소예는 툴툴 웃었다.

그 시간, 양소명도 독물들 틈에 몸을 눕혔다.

강하다. 너무 강하다. 어떻게 해볼 틈도 주지 않고 단숨에 심장을 갈라 버렸다.

"무, 무슨…… 무슨 검…… 법이……."

그가 할 수 있는 말은 그것이 전부였다.

자신이 어떤 검법에 죽는지 알고 싶은 마음은 티끌만큼도 없다. 그런 걸 안다고 해서 죽음이 삶으로 바뀌지도 않는다.

단지 놀라울 뿐이다. 너무 놀라워서 묻지 않을 수 없었다.

눈앞에서 불이 번쩍 붙었다.

유유히, 느릿느릿 흐르는 강물처럼 여유롭게 다가오던 검이 막 접전이 벌어지려는 순간에 번쩍 튀었다. 화악! 불이 붙었다. 그리고는 심장에서 아픔을 느꼈다.

단언컨대 이토록 빠른 검법은 본 적이 없다.

십영자 중에서 가장 빠른 검을 가진 사람은 정파다. 그리고 그다음이 소예다. 하지만 그들 중 그 누구도 검산의 검법을 당해내지 못할 것 같다.

"일촌사(一村死)라고 들어봤나?"

"이, 이게 일…… 촌…… 사……."

"후후! 빠름을 찾는 방법은 여러 가지. 그중에 접전이 일어나는 시점을 찾아내어 빠름을 집약시킨 것이 일촌사. 나도 집중, 상대도 집중. 모두가 집중되어 있는 상태에서 한 치만 더 앞선다면…… 아주 쉽게 끝나지."

눈앞에서 번쩍 튀어 오른 전율, 섬광!

그것은 일촌사였다. 병기가 부딪치려는 찰나에 숨겨놓았던 진기 일 푼을 아낌없이 보탰다. 그것이…… 단 일 푼의 진기가 느릿하던 검을 섬광으로 바꿔놓았다.

이런 검공은 충분히 연구해 볼 가치가 있다.

진기의 순환, 경맥의 구조를 잘 살피면 순간적인 빠름을 얻어내는 건 불가능하지 않다.

어째서 이런 방법을 생각하지 못했을까?

알면 이리 쉬운 것을…… 생각을 아주 조금만 전환하면 천하의 절초를 얻을 수 있는데…….

안다, 그런 점까지도 안다. 아는 데도 발상의 전환을 하지 못했다. 그것이 사람 사는 세상 아닌가.

"일촌…… 사. 괜찮은…… 무공. 후후!"

양소명은 억지로 입술을 비틀어 올리며 웃었다.

두 명이 쓰러졌다.

호반에서 경계를 서던 소예가 제일 먼저 쓰러졌고, 중간 길목을 차단하던 양소명이 두 번째로 변을 당했다.

그들의 죽음은 불가항력이었다.

기습은 전격적으로 이루어질 것이고, 그 앞을 가로막는 건 누가 되었든 죽었을 게다.

누구라도 그렇게 될 수 있었다.

붕비, 석지, 정파, 량준…… 십영자 중 어느 누구도 그와 같은 상태에서는 생존을 장담하지 못했다.

소예와 양소명은 그런 점을 알고 번을 섰다.

불행히도 기습은 그들 차례에서 이루어졌다. 두 사람은 즉각 화탄을 쏘아 올렸고, 남은 사람들은 그들 덕분에 충분히 대비를 갖출 수 있었다.

안타까운 죽음이다.

"검산…… 흠! 검산을 동원할 줄은 정말 몰랐습니다. 무총이 직접 칼을 뽑을 것까지는 예상했는데 검산이라니. 후후! 이거 뒤통수 한 대 제대로 맞았습니다."

동나가 미간을 찌푸리며 말했다.

사일도는 묵묵히 독림만 쳐다봤다.

등 뒤에는 식인 물고기가 바글거리는 해자다. 눈앞에는 독림이 펼쳐져 있다.

이것도 배수진(背水陣)이라면 배수진인데…… 자신들이 임의로 선택한 것이 아니라 떠밀려 왔다는 게 신경질난다.

사일도는 독림에서 눈을 떼지 않았다.

그의 눈에 유현(幽玄)한 어둠이 베인다. 활활 타오르는 불길 같은 건 없다. 냉기가 풀풀 풍기는 비정함도 볼 수 없다. '이 자, 위험하다!' 정도만 느껴지는 미미한 살기가 출렁인다.

검산…… 봉인 삼문 중에 일문인 검산이 동정호까지 내려와서 십영자를 쳤다.

이는 무총의 비호가 없다면 결코 벌어질 수 없는 일이다.

즉, 무총이 차도살인의 도구로 검산을 선택했다.

모든 상황이 일목요연(一目瞭然)하게 읽혔다.

"후후후! 우리만 독림을 마음껏 휘젓고 다니는 줄 알았는데 그게 아니군."

석지가 말했다. 그는 금방이라도 튀어나갈 기세였다.

"그걸 말이라고. 우리가 복용하는 피독환, 피독산, 피독주. 이거 모두 무총에서 나온 것 아냐. 우린 슬쩍한 거고 저놈들은 정식으로 건네받은 거고. 흐흐!"

정파가 눈을 가늘게 뜨며 말했다.

그들에게 검산이란 싸워서 넘어야 할 존재로밖에 비치지 않는다.

총주가 봉문을 시킬 정도로 검공이 패악스럽다는 점, 검산의 문도들이 한결같이 비정상적인 살인귀라는 점 등등 검산을 두렵게 만드는 모든 소리가 귀에 들어오지 않았다.

그런 소리에 일일이 반응하면 도산검림에 몸을 담지 못한
다.

싸워야 할 상대가 나보다 강한지 약한지 그것부터 살피려
드는 자는 검을 들 자격이 없다.

소예가 죽고 양소명이 죽었다.

그들과 비등한 무공을 지녔던 동료가 속절없이 무너졌다.

그래서 두려워해야 하나? 아니다. 그렇기에 더 싸워야 한다.
두 놈의 복수를 해줘야 한다.

남은 팔영자의 눈빛에 불꽃이 타올랐다.

문제는 사일도가 좀처럼 공격 명령을 내리지 않는다는 점이
다. 아니, 처음부터 싸울 뜻이 없었다. 두 명이나 목숨을 잃는
동안, 사일도와 팔영자는 독립을 버리고 해자로 물러났다.

일부러 싸움을 피한 것이다.

왜 싸우지 않느냐고 묻지는 않는다. 싸울 때가 되면 싸우기
싫어도 싸우게 만들 것이다. 지금은 싸울 때가 아니기에 두 명
이나 죽었어도 물러서 있는 게다.

싸우지 못하는 것은 검산도 마찬가지다.

그들은 십영자를 죽이라는 명을 받았다. 명령 속에 사일도
는 들어 있지 않다. 그 말은 달리 말하면 사일도만은 건드리지
말라는 소리와도 같다. 더군다나 사일도의 무공은 깊이가 어
느 정도인지 아는 사람이 없다.

절대고수인 것은 분명한데, 어느 정도나 강한지 알지 못한
다.

검산의 입장에서도 사일도가 팔영자 곁에 붙어 있는 한 공격할 수 없다.

검산이 공격하면 사일도는 마음껏 검을 휘두를 것이다. 그러잖아도 절대고수인데 작정하고 검을 쓴다. 반면에 검산은 제대로 부딪치지도 못한다. 그를 죽이는 순간에 무총의 적이 되기 때문이다.

지금은 마주치지도 못하고 물러서지도 못하고 어정쩡한 입장이 되고 만다.

사일도가 팔영자 곁에서 떨어지기를 기다린다.

살이 붙어 있는 것도 아니고 언젠가는 떨어지지 않겠나. 아니면 한두 명씩 떨어져 나오는 놈이 있지 않겠나. 그들만 친다. 급하게 생각할 것 없다. 차분히 길게 보면 된다.

검산은 기다림에 익숙했다.

강제로 봉문을 당한 후, 절치부심하며 이를 갈아왔다. 한데 이까짓 며칠을 더 못 기다리겠는가.

검산은 독림에 틀어박혀 있다.

"주공, 여기서 검진(劍陣)을 짜는 건 어떻습니까? 이대로 물러설 수는 없고, 놈들을 좀 건드려 줘야죠?"

량준이 주먹을 우두둑 꺾으며 말했다.

말은 하지 않지만 두 사람의 복수를 하고 싶은 마음이 간절하다.

그들이 당할 만큼 검산의 무공이 놀라울 테지만, 그런 것은 안중에도 두지 않는다. 앞뒤 가리지 않고 무조건 쳐나가서 격렬하게 부딪치고 싶은 마음뿐이다.

"동나."

사일도가 동나를 불렀다.

동나가 기다렸다는 듯이 즉시 입을 열었다.

"검산의 봉문은 오직 총주님만이 풀 수 있죠. 하니 이번 공격은 총주님이 직접 지시하신 것으로 봐도 좋을 겁니다. 알아들었어? 너희 모두 총주님께 미운 털이 박혔단 말이야. 히히!"

동나가 살아남은 영자들을 보며 히죽거렸다.

대꾸하는 사람은 없다. 그 정도는 이미 짐작하고 있다. 상대가 검산이라는 것을 알았을 때, 그 뒤에 무총 총주가 버티고 있다는 것쯤은 말해주지 않아도 알 사람들이다.

"직접적인 목적은 십영자를 죽이는 것이겠지만…… 결국은 공자님께 경고를 보내는 거 아니겠습니까."

"그 경고가 뭐냐?"

"몰라서 물으시는 것 같지는 않고……."

"말해라."

"능구렁이 같으신 분. 말하라 하시니 말하죠. 더 이상 군사를 건드리지 마라. 여기서 이대로 얌전히 물러서라."

"거부하면?"

"글쎄요? 사실 군사께서도 생각이 있으신 것 같고…… 두 분이 예전의 오누이 사이는 아니잖습니까? 군사께서 오죽 똑똑하셔야죠. 낭군에 대한 정도 두터우셨고. 이제는…… 글쎄요. 전처럼 공자님 말씀이라면 깜빡 죽는 동생은 아니지 싶습니다."

"순순히 말을 듣자는 말이구나."

"하하! 손해 보는 일도 아닌 바에야. 그리고 솔직히 총주님이 눈을 부릅뜨셨는데 견딜 재간이 있어야지요."

"검산과는 일전을 벌여야겠지?"

"검산, 저놈들…… 후후! 죽기 아니면 살기죠. 지옥 끝까지라도 따라올 친구들이고…… 승부를 봐야 할 것 같습니다. 초전(初戰)은 실전 경험도 쌓을 겸 군사님께 양보하는 게 좋을 것 같고…… 그 후의 계획을 짜보겠습니다."

"복수는 조금 기다린다."

사일도가 팔영자를 쳐다보며 말했다.

사일도는 해자를 보며 앉아서 독지네를 구워 먹었다. 팔영자도 뱀이며 독와(毒蛙)며 손에 닿는 대로 잡아먹었다.

검산이 장기전을 생각하듯, 그들도 여유를 가졌다.

사일도가 구운 지네를 바싹 씹으며 말했다.

"뭐 하는 거야? 검진(劍陣)인가?"

팔영자도 독물로 배를 채웠다. 하나 그들은 먹기만 한 게 아니다. 동나의 지시에 따라서 각기 자리를 재조정했다.

엉성하지만 검진을 짠 것이다.

"하하! 이런 걸 하지 않으면 군사께서 나오지 않을 겁니다. 잔뜩 궁지에 몰린 새앙쥐가 되어야 마지못해 나오실 테니…… 보기 싫어도 잠시 참아주십쇼."

동나가 말을 하면서 왕보와 류청지의 자리를 정해주었다.

사실 팔영자에게 검진은 극독이나 마찬가지다.

검진은 무공의 특성을 빼앗아간다.

개인의 무공보다는 단체의 합공을 우선시한다. 한데 팔영자의 무공은 서로 섞이려야 섞일 수 없는 무공들이다. 그들은 단체가 되어 싸우는 것보다는 독자적으로 싸울 때 훨씬 강하다.

왕보는 빠른 발을 사용할 수 없다. 량준은 독문무공인 패왕권을 쓸 수 없다. 살수왕 류청지는 살수 비기를 사용하지 못한다.

그들이 검진을 펼쳐서 얻을 수 있는 이득은 인막(人幕)뿐이다.

여기에 묘수(妙手)가 숨어 있다.

동나는 완전히 이질적인 무공들을 조합시켰다. 그리하여 완벽에 가까운 진형(陣形)을 짜냈다.

동나가 독창적으로 창안해 낸 진형.

예전에 선보인 적도 없고, 이후에 나타날 리도 없는 완전히 새로운 진형이다.

진을 모르는 사람이 보면 너무 엉성해서 봐줄 수가 없을 것이다. 하나 조금이라도 진에 대해서 아는 사람이라면 쉽게 접근해서는 안 될 진형으로 볼 게다.

사약란 같은 경우에는 어떨까?

그녀는 진형에 대해서 해박하다. 무공을 모르면서도 무인들을 이끌었다.

‘서지단’ 하면 떠오르는 ‘천악망’도 그녀가 만든 작품이다.

그녀는 어떤 진이든 일견(一見)하는 것만으로도 허실을 파악해 낼 것이다.

동나가 바라는 것이 그것이었다.

어정쩡한 진으로는 안 된다. 세상에 널리 알려진 진도 안 된다. 급조한 진형이어야 하며, 처절함이 섞여 있어야 하고, 전멸을 각오한 마음이 읽혀져야 한다.

동나는 실제로 언젠가 한 번은 써보겠다고 생각하며 창안했던 절진을 풀어냈다.

원래는 십일영자 모두가 있어야 하나, 세 명이 빠진 진형도 그럭저럭 쓸 만은 하다.

“됐습니다. 아! 제 것까지 다 드신 겁니까?”

동나가 허겁지겁 다가와 한 마리 남은 지네를 집었다.

독림에서 혈향(血香)이 풍겼다.

단순한 느낌이 아니다. 바람을 타고 날아온 혈향이 예민한 후각을 자극한다. 다른 사람은 아무 냄새도 맡지 못하지만 그녀는 뚜렷하게 맡아낸다.

독심독의의 독경을 수련하다 보면 기이한 현상이 일어난다.

독물들이 더 이상 징그럽지 않다. 애완동물처럼 예쁘고 사랑스럽다. 독물들이 내뿜는 고약한 냄새도 참을 수 있게 된다.

독심독의는 그런 냄새를 이 세상에서 가장 향기로운 냄새라고 표현했지만, 사실 그 정도가 되려면 아직 멀었고…… 그저 인상 쓰지 않고 견딜 수 있는 정도는 되었다.

동, 서, 남, 북…… 사방에서 독물들의 냄새가 풍긴다.

똑같은 냄새가 아니다. 각기 다른 냄새다. 세월이 지나면서 독물들도 각기 영역을 구축했다.

동쪽에 있는 독물과 서쪽에 있는 독물이 다르다.

그들은 서로 남의 땅을 침범하지 않는다.

비궁은 좁은 섬이다. 많은 땅을 차지하고 싶어도 그럴 수 없다. 그러려면 다른 독물과 치열하게 싸워야 하는데, 그런 싸움은 이득보다는 손실이 많다.

그래서 적절히 타협한다.

끼리끼리 모여 영역을 구축했고, 그 안에서만 종족을 번식한다. 먹이사슬을 고려하여 적절하게 개체 수를 조절한다.

타협과 통제를 등한시했다가는 공멸(共滅)하고 만다는 것을 한낱 미물도 알아차린 것이다.

사약란은 그 냄새를 모두 구별해 낸다.

한데 비릿한 독물들의 냄새 속에 코를 찌르는 강렬한 냄새가 섞여 있다.

'피!'

미간이 찌푸려진다.

독림에서 혈향이 풍겼다는 건, 누군가가 오라버니와 일전을 벌였다는 뜻이다.

그녀는 냄새를 쫓아서 해자 앞까지 걸어갔다.

해자 건너에 오라버니가 있다.

십일영자는 팔영자로 줄었다. 언제인가부터 황욱이 보이지 않았다. 이제는 소예와 양소명이 없다.

짙은 피비린내는 그들의 실종과 연관있을 게다.

'죽었어.'

그녀는 눈을 부릅떴다.

무공을 수련하면서 십일영자의 도움을 많이 받았다. 그들은 기꺼이 비무 상대가 되어주었고, 미숙한 부분은 지도까지 해주었다. 사부 아닌 사부 역할을 톡톡히 해주었다.

덕분에 그들의 무공을 소상히 알게 되었다.

당금 무림에서 소예와 양소명을 함부로 할 사람은 없다.

그들은 오라버니의 그림자라고 공언하기에 충분할 만큼 강한 무공을 지녔다.

그들이 죽었다.

"흠!"

그녀는 신음을 흘렸다.

도대체 어떤 조직이 오라버니를 해자까지 밀어붙일 수 있을까?

"아는 것 있어요?"

눈길은 여전히 오라버니를 향한 채 물었다.

그녀 곁에 몇 사람이 모였다. 사내 둘에 여인 둘이다. 오목과 일력광겸, 사색신녀와 사사표풍이다.

현재 그녀 곁에 있는 사람은 이들이 전부다.

"검산이라고 들어봤어요?"

사사표풍이 말했다.

"검산? 그들은 봉인 삼문…… 설마!"

"검산이에요. 호호! 어찌나 큰 소리로 말하는지 귀 기울이지 않아도 들을 수 있더군요."

사약란의 머리는 부산하게 움직였다.

검산의 봉문을 해제시킬 수 있는 사람은 할아버지, 하면 할아버지가 공격 명령을? 공격 대상은? 왜? 화화구중! 자신 때문에…… 비궁에서 떠나라는 경고?

일련의 사태가 연줄처럼 쭉 펼쳐졌다.

왜 이런 일이 벌어졌는지 알 것 같다.

"상당히 고전하는 것 같던데…… 도와줘야 되지 않을까?"

오목이 사색신녀를 보며 말했다.

"이 사람이 왜 옆에서 입 냄새 풍기고 있어!"

사색신녀가 특 쏘아붙였다.

"그러지 말자고. 그래도 살을 섞은 사이 아닌가."

파아아앗!

사색신녀의 눈에서 검은 동자가 사라지고 흰자위만 번뜩인다.

유마심안이 절정으로 치닫고 있다는 증거다.

"엇! 됐네, 됐어. 미안, 미안하다고!"

오목이 다급히 외치며 뒤로 펄쩍 물러섰다.

사색신녀가 그들 곁으로 올 때, 그녀는 한낱 기녀였다. 중원 사대기녀 중의 한 명으로 지칭되는 뛰어난 명기였다. 그녀가

수련하고 있던 유마심안이나 삼양절맥지는 어디에 내놓지도
못할 정도로 미미한 수준이었다.

한데 이제는 절정고수로 탈바꿈했다.

그녀를 단 일 수에 죽일 수 있었던 일력광겸이나 사사표풍
마저도 승부를 장담할 수 없을 정도로 눈부시게 발전했다.

오목은 계속 구애를 하고 있지만 두 사람의 간격은 시간이
지날수록 멀어지고 있다.

"저것들, 진을 펼치는 것 같은데…… 허! 내가 원래 무식해
서 저런 건 잘 모르지만 어째 엉성한 것 같은데? 야! 게서 헛소
리 찍찍 하지 말고 저것 좀 봐라. 저거 엉성하지 않냐?"

일력광겸이 오목을 쳐다보며 말했다.

오목이 해자 건너 팔영자를 쳐다봤다.

그들은 팔방(八方)을 점했다. 각이 딱딱 져 있는 것을 보면
팔괘진(八卦陣)으로 보이는데, 서로 간의 유기성을 생각하면
사상진(四象陣) 두 개를 섞어놓은 것 같기도 하다.

"량준의 절초는 패왕권인데…… 좌방에서 치고 들어가면
몸을 반 바퀴 정도는 돌려야 패왕권을 쓸 수 있을 것…… 무슨
진을 저렇게 짰대?"

오목도 어처구니없어서 입을 쩍 벌렸다.

진을 잘 알지 못하는 오목의 눈에도 허점이 단번에 보이는
데, 약간의 지식이라도 갖춘 사람의 눈에는 어떻게 보이겠는
가.

"뭐가 더 있나? 저렇게 쉬울 리는 없는데……."

"허! 내가 잘못 보지는 않은 것 같군. 저런 멍청이들. 저런 진을 짤 바에는 차라리 혼자 싸우고 말지."

일력광겸이 침을 퉤 뱉었다.

그들은 비궁에서 무슨 일이 벌어졌는지 아직까지도 모르고 있다.

누가 소식을 전해줘야 알지 않겠나. 아무 소리도 안 하는데 어떻게 알겠나.

그들은 독성 세 명이 합심하여 사약란의 고질병을 치료했다는 정도밖에 몰랐다.

독심독의가 왜 떠났는지 모른다.

계야부가 비궁에 들어왔던 사실도 모른다. 하물며 그가 죽었다는 건 더더욱 모른다.

그들은 눈뜬장님이었다.

사약란은 일부러 소식을 전해주지 않았다.

알아봤자 번민만 심해진다. 지금은 마음을 고요히 가라앉히고 지닌 무공을 극성으로 끌어올릴 때다. 그래야 정작 무림에 나가면 제 몫을 제대로 해낸다.

그녀가 기대하는 수준은 십일영자 정도였다.

그 정도는 되어야 안심하고 일을 맡길 수 있다고, 현 무림이 그토록 흉흉하다고 봤다.

네 사람은 일취월장했다.

가장 장족의 발전을 보인 사람은 사색신녀다. 그녀가 절정 고수로 탈바꿈하리라고는…… 사실 사약란조차도 반신반의했

다. 믿는 마음도 컸지만 기녀 출신이기에 믿지 못하는 마음도
있었다.

그녀는 해냈다.

오목의 접연십팔타는 눈에 보이지 않을 정도로 빨라졌다.

원래 환수였던 그인지라 손놀림 하나는 자신있던 터, 거기
에 손놀림이 주가 되는 접연십팔타를 갖다 붙이니 원래 자신
이 창안한 무공인 듯 몸에 딱 달라붙었다.

일력광겸과 사사표풍도 밤잠을 설쳐 가며 무공 수련에 매진
했다.

무총에서 나와 계야부를 만날 때까지만 해도 자신만만했다.
총주의 제자라는 신분이 어디 흔한 것이던가. 하나 날카롭던
예기는 자자검이 죽는 순간에 꺾이고 말았다.

그들은 아무것도 아니었다.

솔직히 총주가 왜 사명사귀를 보냈는지 의아스러웠던 적도
있다.

계야부에게 필요했던 사람은 독심독의뿐이다. 나머지 세 명
은 있으나 마나 한 사람이었다. 하니 사명사귀라는 이름으로
한데 묶어서 내보낼 게 아니라 독심독의만 보내면 되는 거였
다.

그런 생각을 하게 된 데는 그들의 무공이 그리 뛰어나지 않
다는 데 있다.

그들은 계야부나 사약란에게 큰 힘이 되어주지 못했다. 간
신히 짐이 되는 것은 면했지만 어떤 일을 도맡아 하기에는 부

족한 감이 없지 않았다.

특히 괴노독 같은 독인을 상대할 때는 형편없었다.

솔직히 그들의 무공으로는 총주의 제자라고 말하기도 쑥스
럽다.

아무 도움도 되지 않고, 특정한 임무도 부여하지 않고……
도대체 왜 내보냈을까?

일력광겸과 사사표풍은 마치 바보가 된 심정으로 비궁에 틀
어박혀서 무공만 수련했다.

한 가지, 자위하는 점은 있다.

사약란이 점점 무인으로 변모하고 있다. 고질병을 고치고
나니 두 눈을 의심할 정도로 고절한 고수가 되었다. 정말로 하
루아침에, 잠자고 깨어나 보니 고수가 되어 있었다.

총주는 손녀의 수족이 되라고 두 사람…… 죽은 자자검과
떠나간 독심독의까지 합해서 네 사람을 보낸 게 아닐까?

물론 무총을 떠날 때는 명확하게 부여받은 임무가 있었지만
모든 게 희석되어 버린 지금, 그들에게 남은 것은 사약란의 손
발 노릇밖에 없는 것 같다.

사실 그 일도 그들에게는 버거웠다.

사약란은 그들이 감당하기에는 너무 가공할 고수가 되었다.
그들 두 사람이 합공을 해도 오히려 패할 사람은 자신들이다.

그녀의 손발 노릇을 하려면 좀 더 강해져야 한다.

사실이 이럴진대 어찌 밤을 새워가며 무공 수련에 매진하지
않을 수 있겠는가.

네 사람은 각기 다른 이유로 수련에 박차를 가했고, 소기의 성과를 거뒀다.

사약란이 물어왔다.

"싸우고 싶어요?"

"……?"

네 사람은 무슨 의미인가 싶어서 사약란을 쳐다봤다.

"동나가 펼친 저 진형은…… 만만치 않아요. 치고 나가는 진형이 아니라 지키는 진형이에요. 장담하건대, 네 분이 전력을 다해도 쉽게 깰 수 없을 거예요. 엉성해 보이지만 결코 엉성하지 않아요."

"뭔가 있을 것 같기는 했는데……."

오목이 머리를 긁적거리며 말했다.

"그리고 저 진형은 도와달라는 요청이에요. 자신들은 진형을 구축하고 있을 테니 첫 싸움을 맡아달라고 말하네요. 비궁을 뚫고 나가야 하는데, 그러려면 첫 싸움부터 기진해서는 안 된다고. 아셨어요? 저 진형은 몇날 며칠을 공격해도 뚫리지 않을 진이에요."

사약란이 심유(深幽)한 눈으로 진형을 쳐다봤다.

"마지막으로 오라버니의 청을 받아들일 거예요. 어때요? 싸울 수 있어요? 상대는 검산이에요."

그녀가 네 사람을 쳐다봤다.

第八十七章
혈전(血戰)

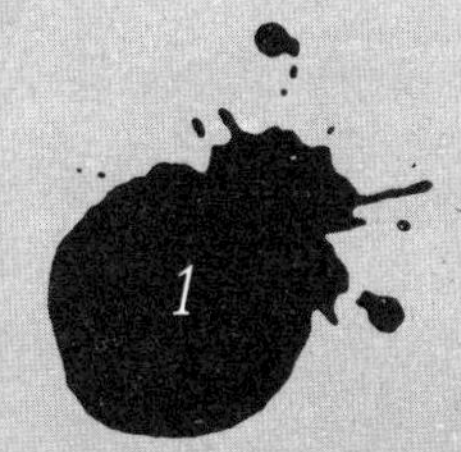

계야부는 식음(食飮)을 전폐하고 의살이라는 화두에 매달렸다. 의살이 무림 밖에 있는 사람들에게는 공의 무공, 정신 무공이라고 불린다는 점도 간과하지 않았다.

의살은 무공이 아니라 정신이 추구하는 최고의 가치다.

한데 왜 자신은 깨달았다는 느낌이 들지 않을까?

붓다란 '각자(覺者)'를 말한다. 지자(智者)라고도 하고 각인(覺人)이라고도 한다.

한마디로 '깨달은 자'라는 뜻이다.

의살이 각성 상태에서 터져 나오는 것이라면 당연히 자신도 깨달은 자, 각자가 되어야 한다.

무공을 사용할 때는 각자, 평상시에는 범인(凡人).

이런 기이한 현상은 어째서 벌어지는 것일까?

지금까지 의살을 사용했던 몇몇 사람은 말 그대로 각자였다. 그들의 행동은 시종일관(始終一貫)이었다. 늘 한결같았다. 무공을 사용할 때나 사용하지 않을 때나 그들은 각자였다.

계야부는 아니다.

무공을 사용하는 순간만 각자가 된다.

그가 사용하는 의살은 정신 무공의 일종이기는 하지만 세인들이 말하는 공의 무공은 아니라는 뜻이다.

공의 무공은 발전 가능성을 논할 수 없다.

깨달은 자에게 발전이란 있을 수 없기 때문이다. 그들은 세상의 끝에 선 사람들이기에 더 이상 올라설 곳도, 깨달을 것도 존재하지 않는다.

그런 뜻에서 본다면 북지단주가 말한 의살이 발전한다는 말도 틀린 말이다.

의살이 공의 무공이라면 발전은 없다.

의살은 무공의 끝이다. 영원히 끝나지 않을 무학의 종점이다. 신의 능력을 인간이 구비한 것이다. 당연히 의살을 능가할 무공도 존재할 수 없다.

북지단주가 말한 의살은 깨달은 자의 손짓이 아니라 인간이 창조한 정신 무공의 일종이다.

하니 공의 무공이란 말은 제외해야 한다.

각자, 각성, 각인…… 이 모든 말을 버려야 한다.

깨달음을 제외시키고 인간이 창조해 낼 수 있는 무공 중에서 찾아야 한다. 신의 능력이 아니라 누구나 노력하면 펼칠 수 있는 인간의 무공이어야 한다.

의살이란 말도 잘못된 말이니 버린다.

주의를 집중시키기 위해 그가 만든 말은 일목이다.

일목이란 말에는 아무런 의미도 없다. 단지 자신의 정신을 깊이 보는 것이기에 일목이란 말을 사용했는데…… 지금은 일목 이상의 말을 찾을 수 없을 것 같다.

그가 사용하는 무공은 일목이다.

'일목을 일으킨다' 는 말은 일반적인 무공에서 진기를 일으킨다는 말과 상통한다.

일반 무공은 진기를 일으킬 경우, 단전을 의념(意念)한다.

일목은 육신의 감각을 버리고 정신 속에 숨어 있는 새로운 감각을 찾아간다.

육신을 버릴 때 새롭게 드러나는 나!

상궁(上宮)에 거처하는 존재.

상궁! 일명 상단전이라고도 하는 상궁을 적극적으로 활용한 결과는 아닐까?

단전도 의념으로 보고 상궁도 의념으로 본다. 단전에서 진기를 이끌어낼 때 사용하는 관법(觀法)이 내관(內觀)이다. 상궁을 지켜볼 때 사용하는 관법도 내관이다.

다른 점은 역시 육신의 감각이다.

단전에서 진기를 이끌 때는 전신 경맥을 아주 자세히, 뚫어지게 의념해야 한다. 그런 까닭에 전신 감각이 최고조로 발달

된다. 시각, 청각, 후각이 범인들에 비해 몇 배, 몇십 배 발달한다.

상궁을 지켜볼 때는 진기를 이끌 때와는 정반대로 감각을 죽여야 한다. 오로지 일념으로, 전신 경맥을 살피지 말고 상궁만 지켜봐야 한다. 상궁에서 터져 나오는 빛을 살펴야 한다.

여기서 빛을 또 다른 자신으로 바꾼다는…… 이게 바로 지금까지 그가 의살이라고 여겼던 각성이 된다.

무림에는 상궁을 이용한 무공이 존재한다.

도문(道門)이라면 이런 무공을 대소 불문하고 거의 대부분 한두 개씩은 가지고 있다.

도문 무공을 살펴봐야 한다.

동정호 비궁에서 그는 죽음 직전까지 치몰렸다.

육신은 축 늘어졌지만 정신은 본능적으로 삶을 향해서 치열한 투쟁을 하고 있었을 때다.

정신의 예민함, 긴장도가 평소와는 다르게 극한까지 치달렸다.

그런 상태에서는 무슨 일이든 벌어질 수 있다.

문득 무엇인가를 깨달았는데, 그것이 살아오면서 한 번도 들어보지 못한 도문 무공의 한 자락을 잡았을 수도 있다. 그가 깨달았다고 생각하는 부분이 상궁이 열리는 순간은 아니었을까?

작은 혼란이 일었다.

하나 그렇다고 해서 자신에 대한 믿음이 사라진 건 아니다.

달라지는 것은 아무것도 없다. 세상이 그의 무공에 어떤 정의를 내리든, 그리고 그가 깨달은 각자이든 아니든 그의 일상은 바뀌지 않는다.

육체를 잊는다. 손과 발에 아무런 감각도 느껴지지 않는다. 오직 정신만이 살아서 움직인다. 생각도 죽인다. 잡념만 죽이는 것이 아니다. 머릿속에 떠오른 모든 생각을 죽인다. 생각을 죽여야 한다는 생각까지 소멸시킨다.

그냥 텅 빈 마음으로 자신을 지켜본다.

그러다 보면 아무것도 없는 우주 속으로 몸이 둥둥 떠다니는 순간이 오고, 언제인지부터 자신도 모르는 사이에 진정한 자신이 서 있음을 알게 된다.

'이것이 나구나' 하고 느낄 필요도 없다.

그저 내가 서 있다.

이런 현상은 인간의 언어로는 어떻게 설명할 방도가 없다.

인간의 말은 경험에서 만들어졌다. 경험한 것들을 타인에게 전달하는 수단으로 말이 생겼다. 그러므로 경험하지 못한 부분은 아무리 구체적으로 풀어서 설명해도 이해 불가능한 말이 될 뿐이다.

그래도 꼭 알고 싶다는 사람에게는 직접 경험해 보라고 말하는 게 그나마 가장 적당한 말이 될 게다.

무작정 '하면 되니 해보라'는 식으로 말하는 건 아니다. 이렇게 저렇게 해보라고 자신이 경험한 바를 상세히 일러준다. 옆에서 지켜보며 잘못된 길로 가면 바로잡아 준다.

각자는 자신이 본 것을 남들도 보게 하기 위해서 부단히 노력한다.

그런데도 사람들은 믿지 않는다. 그대로 따르기만 하면 각자가 본 것을 볼 수 있는데, 볼 수 없다는 말만 한다. 몸은 각자의 말을 따르지만 마음속에서는 자신은 절대 볼 수 없다고 단정 짓고 있다. 그러니 볼 수 없는 게다.

영리한 자는 각자가 되지 못한다. 각자의 말을 의심없이 믿고 따르는 순백한 마음의 소유자만이 깨달음을 얻는다.

계야부의 무공이 각자의 그것은 아닐지라도 그 역시 같은 말을 할 수밖에 없다.

경험해 보지 못한 사람은 자신의 무공을 이해하지 못한다.

이것이다.

세상이 그의 무공을 뭐라고 부르든, 어떻게 생각하든 신경 쓸 것이 없다. 묵묵히…… 자신의 무공만 키워 나가면 된다. 키울 수 있는 무공이 아니라고 생각하지만…… 어쩌면 이것도 자신의 아집(我執)일지 모르기에 일단은 키울 수 있다고 생각하련다.

하루, 이틀, 사흘…… 안선을 기다리는 세월이 쌓여갔다. 그리고 그 기간 동안 그는 의살 속에 푹 파묻혔다.

"저……."

소동(小童)이 쭈뼛거리며 다가왔다.

폐가(廢家)에서 먹지도 자지도 않고 앉아만 있는 괴인이 어린아이 눈에 곱게 비칠 리 없다. 어른들 이야기에 나오는 사람 잡아먹는 괴물이라고 생각하기 십상이다.

'왔나.'

계야부는 눈을 떴다.

"저…… 이거……."

소동이 덜덜 떨리는 손으로 서신을 내밀었다.

'만총림주.'

계야부는 서신을 받기도 전에 누가 보낸 서신인지 짐작했다.

서신에서 묵 냄새가 풍긴다.

하루 종일 먹물과 씨름하는 유생이 풍기는 냄새다.

이런 냄새를 풍기기 위해서는 여타의 냄새를 멀리해야 한다. 술 냄새, 여인의 지분 냄새, 향기로운 고기 냄새까지…… 많은 냄새들을 멀리하고 항상 먹물과 함께 살아야 한다.

하면 몸에 특이한 냄새가 배게 된다.

이런 냄새는 아주 특이해서 후각이 예민한 사람이라면 누구나 맡을 수 있다.

계야부는 거기서 한 발 더 나아간다.

먹 냄새가 밴 손이 붓을 잡는다. 그리고 서신을 쓴다. 서신에는 먹물이 듬뿍 배었으니 당연히 먹 냄새가 나지만 그가 맡는 것은 그런 일반적인 냄새가 아니다. 글씨를 쓴 사람 냄새, 손 냄새를 맡고 누구인지 알아낸다.

소동은 서신을 던지다시피 내려놓고 냅다 줄행랑을 쳤다.

서신을 뜯었다.

'글씨 하고는…….'

피식 웃음이 새어 나온다.

만총림주의 글씨는 여인의 글씨처럼 단아하다. 글씨에 정갈함이 묻어 있다.

호기를 부릴 때 보면 영웅을 능가하는데, 마음을 가다듬을 때는 영락없이 선비다.

'유명단? 유령사, 유마혼…….'

계야부는 고개를 갸웃거렸다.

정말 이들이 자신을 노리고 다가오는가?

계야부는 이들을 안다. 직접 부딪친 적이 있어서 어떤 자들인지 손바닥 들여다보듯이 안다.

이들은 살수다. 지독한 수련을 거친 죽음의 겁탈자들이다.

그들이 오는가? 하면 소안마도도 온다. 소안마도의 휘하에 있는 세 개 집단이 총동원되었는데, 그가 오지 않을 리 없다.

소안마도는 십교사의 오른팔이다.

그가 모시던 십교사는 죽었지만 그렇다고 안선에서의 위치가 달라질 리는 없을 터. 안선에서도 상당히 비중있는 인물들이 몰려오고 있다.

북지단 마방주가 그토록 중한 인물이었나? 일개 마방주의 복수치고는 너무 화려하지 않은가.

그건 그렇고, 이들의 움직임을 포착한 북지단의 정보력도 알아줄 만하다.

유령사, 유명단, 유마혼의 움직임을 파악하는 건 스쳐 가는 바람을 잡아채는 것과 같았을 텐데, 용케도 찾아냈다.

계야부는 서신을 던져 버렸다.

'왔어.'

그는 살기를 감지했다.

소동이 서신을 전한 게 겨우 일다경밖에 되지 않았는데 벌써 몰려들었다.

만총림주의 경고를 듣자마자 살기에 노출되었다.

소안마도의 움직임이 예상보다 훨씬 빠르다.

만총림은 그들이 예천에 들어선 후에야 발견했다. 계야부에게 경고를 하나마나 한 상황이었다. 그래도 해주지 않은 것보다는 낫지만…… 소동에게 심부름을 시킨 것으로 보아 썩 내키지 않는 전갈이었던 것 같다.

경고조차 해주고 싶지 않은데 어쩔 수 없어서 해준다는 식이다.

그는 품에서 소도를 꺼내 만지작거렸다.

사람을 죽이는 게 싫어진다. 특히 칼로 찌를 때의 느낌이 아주 싫다. 한때는 그 느낌이 좋아서 일부러 찾아다닌 적도 있지만 언제부터인가 그 느낌이 싫어지기 시작했다.

무인은 전장에 선 군인과 같다. 무림이란 전쟁터에서 죽이지 않으면 죽어야 하는 싸움을 한다. 기습, 매복, 모략…… 전쟁터에서 사용되는 모든 수단이 무림에서도 쓰인다. 아니, 공격의 다양성에서는 무림이 한결 혹독하다.

무림에서 죽이지 않고 자신을 보존하기는 무척 어렵다.

인의(仁義)? 그런 걸 생각하다가는 등에 칼 맞기 십상이다.

하지만 그는 이런 곳에서도 두 손 두 발 쭉 뻗고 태연하게 살아갈 수 있는 방법을 안다. 그 방법은 전쟁터에서도 통용되었으니 무림에서도 통할 것이다.

절대(絶大) 강(强)!

도저히 침범할 수 없는 강함을 보이면 된다. 침범은 고사하고 쳐들어오지 않을까 전전긍긍하게 만들어야 한다. 털끝이라도 건드렸다가는 몰살당할 것이라는 위기감을 심어주어야 한다.

하면 싸움은 벌어지지 않는다.

그래도 건드리는 자가 있다. 설마 하며 톡톡 낚시질을 하는 자들이 꼭 생긴다.

그런 자들은 일벌백계(一罰百戒)한다.

간혹 군인들이 지나치다 싶을 정도로 잔혹할 때가 있다. 인의롭다고 소문난 장군이 병아리 한 마리 남겨놓지 말고 몰살시키라는 명을 내릴 때가 있다.

보이지 않는 공포를 심어주기 위해서다.

더 큰 싸움, 더 많은 살상을 줄이기 위해서다.

계야부는 소도를 꾹 잡았다.

사람을 찌르는 감촉이 싫지만…… 지금은 도를 내려놓을 때가 아니다. 더욱 잔혹하게 칼을 쓸 때다. 건드리겠다는 마음이 완전히 사라질 때까지…… 전 무림에 그런 공포가 확산될 때까지 칼끝에서 피가 솟구쳐야 한다.

하면 언젠가는 소도를 버려도 좋을 때가 생길 것이다.

그렇지 않으면…… 어설피 칼을 쓰면…… 영원히, 죽는 그 순간까지 살육에서 벗어나지 못한다. 인간 도살자가 되어 이 땅을 떠돌게 된다.

그런 삶에 평화가 존재할까?

사약란과 아이를 낳고 오순도순 살 수 있을까?

모든 게 불가능하다. 가능하다 싶었는데, 불가능한 일이었다. 무림의 많은 무인들이 평화롭게 살고 있기에 안선의 일만 벗어던지면 그리 살 줄 알았는데 착각이었다.

무림에 적을 둔 사람은 언제 어느 때든 죽을 각오가 되어 있어야 한다.

불문에 몸을 담았든 도문의 도인이든 항상 죽일 준비와 죽을 각오를 하며 살아야 한다.

이럴 수는 없다. 그러기 위해서는 가장 잔혹한 자가 된다. 그 누구도 그 앞에서는 검을 들지 못할 정도로, 눈도 마주치지 못할 정도로 무서운 자가 된다.

그런 후에 베푸는 인의(仁義)는 아주 크게 느껴진다.

최강자가 성인(聖人)으로 탈바꿈하기 쉬운 것도 그 때문이다. 쳐다보기만 해도 무서운 사람이 친근하게 웃어주면 그것으로 덕이 되고 인의가 된다.

'내게 독심환마라는 무명을 안겨줄 때는…… 그런 무명을 들을 때는 이런 날이 올 것이라고 생각하지 못했는데…… 독

심환마가 되어야겠군. 진정한 독심환마가.'

　계야부는 일어섰다.

2

　스스슷! 스스스슷!

　머리끝부터 발끝까지 검은색 일색인 살인귀들이 빠른 속도로 움직인다.

　'유명단.'

　계야부는 단번에 그들을 알아봤다.

　검은색도 여러 종류가 있는데, 이들은 반짝반짝 빛이 나는 칠흑색을 선호한다.

　반짝이는 검은 빛은 어둠 속에서도 한눈에 눈길을 끈다.

　검은색은 어둠 속에 동화되기 위해서 취한 게 아니라 강렬함을 드러내기 위해서 취한 색이다.

　폐가 주변이 온통 검은색투성이다.

　옛날에도 이들과 싸워본 적이 있지만 지금처럼 득실거리지는 않았다. 그때는 그래도 나무와 바위가 보였는데, 지금은 온 세상이 검은색으로 뒤덮였다.

　하나 유명단이 싸웠던 계야부와 지금 죽이려는 단차는 전혀 딴사람이다.

　무공이 전혀 다르다.

　현재의 단차는 사전투광신보를 사용하지 않는다. 시구각보,

금강반야선공, 귀영십삼식…… 계야부 시절에 몸에 익혔던 모든 무공을 기억 저편에 숨겨놓았다.

단차는 본능적인 움직임만 보인다.

어찌 보면 군에서 막 벗어났을 때 선보였던 사검(死劍)과 비슷해 보인다.

하나 사검과도 전혀 다르다.

사검은 육신의 감각을 최고조로 끌어올리다 못해서 초월하는 경지이다. 하지만 단차가 사용하는 도법은 무의식에 기반을 둔 조용한 움직임이다.

같이 놓고 견줄 수도 없을 정도로 완전히 다르다.

스웃!

발이 땅에 닿을 듯 말 듯 부드럽게 미끄러졌다.

전신 어느 곳에서고 힘을 느낄 수는 없었다. 두 손, 두 발을 축 늘어뜨려서 전신이 활짝 열렸다. 기름 위로 미끄러진 듯 걷고 있지만 걷는다는 느낌조차 들지 않았다.

그는 그저 다가왔다.

슈악!

유명단 무인이 검을 찔러왔다.

군더더기라고는 일점도 찾아볼 수 없는 깔끔한 살검이다.

류청지에게서 살수의 검을 배워서 안다. 이런 검을 시전하기 위해서는 십 년 이상 오직 검 한 자루에 목숨을 걸어야 한다.

슈각!

검이 목을 훑고 지나갔다.

단차의 목이 떨어졌다. 아니, 허공에 둥실 띄워졌나?

무인이 단차의 죽음을 본 순간, 머리 위에서 굴러 떨어진 소도가 목에 있는 동맥을 싹둑 잘라 버렸다.

푸악!

핏줄기가 솟구쳤다.

무인은 즉사하지 않는다. 잠시 목을 움켜잡고 발버둥치다가 죽는다. 비록 죽을 때까지 걸린 시간은 열까지 헤아리지도 못할 만큼 짧은 순간이지만 여러 사람에게 공포를 안겨주기에는 충분하다.

죽음은 여기에 있다.

여기서 벌어지는 살겁은 현실이며, 그 죽음은 유명단의 머리 위로 떨어지리라.

스슷!

유령이 움직였다.

그렇다. 유명단이 공격한 것은 사람이 아니라 유령이다.

'반 각…….'

소안마도의 손끝이 바르르 떨렸다.

유명단주를 포함하여 유명단 백삼십칠 명이 몰살당하는 데 딱 반 각 걸렸다.

사냥을 하러 왔는데, 오히려 당하고 말았다.

단차는 애초부터 사냥 대상이 아니었다. 호랑이가 닭을 잡아먹을 수 있다. 닭장 속에 뛰어들어 와 열 마리든 스무 마리든 먹고 싶은 만큼 먹는다. 하지만 닭이 호랑이를 잡아먹지는 못한다. 그런 일이 있었다는 소리조차 들어본 적이 없다.

재수없게 생겼던 그놈…….

'후후후!'

소안마도는 쓴웃음을 흘렸다.

안선이 어떤 곳인가. 삶과 죽음이 가장 적나라하게 펼쳐지는 곳이 아닌가. 약자는 도태되고 강자는 삶을 즐기는 전형적인 약육강식(弱肉强食)의 현장이지 않은가.

그런 곳에서 자신을 괜히 불렀겠나.

안선은 죽은 시신에 혼을 불어넣었다. 그리고 마지막으로 한 번 더 써먹는다.

그것뿐이다. 시신을 산 사람으로 만들 생각은 추호도 없었다.

소안마도와 그의 형제들은… 유명단, 유령사, 유마혼은…… 십교사의 죽음과 함께 땅에 묻혔다. 주군의 죽음과 함께 이 세상에서 지워졌다.

주군은 죽었는데, 무슨 염치로 계속 살 생각을 했던가.

"후후후! 후후후후!"

그는 소리 내어 웃었다.

그렇기는 해도, 유명단을 단 반 각 만에 전멸시켜 버리다니, 대단한 놈이지 않나.

놈은 의살을 사용한다고 했다.

의살, 들어본 기억이 있는 것도 같은데. 신의 무공이라고 했나? 인간이 만들어낸 무공은 비교 대상도 되지 않는 초절정무공, 아니, 신의 몸짓이라고 했나?

단차의 움직임을 보자면 그렇게까지는 생각되지 않는다.

단차는 조금 빠를 뿐이다. 아주 빠른 것도 아니고 조금 빠르다. 유명단이 반 치만 앞서도 능히 잡을 수 있는 빠름이다. 합공을 조금만 효율적으로 펼쳤어도 벌써 귀신으로 만들고도 남았다.

흔히 간발의 차이라고 하는데, 단차는 딱 그만큼만 빠르다.

펼쳐지는 무공도 눈여겨볼 것은 없다. 하나같이 평범하다. 다소 잔혹한 느낌이 들지만, 심성이 사악한 놈이라면 저 정도의 손속은 얼마든지 떨칠 수 있는 것이고, 손속이 문제가 아니라 무공을 봐야 하는데, 볼 만한 무공이 없다.

놈은…… 그렇다. 살수들이 사용하는 필살도(必殺刀)를 사용한다. 일 초 이후는 생각하지 않는 도법이다. 그렇기에 일 초만 어긋나면 전신이 허점투성이가 된다.

유명단은 분명히 허점을 봤다. 살도를 사용한 후에 드러나는 전신(全身) 방송(放鬆)을 보지 못한 데서야 어떻게 유명단이라는 이름을 쓸 수 있을까.

그들 앞에서 전신을 활짝 열어젖힌다는 건 차라리 죽여 달라고 애원하는 것과 진배없다.

유명단은 가차없이 검을 썼다. 한데도 결과는 늘 한 수 부족이다.

놈은 강하다, 아주 강하다.

아주, 아주, 아주…… 치가 떨리게 강하다.

무총주가 이제 갓 검을 잡은 어린아이와 마주 섰다고 가정할 때, 전력을 다할 이유가 없다. 만약 어린아이를 상대로 그를 무총주의 위치에까지 올려놓은 절정무공을 사용한다면 오히려 구경하는 사람이 어리둥절할 것이다.

이럴 때 무총주는 초식 아닌 초식을 구사한다.

아이의 움직임을 환히 꿰뚫어 보기 때문에 가벼운 손짓만으로도 상대할 수 있다.

일 검을 겨룬 후에 긴장할 필요도 없다.

전신 방송…… 전신을 활짝 열어젖혀도 위기의식을 느끼지 못한다.

단차가 그렇다.

놈은 유명단을 어린아이 가지고 놀 듯 싱겁게 죽였다.

하면 놈의 무공은 어느 정도나 된단 말인가. 상당한 고수라는 건 이미 알고 있는 터이고, 어떻게…… 계속 공격을 가해도 괜찮은 걸까?

소안마도는 단차의 무공을 어림짐작했다.

무공을 모르는 범인 백 명과 무총주가 맞선다고 하자.

말도 되지 않는 싸움이다. 장정이 백 명이 아니라 이백 명이 모여도 무총주를 긴장시키지는 못한다.

무총주는 어린아이 손목 비틀 듯이 장정 백 명을 죽일 것이다.

그러면 무총주보다 못한 사람은 어떤가?

북지단주? 서지단주?

사개 단주도 그만한 무공을 지녔다. 그 휘하의 대주나 원주들도 그 정도는 능가한다.

장정 백 명을 죽이기 위해서 꼭 초절정고수를 동원할 필요는 없다.

그가 데리고 있는 유명단주나 유령사왕도 그만한 능력은 된다. 아무런 긴장도 없이, 그저 차 한 잔 마시는 기분으로 가볍게 죽일 수 있다.

유명단주나 유령사왕이 장정 백 명을 죽일 수 있는 최하위의 무인이라고 가정했을 때, 단차의 무공은 유명단주와 무총주 사이에 놓이게 된다.

유명단주와 무총주의 무공 격차는 하늘과 땅의 차이만큼이나 크게 벌어지지만…… 장정 백 명의 우두머리는 그 차이를 구분할 능력이 없다.

단차가 유명단주 정도 되는 무인인지 무총주 정도 되는 무인인지 가늠해 내지 못한다.

소안마도의 지금 입장이 그랬다.

단차가 강하다는 것은 인정하는데, 어느 정도나 강한지 짐작조차 되지 않았다.

"후후후! 후후후후!"

소안마도는 쓸쓸하게 웃었다.

남은 유령사나 유마혼은 장정 백 명이다. 이백 명, 삼백 명…… 인원이 훨씬 더 많아져도 달라질 것은 없다. 그냥 백 명이라고 생각하면 된다.

그들을 이끌고 싸워야 한다.

상대가 유명단주 정도 된다면 힘겹지만 승산은 있다. 어떻게든 방법을 찾아야 한다. 하나 단차가 무총주 정도의 무공을 구비했다면 전멸만 기다린다.

단차는 긴장하지 않고 유명단을 초토화시킬 수 있는 최하위자인가, 최상위자인가.

최상위자일 것 같지는 않다. 그렇다고 최하위자도 아닌 것 같다.

결국 자신은 이 자리에서 죽는다.

"저희가 먼저 가겠습니다. 소안마도님을 모신 것, 후회하지 않습니다. 감사했습니다."

유령사왕이 포권지례를 취했다.

그도 유명단이 당하는 것을 봤다.

소안마도가 느낀 것처럼 단차의 무공이 그냥 단순한 전장의 사검(死劍)은 아니라는 데 인식을 같이했다. 초극고수의 여유, 그리고 잔혹한 심성…… 이 둘이 어울려 일 초의 칼질을 만들어낸다.

그는 유명단이나 유령사가 상대할 자가 아니다.

"저희도 가겠습니다."

유마혼주가 나섰다.

"후후! 유령사왕과 저승길도 같이 가게 될 줄은 몰랐는데…… 혼자 보내는 것보다는 나을 겁니다. 저도 감사했습니다."

유마혼주가 포권지례를 취했다.

"혼자는 왜 혼자야? 유명단주 그놈이 먼저 갔을 것 같아? 후후후! 저승사자를 패대기치는 한이 있어도 먼저 갈 놈은 아니지."

"하하하! 맞아, 맞아. 절대 혼자 갈 위인이 아니지. 틀림없이 같이 가자고 기다릴 거야. 하하하!"

소안마도는 멀어져 가는 두 사람을 쳐다보기만 했다.

그가 할 수 있는 건 아무것도 없었다.

쐐엑! 푸욱!

부드럽게 흘러온 손길이 살을 갈라놓고 지나갔다.

악마의 도수(刀手)는 오직 동맥만을 노린다. 목을 벨 때도 있고 가슴을 찌를 때도 있지만 도가 가르는 것은 항상 동맥이다.

피가 분수처럼 솟구친다.

사지를 바르르 떨다가 죽은 후에도 피가 철철 쏟아진다.

시산혈해(屍山血海)다.

녹색 옷을 입은 유령사는 진짜 유령을 만났다.

그들의 움직임은 귀신처럼 빨랐지만 진짜 유령은 그들보다 최소한 한 수 위의 무공을 선보였다.

단차의 무공은 어느 정도일까?

한 수 차이가 아닌 것만은 분명한데, 차이가 어느 정도나 벌어지는지 알 길이 없다.

그 점을 알아내야 한다.

"칠사(七邪)!"

외침이 떨어지기가 무섭게 녹색 옷을 입은 무인 일곱 명이 단차를 향해 검을 쏘아냈다.

한 명이 전면에서…… 그 순간, 다른 여섯 명은 빙 둘러 포위를 하며 단계적으로 검을 떨친다.

돌처럼 단단해서 쉽게 깨지지 않는다는 칠성검진(七星劍陣)이다. 효과는 이미 무림에서 증명했다.

쒜엑!

유령이 앞으로 미끄러져 왔다. 사내가 뻗어낸 검 앞으로 스스로 달려들었다. 그리고 검이 그를 찌르기 직전에 살짝 몸을 틀어낸 후 소도를 찔렀다.

푸욱!

소도는 명치를 파고들어 폐를 찔렀다.

사내는 고함도 지르지 못했다. 뭐라고 비명이라도 지르고 싶은데 폐에 구멍이 생기는 바람에 비명조차 지르지 못하는 처지가 되었다.

피가 콸콸 쏟아진다.

사내는 몸에서 흘러나오는 피를 자신의 눈으로 직접 보았다.

죽음…… 그는 분명히 느꼈다.

이제 달리 선택의 여지가 없다. 그에게 죽음이 떨어졌고, 그는 죽어야만 한다.

"끄으으윽!"

그가 동물 같은 신음을 토해냈다.

칠성검진이 깨어지는 신호였다.

"전격(電擊)!"

땅 밑에서 느닷없이 고함이 터져 나왔다. 순간,

푸아악!

땅거죽이 뒤집어지며 전신을 흰색으로 도배질한 무인 일단이 튀어나왔다.

유마혼이다.

유령사는 진(陣)과 진(陣)이 연결되어 있는 진법의 결정체다.

칠성검진 다음에는 오행검진(五行劍陣)이 이어진다. 아니, 오행검진이 전면을 치는 동안 팔괘진(八卦陣)이 후면을 강타한다. 좌우로 삐져 나가는 틈은 삼재진(三才陣)이 가로막는다.

유령사에 붙잡히면 빠져나갈 구멍이 없다.

유령사를 몰살시키거나 자신이 죽거나…….

반면에 유마혼은 개인의 무공에 전격 의존한다.

진법 같은 것은 없다. 벌떼처럼 달려들어 철저히 짓부순다.

희생은 당연히 감수한다. 한 명이 죽으면 좋고 두 명이 죽으면 더 좋다. 열 명이 죽으면 그보다 좋을 수는 없다. 복수심을 활활 불태운다는 점에서 희생이 많으면 많을수록 좋다.

그들이 유령사와 섞였다.

"죽엇!"

일갈과 함께 날카로운 검이 쏘아져 왔다.

정교한 진법과 인해전술(人海戰術)은 섞을 수 없다.

진법은 선과 공간의 조화를 고려하여 짜인다. 검초 하나하나마다 모두 의미가 있고, 다른 사람들의 검초와 연관성을 갖는다. 반면에 인해전술은 먹이를 노리고 달려드는 개미 떼처럼 선을 보지 않는다. 오직 공간만 본다. 빈틈만 생기면 파고든다.

그런데도 유령사와 유마혼은 섞이지 않았다.

유령사의 진법은 제 위력을 고스란히 발휘했다. 검이 나아가는 길목에 거치적거리는 것은 없었다.

빈틈은 보완되었다.

검이 나아가는 방향을 제외한 모든 공간이 유마혼의 백색 무인들로 채워졌다.

그들은 검초가 지나갈 길을 비켜주었다. 검초가 변화하는 찰나에, 변화할 곳에 있는 자만 살짝 몸을 빼냈다.

수십 번, 수백 번에 걸쳐서 고련(苦練)한 결과다.

그렇지 않았다면 지금쯤 폐가 주변은 유마혼의 시신으로 뒤덮여 있으리라. 단차에게 죽은 것도 아니고 유령사의 진법에 걸려서 애꿎은 죽음을 당했으리라.

이러한 두 가지 전혀 색다른 공격의 조합은 단차가 움직일 공간을 차단하는 역할을 했다.

그는 검초가 날아오는 것을 보면서도 치지 못한다. 검을 막거나 치기 전에 길을 막고 있는 유마혼의 무인들부터 처리해야 한다.

유마혼 무인이 서 있다.

그가 허리를 숙이면 검이 날아온다.

그를 죽여도 결과는 마찬가지다. 유마혼 무인은 죽는 순간, 단차를 죽이는 것이 아니라 두 손으로 소도를 감싸 쥔다. 단차의 수족만 얽매어놓으면 되는 것이다.

그때 유령사의 검초가 날아든다.

이런 공격은 유마혼의 희생을 요구한다. 죽음을 두려워하지 않는, 절대 무혼을 지닌 무인들이 속절없이 쓰러진다. 그들이 갈고닦은 무공은 온데간데없고, 남은 것은 오로지 죽는 순간까지도 상대를 붙잡아놓아야 한다는 안간힘뿐이다.

그래도 유마혼은 기꺼이 이 일을 수행한다.

유령사가 틀림없이 상대를 제거할 것이기 때문에, 자신들의 죽음이 헛되지 않을 것을 알기에 웃으면서 죽는다. 또 지금까지는 언제나 그래 왔다.

쒜에엑! 퍼억!

소도가 유마혼 무인의 목을 가르며 지나갔다.

유마혼 무인은 두 손으로 단차의 팔을 움켜쥐려고 했다. 그의 몸뚱이도 좋고 두 다리도 좋고, 아무 데나 손에 잡히는 대로 부둥켜안으려고 했다.

콸콸콸……!

피가 시냇물이 되어 흐른다.

목에서 솟구친 피는 옆 사람의 무복까지 붉게 물들였다. 하나 정작 그가 붙잡아야 할 육신은 어느 곳에도 없었다.

단차는 이미 옆 사람을 찍고, 유령사의 검초도 흘려 넘겼을 뿐만 아니라 또 한 사람의 관자놀이까지 쭈욱 찢어냈다.

유마혼 무인이 잠깐 허우적거리는 동안 그는 무려 세 명이나 저승길로 보낸 것이다.

너무 압도적인 차이다.

도저히…… 어떻게 할 수가 없다.

유마혼은 개죽음을 당했다.

유령사는 그마나 검초라도 쏟아냈지만, 무용지물(無用之物)이 되었다. 그들의 검초는 철저하게 무시당했다. 유령사가 전력을 다했는데도 옷자락조차 건드리지 못했다면 말 다한 게다.

유령사왕과 유마혼주의 죽음은 정해진 거였다.

그들도 수하들의 합공에는 견디지 못한다. 몇 명 정도는 저승으로 보낼 수 있지만 결국은 그들도 당한다.

그들은 수하들을 아주 강하게 길렀다.

그런 수하들이 몰살당했을 때, 그들의 도전은 수하들과 운명을 같이하겠다는 의미 외에는 없었다.

그래도 그들을 공격했다.

죽는 순간까지 해야 할 일이 있다. 단차는 죽이지 못하지만 그래도 남은 임무가 있다.

단차의 무공이 어느 정도나 되는지 가늠해야 한다. 가늠하려고 노력해야 한다. 그가 어느 정도의 고수인지, 진정한 무공은 어디까지 닿아 있는지…….

자신들이 파악할 필요는 없다. 자신들은 최선을 다해서 공격만 하면 된다.

그들은 망설이지 않고 공격했다.

유령사왕의 목이 반쯤 갈려 덜렁거렸다.

유마혼주는 가장 마지막으로 운명을 달리했다. 정수리에 소도를 꽂은 채 피식피식 웃으며 죽었다.

그들은 할 바를 다했다.

소안마도는 애병 마도를 꼭 움켜잡았다.

힘들 때나, 살인을 할 때나, 가족이 죽었을 때나 언제나 웃는 얼굴이라고 해서 마도 앞에 소안(笑顔)을 붙였다. 아니, 그를 아는 사람들이 그렇게 불렀다.

그는 웃지 못했다. 웃을 수 없었다. 대신 마지막 한 올의 진기까지도 아끼며 걸었다.

"누구냐!"

소안마도의 첫 질문이었다.

"유명단, 유령사, 유마혼… 이렇게 죽을 놈들이 아니었다. 넌 도대체…… 누구냐!"

"단차."

"헛수작!"

"소안마도. 어차피 죽을 목숨. 빨리 끝내자."

단차가 소도를 들어 올렸다.

방금 전까지만 해도 유마혼주의 정수리에 틀어박혀 있던 작은 쇠붙이가 그를 향해 겨눠졌다.

순간, 소안마도는 소름이 오싹 끼쳤다.

단지 한 뼘 정도의 작은 칼날이 겨눠졌을 뿐인데, 대도로 이루어진 도진(刀陣)에 갇힌 기분이다.

수하들의 죽음은 헛되었다.

그는 마지막 순간까지도 단차의 진정한 깊이를 알아내지 못했다.

그의 무공은 어느 수준일까?

오면서 들은 바에 의하면 북지단 외단주와 버금가는 무공이라고 했다. 북지단주에게는 한 수 밀리며, 북지단 대주들은 가지고 노는 수준이라고 전해 들었다.

잘못된 정보다.

단차의 무공이 그 정도라면 자신들이 이토록 허무하게 당할리 없다. 북지단주가 병기를 들고 직접 나섰어도 상처 몇 개는 입힐 자신이 있다.

단차는 말끔하다.

상처는 고사하고 숨소리 한 올 흐트러지지 않았다. 아예 싸움을 치른 사람 같지 않다.

이게…… 이게…… 무려 오백여 명을 척살한 사람의 모습인가.

무공을 모르는 범인을 죽여도 오백 명이면 숨이 거칠어질 것이다. 하물며 능히 검귀 정도는 된다고 자부했던 수하들을 투입시켰는데, 그들을 몰살시키고도 손끝 하나 떨리지 않는다.

괴물이다. 북지단주를 능가하는 괴물이다.

"후웁!"

그는 큰 숨을 들이쉬며 마도를 들었다.

자신이 파악한 것은 이 정도에 불과하다. 하지만 뒤에 남은 자들이라면…… 그들이라면 자신이 읽지 못한 것을 읽었을 수도 있다. 그들을 위해서 자신도 최선을 다한다.

'전력을…… 마령도법(魔靈刀法)으로…….'

츠ㅇㅇㅇㅇ!

진기가 마도에 투입되었다.

마도가 요기(妖氣)로 번뜩인다.

무덤 속에서 썩은 시신이 기어나온다. 역한 냄새를 풀풀 풍기면서 뼈만 남은 손으로 발목을 붙잡는다.

마도는 마기(魔氣)로 흠씬 젖어들었다.

소안마도의 눈빛은 혈안(血眼)으로 변했고, 눈초리가 찢어져 핏줄기가 흘러내렸다.

"크크크크!"

급기야 그는 입으로 마성(魔聲)을 쏟아냈다.

그는 전신 진기를 두 배 이상 증폭시켰다. 단전의 진기를 모

두 쏟아내고, 경맥에 잔존한 진기까지 박박 긁어모았다. 그것
도 모자라서 원정까지 투입했다.

뇌에서는 목숨을 잃을지도 모른다는 경고를 발했다.

진기를 거둬야 한다. 모두 쏟아내면 공동(空洞) 현상이 일어
나며, 차후 어떤 일이 벌어질지 모른다. 하나 죽음에 아주 밀접
하게 다가갔다는 것만은 확실하게 말할 수 있다.

뇌는 끊임없이 경고를 쏟아낸다.

그는 뇌의 명령을 거부하며 계속 진기를 박박 긁어서 투입
시켰다.

당연히 뇌에 무리가 가고…… 급기야는 인성(人性)마저 죽
음과 함께하겠다는 마성(魔性)으로 젖어든다.

마령도법은 단 한 번만 사용할 수 있다. 그 한 번에 자신의
모든 것을 쏟아붓는다. 그 이후는 생각할 게 없다. 마령도법을
사용한 자치고 산 자가 없으니 그리 생각하면 된다.

쒜에에엑!

마도가 대기를 갈랐다.

천지자연이 두 쪽으로 갈라진다. 공기가 갈라진다. 단차가
내뱉는 숨결까지도 갈라 버린다.

원정지기까지 모두 가미시킨 도세(刀勢)는 능히 태산을 가
를 만했다. 유령사왕이나 유마혼주의 무공 정도는 손가락에
낀 때만큼도 여기지 않을 정도로 강하다.

가공할 도기(刀氣)가 밀려든다.

쒜에에에엑!

단차가 움직임을 멈췄다. 도기에 휘말려…… 강한 압박에
짓눌려 움치고 뛰지 못한다.

쐐엑!

마도가 그의 몸을 반으로 가르고 지나갔다.

한데 손에 와 닿는 감촉이 없다. 진동이 묵직하게 울려야 하
는데, 아무런 감촉도 느껴지지 않는다.

푸욱! 푸아악!

그의 목에서 섬뜩한 기음이 울렸다. 그리고 그의 수하들이
그랬듯이 시뻘건 피분수가 멀리…… 터져 나갔다.

3

팔비첨창은 손으로 턱을 괴고 생각했다.

솔직히 그는 소안마도를 이길 자신이 없다. 질 생각도 없지
만 이긴다는 보장도 못한다.

과거, 육교사는 많은 고수를 끌어모았다.

그중에 이름난 무인만 손꼽아도 당장 다섯 손가락을 넘긴
다.

괴노독, 북망고검, 삼면광자, 한독도인, 사사귀…… 일일이
열거하기도 힘들다.

그중에 제일 강한 자는 단연 괴노독과 북망고검이다.

그 두 사람의 우열을 논할 수는 없다. 무공의 세계가 완전히
다르기 때문에 정식 승부는 불가능하고, 누가 먼저 악의를 품

느냐에 따라서 승부가 갈라질 공산이 크다.

육교사는 그토록 믿음직한 북망고검과 소안마도를 같은 선상에 올려놓았다.

“궁금해. 정말 궁금해. 둘을 붙여놓으면 누가 이길까? 용호상박(龍虎相搏)이 따로 없을 거야. 한 사람은 검을 쓰고 한 사람을 도를 쓰고. 하나는 고검이요, 다른 하나는 마도라. 정말 한번 붙여놓고 싶은 생각이 들지 않나?”

육교사가 한가할 때 농담처럼 늘어놓은 말이다.

그 속에 팔비첨창은 빠졌다.

육교사가 판단하기에 팔비첨창은 소안마도나 북망고검보다 한 수 뒤진다고 여겼던 것이다.

그 말은 맞을 게다.

그에게는 북망고검이 수련한 고검살법이나 소안마도의 마령도법을 깰 만한 비기가 없다. 비로 그가 당문이나 묘강까지도 알아주는 암기술의 달인이지만 두 사람과는 많은 차이가 난다.

한데 소안마도가 죽었다.

그가 자신하던 마령도법을 펼쳤는데도 단 일 수에 아주 깨끗하게 당하고 말았다.

그의 육신은 오백여 명에 이르는 수하들 틈에 섞였다.

이건 싸움이 아니라 전쟁이다. 전쟁도 아주 치열한 전쟁이다. 군대와 군대가 맞붙어 싸워도 이만한 희생자를 내기는 쉽지 않다. 사상자가 아니라 사망자 오백이라면 아주 큰 대승에 속한다.

이런 일을 단차 한 명이 해냈다.

예천에 달려올 때만 해도 간단하게 끝날 것이라고 생각했는데, 너무 큰 상대와 부딪쳤다.

그렇다고 물러날 생각은 없다.

소안마도는 그를 위해서 끝까지 사력을 다했다.

멀리서도 그의 의도가 읽혔다. 자신의 죽음을 보지 말고 단차의 모습에서 허점을 찾아야 한다. 당신이라면 반드시 허점을 찾을 것이고, 자신의 복수를 해줄 수 있을 것이다.

믿고 간다.

소안마도는 그의 뒤에 자신이 있는 것을 알고 있었다.

자신 또한 자신 뒤에 누가 있는지 안다.

북망고검…….

그때 그자…… 죽은 교사들의 수하들 중에서 쓸 만하다 싶은 자만 골라왔다.

안선에 있어도 그만, 없어도 그만인 자들만…… 그러나 무공은 어지간히 강해서 이런 식으로 무림에서 버려지는 걸 참을 수 없는 자들만 골라냈다.

그자는 영리하다.

북망고검 뒤에는 그자가 있으리라.

'이제는 내가 죽을 차례인가.'

부드러운 바람이 혈향(血香)을 피워 올렸다.

나무에, 바위에 시신이 과일 열리듯 주렁주렁 열렸다. 단 한 번의 칼질이…… 금창약도 소용없고, 지혈도 필요없는 치명적인 일격이 그들에게 가해졌다.

무척이나 강했던 자들…….

소안마도는 이러한 세력을 지니고도 폐인처럼 살았다.

교사 한 명의 죽음이 그를 나락으로 떨어뜨렸다.

그는 죽음의 사신 앞에 섰다.

"팔비첨창."

죽음의 사신이 담담하게 말했다. 그러나 듣는 사람은 태연하지 못했다. 순간이지만 모골이 쭈뼛 곤두섰다.

담담한 듯하나 결코 담담하지 않다.

말속에는 짙은 원한이 깔려 있다. 찾아다녀도 시원치 않을 자가 제 발로 나타났다는 안도감 같은 것이 묻어 있다.

'언제 본 자인가?

머릿속에 기이한 생각이 스쳐 갔지만, 그는 이내 모든 생각을 떨쳐 냈다.

그러면 어떻고 안 그러면 어떤가. 둘이 만났으니 한 사람은 살고 한 사람은 죽는다.

남은 것은 살아남은 자의 몫이다. 죽은 자는 아무것도 생각할 것이 없다. 전에 만났든 어쨌든, 둘 사이에 무슨 원한이 있든 없든 죽는 자는 자신이 될 것이기에 생각할 필요가 없다.

지금 당장 할 일은 오직 하나뿐이다. 죽을 가능성이 구 할 구 푼이라고 해도 살 수 있는 기회 일 푼을 위해서 전심전력(全心全力)을 기울여야 한다.

'오직 최선을 다하는 것만이 능사.'

그는 양손을 활짝 폈다.

독수리가 비상하기 위해 날개를 쫙 펴듯이 두 팔을 좌우로 활짝 열었다.

타타타타타탁!

양손에서 강침(鋼針)이 쏟아져 나갔다. 콩 볶는 소리를 뒤로 하고, 목표를 향해 쏘아졌다.

'됐어!'

순간이지만 득의의 미소를 베어 물었다.

아니다. 소안마도를 비롯하여 오백에 달하던 그의 수하들도 이런 환상 속에서 웃음을 머금고 죽었다. 적을 베었다고 자신하는 순간에 자신의 목숨을 내놓아야만 했다.

팔비첨창은 그런 광경을 무수하게 봤다.

어찌 저럴 수 있을까? 무슨 신법이기에 저리 빠를까? 아니, 어떤 무공이기에 이리 강할까? 어디에서 저런 놈이 뚝 떨어졌을까?

의문이 꼬리를 물고 일어날 정도로 단차의 무공은 심오했다.

그러면서 보고 또 봤다.

소안마도의 수하들은 자신들의 공격이 성공한 줄 알았다.

아니, 그들은 분명히 공격에 성공했다. 틀림없이 단차의 육신을 저미고, 찌르고, 베었다.

그런데 죽어야 할 단차가 되살아나 오히려 공격한다.

딱 그 모양이다.

타타탓!

팔비첨창은 나아가는 대신 뒤로 물러섰다.

공격이 성공했다는 느낌이 강하게 들지만 꾹 눌러 참았다. 몸도 마음도 승기를 잡았으니 계속 짓쳐들어 가야 한다고 말하지만 의지란 의지는 모두 끌어 모아서 뒤로 물러섰다.

파팟!

눈앞에 사람 그림자가 번뜩였다.

역시! 단차는 당하지 않았다. 언제나처럼 당하는 것 같았는데 멀쩡하다.

팔비첨창은 본능적으로 두어 걸음 더 물러섰다. 반격을 가하는 것도 잊지 않았다. 걸음은 뒤로 옮기고 있지만 두 팔은 앞을 향해 휘저었다.

쒜엑! 쒜에엑!

쇠붙이 십여 개가 번뜩이는 환영을 향해 쏘아졌다. 그때!

쒜에에엑!

'헛!'

팔비첨창은 느닷없이 일어나는 찬바람에 헛바람을 내질렀다.

경악성을 입으로 토해낼 시간도 없었다. 죽음의 기운을 느

낀 것과 경악성을 터뜨린 것, 그리고 죽음의 기운이 그를 지나
쳐서 앞으로 쏘아져 나간 것은 거의 동시였다.

까앙!

눈앞에서 번갯불이 번쩍였다.

'왔다!'

죽음의 기운을 쏘아낸 사람은 북망고검이다.

그의 형체를 잡아내지는 못했지만, 검을 쓴 사람은 그가 틀
림없을 게다.

까앙! 까앙!

번갯불이 두 번 더 튀겼다.

팔비첨창은 그제야 단차의 신형을 잡아냈다.

검을 쓴 사람은 역시 북망고검이었고, 단차는 북망고검의
옆으로 흘러나와 소도를 내리찍고 있다.

위기다! 북망고검이 당하고 있다.

쐐에엑!

그는 다짜고짜 그가 가진 것들 중에서 그래도 가장 병기다
운 것, 일월륜(日月輪)을 쏘아냈다.

그것으로 단차를 위협하지는 못할 것이다.

일월륜은 파공음이 크다. 암기를 사용하는 사람에게는 실속
이 별로 없는 병기이다. 하나 지금처럼 주의를 돌려야 할 때는
그만한 병기도 없다.

북망고검에게는 찰나의 시간이 필요하다.

아주 잠깐, 찌를까 말까 망설이는 아주 작은 틈만 주어져도

그는 몸을 빼낼 수 있다.

까앙!

쇠와 쇠가 부딪치면서 불똥을 튀겨냈다.

단차는 월륜을 받아쳤다. 일륜은 상체를 살짝 수그려 피해 냈다. 그사이에 북망고검은 몸을 빼냈고, 안전한 거리까지 벌려놨다.

휘이이잉!

찬바람이 세 사람을 훑고 지나간다.

평소 같으면 느끼지도 못할 미풍이다. 하나 식은땀이 줄줄 흐르는 격전의 틈새로 스며들었기에 온몸으로 느낀다.

팔비첨창과 북망고검은 서로를 흘깃 쳐다보았을 뿐 말을 주고받지는 않았다.

서로가 모시던 주군이 다르다.

한때는 서로를 향해서 언젠가는 죽여야 할 자라고 생각했었다.

단차라는 거대한 벽이 아니었다면 결단코 서로 손을 맞잡는 일은 없었을 게다.

솔직히 이 점, 팔비첨창도 의외였다.

북망고검은 자신이 죽고 난 후에 공격할 것이라고 생각했다. 북망고검처럼 자부심 강한 무인이 싸움 와중에 틈을 보아 기습 공격을 가해올 줄은 꿈에도 몰랐다.

그만큼 단차가 크다.

자신이 단차를 지켜봤던 것처럼 북망고검도 단차를 봤다.

그가 소안마도와 그의 수하들을 어떻게 죽이는지 똑똑히 봤다. 그리고 기습이 아니면 승산이 없다는 결론을 내렸다.

'빌어먹을! 졌어!'

팔비첨창은 툴툴 웃었다.

더 이상 싸울 게 없다.

자신은 암기를 썼다. 그리고 단차에게는 통하지 않는다는 사실을 확인했다.

지니고 있는 재간을 모두 펼쳤는데도 통하지 않는다.

그런 점은 북망고검도 마찬가지다. 그는 단순하게 검을 쳐낸 게 아니다. 숨어서 기회를 노렸다. 벼르고 별렀다. 그러다가 '지금이 아니면 안 된다'는 시간을 찾아냈고, 혼신의 힘을 다해서 검초를 펼쳤다.

할 수 있는 것을 다했다.

다시 또 손을 쓸 수는 있지만 방금 전에 펼친 공격보다 더 나을 것이라는 보장이 없다. 아니, 최상의 공격을 펼쳤으니 남은 것은 부질없는 손발의 허우적거림뿐이다.

'그래도 이대로 무너질 수는 없지.'

팔비첨창은 단 한 번의 부딪침에 모든 것을 걸기로 작정했다. 그러지 않고서는 도저히 이 괴물을 어찌할 방도가 없다.

츠으으으읏!

무형의 기운이 모락모락 피어나 전신을 에워쌌다.

북망고검도 같은 생각인 듯하다.

차디찬 검에서 죽음의 기운이 스멀스멀 퍼져 나온다.

그는 고검(孤劍)의 뜻을 안다.

검을 지닌 자에게는 벗도 사랑도 모두 부질없는 일장춘몽(一場春夢)이다. 오늘은 웃지만 내일은 사람을 죽인다. 지금은 술을 마시지만 이 잔을 놓으면 목숨이 끊어진다.

검을 잡는 자, 외로움을 벗으로 삼아야 한다.

승부에 있어서도 마찬가지다. 도와주는 사람은 없다. 오로지 자신의 힘만으로 이겨내야 한다. 철벽같이 단단한 자이든, 갈대처럼 유약한 자이든 어떤 자를 만나든 베어내야 한다. 오로지 자신의 힘만으로 승부를 결해야 한다.

도와주는 사람은 없다. 결단코 없다.

하니 정 힘들겠거든 서슴없이 목숨을 던져야 한다. 동귀어진(同歸於盡)만이 최선이라면 과감하게 그 길을 가야 한다. 혹시 다른 길이 있지 않을까 하는 망설임 따위는 일찌감치 걷어치우고 악귀처럼 달려들어 같이 죽어야 한다.

고검살법은 그렇게 해서 탄생되었다.

일 초식, 일 초식 매 초식마다 그의 목숨과 영혼이 담보로 잡혀 있는 검이다.

그는 언제든지 죽을 수 있다. 하물며 지금은 단차의 강함을 절절이 느꼈다. 다음 공격도 그다음 공격도 하무하게 무위로 돌아갈 것을 짐작한다.

츠츠츠츠……!

암울함, 처절함…… 죽음의 기운이 그를 감싼다.

목숨을 주고 살점 하나라도 베어낸다.

그렇다. 그들은 단차를 죽이기 위해서 싸움을 하는 게 아니다. 이미 그 시점은 지나 버렸다. 지금은… 목숨을 잃는 것은 기정사실이고, 어떻게 일 검만이라도…… 조금이라도 좋으니 쇠붙이를 대보기만 해도 좋겠다.

무림을 오시하던 그들이 이토록 비참한 생각까지 하게 될 줄 누가 알았으랴.

"북망고검?"

단차가 북망고검을 쳐다보며 물었다.

북망고검은 대답 대신 장검을 추켜올렸다.

팔비첨창도 그 기세에 가세했다.

'이번이 마지막…… 만수탈혼(萬手奪魂).'

생각이 만수탈혼에 미쳤다.

만수탈혼은 사천당문의 만천화우(滿天花雨)를 겨냥해서 만든 절학이다. 아직은 미완성이지만 지금의 수준만으로도 사방 십여 장 정도는 암기 천하로 만들 수 있다.

"북망고검, 내가 먼저 간다."

양해를 구하는 게 아니다. 일방적인 선포다.

북망고검은 대답이 없다.

그는 늘 혼자다. 지금도 혼자다. 팔비첨창이 선공을 취한 후, 어떤 공격을 가할지 고려하고 있으리라. 아니면 팔비첨창의 말을 무시하고 같이 공격할 수도 있다.

그는 혼자서 싸운다.

"후후! 받앗!"

팔비첨창은 최후의 일갈을 내지르며 달려들었다.

촤라라라락……!

암기가 그물처럼 넓게 퍼졌다. 화살처럼 빠르게 쏘아졌다. 석궁(石弓)에서 쏘아진 철시(鐵矢)처럼 강한 울림을 흘리며 달려들었다.

독질려, 혈적사, 비황석, 단혼사…… 무림에서 쓰이는 온갖 암기가 망라되었다.

팔비첨창은 두 걸음을 내딛는 동안 열일곱 번의 손짓을 했다. 그와 더불어 열일곱 종류의 암기가 양손에서 쏘아졌다. 소안마도의 수하가 오백 명이던가? 그들을 한꺼번에 죽음으로 몰아넣을 수 있는 막대한 양이 쏟아져 나갔다.

암수(暗手)도 전개했다.

독침, 표창, 독사(毒砂)…… 정신없이 던져 낸 암기 속에 천뢰구(天雷球) 다섯 알을 숨겼다. 이것 때문에, 강한 폭발과 함께 튀어나올 오백여 개의 파공강침 때문에 북망고검을 뒤에 남겼다.

모두 죽는다. 방원 십 장 안에 있는 모든 생명체가 말살된다. 또한 향후 일 년 내지 이 년 동안은 어떤 생물도 살지 못하는 죽음의 땅이 되리라.

타타타타탁!

암기들이 단차를 강타했다.

꽈앙! 꽈아앙!

천뢰구가 드디어 마각을 드러냈다. 강한 폭발력에 무수한

파편과 함께 흙먼지가 뿌옇게 피어올랐다.

"하하하하하!"

팔비첨창은 통쾌하게 웃으며 마지막 암기인 비접(飛蝶)을 날렸다.

팔랑, 팔랑, 팔랑……!

노란 나비가 흙먼지 사이로 파고든다.

팔비첨창이 이 세상에서 본 것은 그것이 마지막이었다.

그는 천뢰구의 영향권 안에 들어서 있었다. 천뢰구의 파편은 그의 육신을 갈기갈기 찢어버렸고, 천뢰구에서 튀어나온 파공강침은 전신을 벌집으로 만들어놓았다.

알고 있었던 일이다. 충분히 예상하고 만수탈혼을 전개했다.

이 부분이 미해결 과제였다. 만수탈혼을 전개하되 천뢰구의 영향권에서 벗어나야 하는데 상대를 필사(必死)의 형국으로 몰아넣은 후에 몸을 빼내기에는 아무래도 시간이 부족했다.

쿵!

팔비첨창의 신형이 둔탁하게 무너졌다.

그 순간이다! 옆에서 지켜보고 있던 북망고검이 벼락같이 튀어나가 팔비첨창의 육신을 밟고 올라섰다. 무너지는 그의 신형을 발판 삼아서 허공 높이 뛰어올랐다.

파앗!

흙먼지 속에 검은 새 한 마리가 높이 솟구친다.

'지독한 놈! 노옴!'

북망고검의 한 실린 고검이 흙먼지를 갈랐다.

팔비첨창의 암기술은 지독하다. 누가 봐도 꼼짝없이 죽을 수밖에 없었다. 사방을 완전히 틀어막고 전개한 암기들인지라 몸을 빼낼 재간이 없었다.

전후좌우는 물론이고 허공까지 완전히 틀어박혔다.

한데 단차는 그 틈을 비집고 허공으로 솟구쳤다. 암기가 쏘아져 오기 전에 이미 포위망을 벗어나 허공으로 뛰어올랐다.

암기보다 빠른 몸놀림이다.

그는 분명히 암기보다 빨랐다. 아름다운 모습으로 팔랑팔랑 날아가서 무려 이백여 개의 세침(細針)을 쏟아낸다는 비접조차도 그의 신형을 붙잡아두지 못했다. 한 치 앞도 분간할 수 없는 흙먼지 속에서 가늘디가는 세침이 무더기로 쏟아져 나갔는데, 그의 옷깃조차 건들지 못했다.

그는 팔비첨창의 암기를 모두 발밑으로 흘려보냈다. 천뢰구가 강력한 폭발을 일으키고 있을 때, 그의 신형은 이미 전권(戰圈)에서 빠져나간 상태였다.

만수탈혼을 펼치는 순간에 전권에서 빠져나간다는 팔비첨창이 해결하지 못한 문제가 해결되었다.

단차의 신법이면 가능하다.

양손으로는 만수탈혼을 전개하며, 두 발은 단차의 신법을 밟는다. 허하면 완벽한 만수탈혼이 탄생한다.

북망고검은 전권 밖에 있었기 때문에 이 모든 광경을 세세하게 지켜봤다.

승부가 안 된다. 놈은 너무 강하다. 하지만 지금 공격해야
한다. 흙먼지가 가라앉고 나면 그러잖아도 없는 승산이 더 없
어진다.

그는 자신의 안위는 돌보지 않고 오로지 공격 일변도의 검
공을 전개했다.

쒜엑!

외로운 검, 고검살법이 단차의 허리를 베어갔다. 하나 예상
했던 대로 그의 검은 아무것도 베지 못했다.

분명히 벤 것 같은데 손에 잡히는 감촉이 없었다.

'졌다!'

왼쪽? 오른쪽?

그동안 지켜본 바에 의하면 단차는 동맥을 잘라내는 공격을
즐겨 사용한다. 그것도 목에 있는 동맥을 잘라내어 가장 참혹
한 죽음을 안긴다.

어느 쪽이 잘릴 것인가?

푹!

'오른쪽……'

북망고검의 입가에 미소가 배었다.

그나마 어찌 죽는지 알고 죽으니 다행이지 않은가.

많은 사람을 죽였다.

이럴 줄 예상하고 한적한 폐가를 싸움 장소로 선택했는데,
그래도 너무나 참혹하다.

시신이 산이 되어 쌓였다. 핏물을 밟지 않고는 한 걸음도 움직일 수 없다. 푸르던 풀잎들이 온통 붉은색으로 변했다.

푸른 하늘, 붉은 땅, 그리고 공허한 바람.

언제나 싸움 뒤에는 이런 적막이 찾아오곤 했다.

계야부는 손을 쳐들었다.

피는 소도에만 묻은 게 아니다. 손에도 팔에도…… 전신이 붉은 피 칠이 되어 있다.

그는 혈인(血人)이다.

담이 약한 사람이라면 서 있는 모습만 보고도 혼절해 버릴 정도로 흉악한 모습이다.

"후후후!"

실같이 가는 웃음이 새어 나왔다.

이토록 잔혹한 죽음을 내리는 데는 분명한 이유가 있다.

너희들이 쫓는 자는 지옥에서 온 악귀다. 하니 쫓아오지 마라. 귀찮게 하는 자는 다짐하건대 지옥에도 가지 못할 정도로 처참하게 짓이겨 주겠다.

시신으로 적에게 경고를 남긴다.

이번에도 같은 심정에서 잔혹한 죽음을 선물했다.

안선, 너희는 이렇게 당할 것이다. 너희와의 악연이 어디까지 이어질지 모르겠지만 결국은 이런 식으로 끝날 것이다.

아주 단호한 경고다.

한데 죽이고 죽이고 또 죽이다 보니 문득 깨달아지는 바가 있었다.

살육을 즐기고 있는 자신이 보였다.

소도를 찔러 넣으며 묵직하게 와 닿는 느낌이 좋고, 비명을 지르며 쓰러지는 모습이 즐겁고…….

악귀다. 악마다. 살인마다.

그는 한순간이나마 인간이 아니었다. 어쩔 수 없이 살인을 저지르는 것이 아니라 살인을 즐겼다.

옛날에 이랬다. 말똥구리가 되어 적진을 휘젓고 다닐 때, 무작정 죽이는 것이 능사였을 때…… 그때 이런 마음으로 사람을 죽였다. 죽이면서 즐겼다.

천상에는 결코 오르지 못할 속인(俗人)의 모습이다.

의살은 깨달음의 무공이다.

깨달음이란 퍼뜩하고 어떤 생각이 떠오르는 것이 아니다. 예전의 머리는 사라지고 완전히 다른 머리로 뒤바뀌게 된다. 예전의 자아는 온데간데없고 새로운 자아가 새로운 자신을 만든다.

한데 자신은 그러지 못했다.

무공은 깨달음의 무공을 쓰면서 정신은 속세에 머물렀다.

자신 스스로 속세를 벗어나고 싶어하지 않기 때문이다. 계속 속세에 머물러서 안선도 지워 버리고 싶고, 사약란도 계속 사랑하고 싶어한다.

말똥구리들과의 우정도 마찬가지다. 어떤 연유에서든 자신은 그들의 대형이 되었다. 대수라 불리는 인물이 되었다. 대수란 동생들의 안위를 지켜줘야 하는 것, 어떤 일이 있어도 그들을 무림에서 안전하게 빼내야 한다.

그에게는 의무가 있다. 사명이 있고, 사랑이 있다.

깨달음보다도 이런 속세의 인연을 더 소중하게 여긴다.

그런 마음이 존재하는 한, 깨달음이 필요없다고 생각하는 한 의살은 완전한 모습을 보이지 않을 것이다.

상단전을 연 것이 아니었다. 상궁이 열린 게 아니었다. 단전이나 경맥하고는 전혀 상관없는 무공이다. 진기를 이용하지 않고 마음으로 육신을 조종하는 무공이다.

생각하라. 그러면 움직일 것이다.

어떻게 어떤 모습으로 움직일 것인지까지 생각할 필요는 없다. 그것은 자연의 섭리가 알아서 해준다. 자신은 단지 생각만 하면 된다. 움직일 것이라고.

의살이다. 공의 무공이며, 각성이다.

"후후후!"

계야부는 소도를 던져 버리고 털썩 주저앉았다.

핏물이 엉덩이를 축축하게 적신다. 그래도 상관없다.

'내가 어쩌다 이런 악마가 되었나. 후후후!'

낙소엽의 복수를 했다. 팔비첨창을 죽임으로써 동생의 원혼을 달랬다. 그러면 됐지 않은가. 홀가분하게 툴툴 털고 가버리면 되는 것 아닌가.

이 묵직한 마음은 무엇인가.

이렇게까지 잔혹할 필요는 없었는데…… 그냥 죽이는 것만으로도 공포감은 충분히 조성되는데. 오백여 명을 죽였다는 사실만으로도 악마가 되는데…….

어차피 죽여야 할 자들이다. 죽기 전에는 물러가지 않을 자들이다. 그런 자들을 가장 빠른 시간에 죽였으니 잔혹한 것이 아니라 선심을 베푼 것이지 않나.

아니다, 아니다. 무언가 잘못되었다. 사람을 이렇게 죽일 권리는 누구에게도 없다.

계야부는 암울한 눈길로 한없이, 한없이 시신들을 쳐다보았다.

第八十八章
애심(哀心)

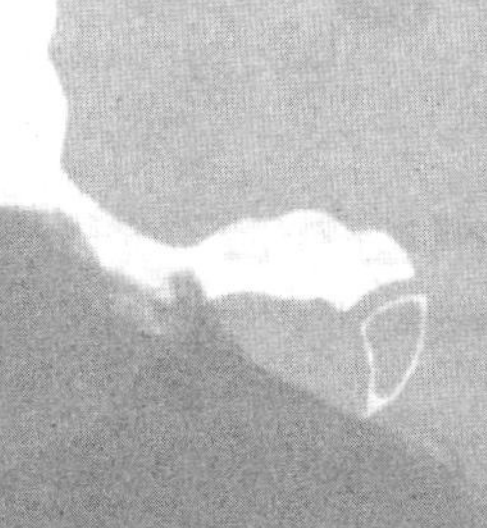

만총림주는 부채를 살랑살랑 흔들었다.

죽은 지 얼마 되지 않은 시신들이 역겨운 냄새를 풍기기 시작했다.

실제로는 혈향(血香)밖에 풍기지 않는다. 하지만 그는 살이 썩고 진물이 줄줄 흐르는 냄새를 맡았다. 시신들이 정말로 그런 냄새를 풍기는 듯했다.

"예천 최대의 참사 아닌가."

"지독한…… 아무리 시각랑 출신이라도 그렇지 손속이 이렇게 잔인해서야."

만총림 유생들이 코를 막고 인상을 찡그렸다.

비위 약한 자들은 허리를 구부리고 토악질을 해댔다.

한 사람, 두 사람…… 개개인의 사인을 살펴보면 그리 잔혹하지 않다. 무림 어디에서든 흔히 볼 수 있는 주검이다. 동맥이 깨끗하게 베어져 죽었으니 오히려 산뜻한 주검이라고 할 수도 있다.

한데 그런 시신이 오백여 구나 쌓이니 꼭 한 폭의 지옥도를 보는 것 같다.

"처참한 모습은 모두 보았다고 자부했거늘…… 아직도 보지 못한 게 있었군."

"좋게 보려고 해도 안 돼. 사람이 어떻게…… 정말 우리 북지단과는 맞지 않는 자야."

유생들은 고개를 내둘렀다.

예천에 북지단이 자리 잡은 후, 이토록 처참한 살생이 벌어진 적은 없었다.

예천은 무림의 성지다.

무총 본단은 물론이고, 사개 지단이 위치한 도읍 모두가 성지다.

예천에서 살생을 저지르는 자, 무총을 안중에 두지 않은 것으로 간주된다.

누가 무림의 성지에서 살생을 저지르겠는가.

단차가 그런 일을 저질렀다.

엄밀히 말하면 단차는 아니다. 현재 단차는 북지단에서 비화원 부원주의 직무를 충실히 수행하고 있다.

예천에서 살생을 저지른 자는 북지단과는 아무 연관도 없는 자다.

대외적으로는 그 사실을 분명히 해야 한다.

"의견들을 말해보세요. 어떻게 할까요?"

만총림주가 부채를 접으며 말했다.

중구난방(衆口難防)으로 많은 말을 쏟아내던 유생들이 입을 꾹 다물었다.

지금은 결단을 내릴 순간이다.

아주 진지한 순간이니 감상이나 농담 같은 헛된 말은 일절 금한다.

"이자, 조정될 자가 아닙니다. 어떤 미련을 가지고 계신지 모르겠지만 손을 놓아야 합니다."

"이 현장을 보존하고 살인귀의 등장을 공표하는 것이 타당할 것 같습니다. 인성(人性)이라고는 눈곱만큼도 찾을 수 없는 자이니 자칫 큰 골칫거리가 될 수도 있습니다."

"버리는 게 좋겠습니다. 아주 나쁜 패입니다."

"북지단주님도 이 정도까지는 생각하지 못했을 터, 사실대로 보고하는 게 좋겠습니다."

많은 말이 쏟아졌다.

단차를 비호하는 말은 한마디도 없었다. 모두 그를 버리라, 제거하라, 손을 놓아라 하는 말뿐이었다.

만총림주는 또다시 고개를 절레절레 흔들었다.

잔혹한 지옥도가 유생들의 마음을 뒤집어놓았다.

이들은 지금 정확한 사리 판단을 하지 못한다. 자신은 차분하다고 생각할지 모르지만 실은 흥분에 들떠 있다. 감정에 휘둘리고, 공포감에 짓눌렸다.

만일 이들이 현장을 보지 않고 보고만 받았다면 다른 말들을 쏟아냈을지도 모른다.

단차가 오백 명을 죽였다.

아주 간단한 보고다.

죽인 숫자가 상당하지만 단차가 시각랑 출신임을 감안하면 충분히 예상되는 보고이기도 하다.

죽이려고 달려든 자, 모두 죽인다.

시각랑의 율법이 그러하니 단차를 비방할 수도 없다.

한데 직접 살육 현장을 보니 마음도 말도 바뀐다.

무림사를 환히 꿰뚫어 본다는 유생들이 마구잡이로 죽이라는 말만 쏟아낸다.

만총림에만 틀어박혀 있는 유생들…… 그들에게 한 번쯤 무림의 실상을 보여주고 싶었다. 죽음이란 게 단순한 숫자놀음이 아니라는 사실을 인식시켜 주고 싶었다.

한 명 죽고, 두 명 죽고, 열 명 죽고…….

말로만 떠들 게 아니라 직접 눈으로 보고 느껴야 한다.

이것이 죽음이다. 전서에 적힌 죽음의 의미가 바로 이런 것이다. 도축당한 개, 돼지처럼 사지를 아무렇게나 늘어뜨리고 쭉 뻗어 있는 시신…… 이런 것이 바로 전서에 적힌 죽음의 의미다.

만총림 유생들도 죽음은 안다.

처참하게 짓이겨져서 죽은 시신도 많이 봤다. 하지만……
그들은 전장을 경험하지 못했다. 큰 싸움에서 많은 사람들이
죽어 넘어진 광경을 보지 못했다.

단차를 노리는 자들이 심상치 않아서 이번에는 혹시 그런
광경이 도출될지도 모른다고 생각했는데…… 설마 이 정도로
잔인한 광경이 펼쳐질 줄이야.

이런 광경은 그 역시 처음이다.

이토록 많은 사람이, 그냥 죽은 것도 아니라 몸에 있는 모든
피를 쏟아내어 땅을 피로 물들이고 죽어 있는 광경은 진정 꿈
에서조차 그려보지 못했다.

그리고 보면 자신 역시 진정한 죽음의 의미를 몰랐을 수도
있다.

단차가 큰 눈을 뜨게 해줬다.

한데… 그건 그렇고…… 진한 피 냄새에 묻힌 것이 있다.

이들이 누군가? 누구이기에 단차를 죽이고자 달려왔는가.

북지단 마방주를 죽였기 때문이라는 헛소리는 부디 하지 말
기를 바란다.

이들은 북지단 마방주 따위를 훨씬 넘어서는 고급 무인들이
다.

유명단, 유령사, 유마혼.

비록 단차에게 개죽음을 당했다고는 하지만 북지단의 이목
이 따라가지 못할 정도로 쾌속함을 보였다.

발견했다 싶었는데 어느새 혈전이 벌어졌다.

그만큼 이들의 행동은 민첩했다. 주도면밀했고, 가공했다.

너무도 당연하다.

십교사에게 직접 무공을 사사한 것과 마찬가지인 무인들인데 이만한 움직임쯤은 보여주어야 하지 않겠나.

팔비첨창의 암기술도 놀랍다.

하늘을 온통 잿빛으로 가려 버린 암기는 사천당문주가 직접 보았다고 해도 감탄을 터뜨릴 정도였다.

맨 마지막에 전개한 검은 또 어떤가?

그는 사람을 죽일 최적의 기회를 잡았다. 누가 검을 써도, 살수는 물론이고 설령 북지단주가 직접 검을 써도 그보다 완벽한 기회를 잡기는 힘들 것이다.

단차는 빠져나올 구석이 없었다.

만총림주는 '아!' 하고 탄식을 터뜨렸다.

단차가 곱지는 않지만 일을 벌이자마자 죽는 것도 원치 않는다. 한데 빠져나올 구석이 없지 않은가. 공중에 떠 있고, 몸을 틀 수도 없고, 시야는 흙먼지에 가렸고…… 악조건이란 악조건은 모두 다 가진 상황이다.

많은 사람을 죽였지만 그도 죽는구나 싶었다.

한데 빠져나왔다. 단순히 빠져나온 것이 아니라 발 디딜 것이 없는 허공에서 신형을 비틀었고, 검사의 측면으로 바싹 다가섰으며 소도로 목을 그었다.

실로 눈부신 행동이다.

그렇게 북망고검이 죽었다. 팔비첨창이 죽음으로 열어놓은 길을 잘 찾아갔지만 죽음을 피할 수는 없었다.

단차는 안선이 자랑하는 무인들을 아주 가볍게 죽였다.

가볍다? 맞다. 가볍게 죽였다. 큰 힘 들이지 않고, 한 사람에게 칼질 한 번씩만 했다.

단차의 무공을 재평가하자는 의미는 아니다.

그의 무공은 이미 입증되었다. 비화원주를 능가하고, 외단주와 승부를 결할 정도로 강하다.

아니다. 그때는 단차의 잔혹한 손속이 고려되지 않았다.

차디찬 심성까지 가미한다면 외단주를 훨씬 능가할지도 모른다.

능가하든 능가하지 않든 무공으로 외단주와 겨룰 수 있다는 것은 당금 무림에서 초절정고수로 군림할 수 있다는 뜻이다.

하니 그의 무공을 새삼 논할 건 없다.

여기서 생각해야 할 것은 안선의 고급 무인들이 왜 단차를 공격했느냐 하는 점이다.

단차는 무림에 나온 지 얼마 되지 않는다.

막말로 말하면 이제 막 출도한 풋내기나 다를 바 없다.

무림에는 그를 아는 사람이 없다. 그가 어떤 무공을 사용하는지, 어느 정도의 고수인지, 신분 내력은 어떻게 되는지……모든 게 흑막에 덮여 있다.

그가 무림에 나와서 한 일이라고는 북지단에 입문한 것과 북지단 마방주를 죽인 것뿐이다.

이 두 가지 사건 중 어떤 것이 안선의 고급 살수들을 부른 것일까?

유명단이나 유령사, 유마혼이 모두 출동한 것도 놀랍기만 하다. 한데 그들을 이끄는 소안마도와 팔비첨창, 그리고 북망고검까지 투입되었다.

이만하면 북지단주를 암살하러 왔다고 해도 믿을 만한 전력이다.

그는 소안마도를 잘 알지 못한다. 팔비첨창이나 북망고검에 대해서도 약간의 자료밖에는 없다. 소안마도가 이끌던 세 개의 집단도 그런 것이 있다는 것만 아는 정도였다.

이들은 그야말로 안선의 비밀 정예다.

그런 그들이 풋내기나 다름없는 단차를 죽이려고 왔다.

왜?

만총림주는 이 부분에 주목했다.

단차가 무림에 나와서 행한 두 가지 사건 이외에 또 다른 사건이 숨겨져 있다.

지금은 짐작뿐이지만 확신한다.

"시신을 치워요."

"네?"

유생이 자신의 귀를 의심한 듯 되물어왔다.

"이 사건, 덮습니다."

"아니, 그건…… 총주님, 이건 아무래도."

"덮습니다."

유생들은 더 이상 항명하지 못했다.

그들은 분명하게 반대 의사를 표시했지만 만총림주의 명령
이 떨어진 이상 따라야 한다.

"아무 흔적도 발견할 수 없도록 깨끗이 정리하세요."

"알겠습니다."

유생들이 허리를 숙였다.

만총림주는 시신들을 다시 한 번 쓱 훑어본 후 신형을 돌렸
다.

'단차. 가는 데까지 가거라. 쭉 지켜보마.'

북지단주는 만총림주보다 안선에 대해서 아는 게 더 많았
다.

"그런가? 그들이…… 죽었는가?"

북지단주는 세 사람의 죽음을 애도했다.

"그들이 어떤 자들인지 알고 싶습니다."

만총림주는 조심스럽게 물었다.

만총림은 정보를 취합, 관리한다. 그리고 자신은 만총림의
림주다. 하니 어떤 일이든 자신이 가장 많이 알고 있어야 한
다. 북지단주가 자신에게 물으면 즉각 대답할 수 있어야 한다.

한데 반대로 묻고 있다.

이런 건 직무를 태만히 한 것 같아서 싫다.

"죽었다니 끝난 이야기야. 끈 떨어진 사람들이었는데……
결국 그렇게 죽고 마는군."

북지단주가 고개를 주억거렸다.

‘끈 떨어진 사람들?’

만총림주는 북지단주의 말을 되새겼다.

자신이 알고 있는 그들은 아직도 막강한 세력을 구사하는 절정무인들이다. 한데 북지단주는 강하기 이를 데 없는 그들을 끈 떨어진 사람들이라고 표현했다.

안선에 모종의 일이 벌어졌다. 그리고 북지단주는 자신 외에 다른 통로를 통해서 안선 일을 보고 받았다.

다른 통로…… 무총 본단이다.

하기는 북지단주쯤 되는 위치에 있으면 눈과 귀가 서너 개쯤은 되어야 하리라. 또 알고 싶지 않아도 사람을 많이 만나다 보면 자연스럽게 전해 듣는 게 있을 터이다.

만총림주는 그런 점을 이상하게 생각하지 않았다.

상관과 지혜를 다투려고 해서는 안 된다. 정보를 공유하지 않았다고 해서 시기심을 가져도 안 되고, 자신의 뜻과 다른 결정을 내렸다고 해서 원망해서도 안 된다.

상관의 명은 절대 법이다.

‘끈 떨어진 사람들…….’

그는 예천까지 달려와 죽은 안선 무인들을 생각하면서 보고를 이어나갔다.

“단차의 살생이 너무 지나칩니다.”

“덮어준 건 자네야.”

“이번에는 어쩔 수 없이 덮어주긴 했습니다만 언젠가는 화근이 될 친구입니다.”

“그런데도 덮어주지 않았나?”

“두 가지 이유가 있었습니다. 단차는 북지단 마방주를 죽였고, 연이어 안선도와 싸웠습니다. 그의 적이 안선인 건 분명한 듯하니 잠시 지켜보아도 상관없을 것 같았습니다.”

“흠!”

“또 하나, 단차에게는 비밀이 많습니다. 그중에 하나가 안선과 모종의 연관이 있다는 생각을 지울 수 없습니다. 지금은 적이 되어 싸우지만 이전에 무언가 틀림없이 있었을 것 같다는…… 그를 지켜보다 보면 소안마도나 북망고검 같은 고수들이 어찌 알고 그를 공격했는지 알게 되겠죠.”

“그건 의살 때문이야.”

“……?”

“의살은 안선에게도 중요한 문제지. 이번에 소안마도나 팔비첨창 같은 자들을 대거 보낸 건 단차가 정말 의살을 사용하는지 알고 싶어서일 게야.”

“그렇습니까?”

“그보다는 더 큰 싸움이 있을 것인데…….”

들은 것이 또 있다. 북지단주는 만총림의 눈과 귀에 잡히지 않은 정보를 알고 있다. 조만간, 곧 일어날 싸움에 대한 정보다. 살생이 지나치다고 보고한 단차에 대한 정보다.

“후후후! 단차도 이번에는 쉽지 않을 게야. 그놈들… 꽤 강한 놈들이니까. 후후후! 이번에도 이겨내나 지켜보세. 아! 누가 이기든 뒤처리는 깨끗이 해야 할 걸세. 이번 싸움은 절대로 무림에 소문나면 안 될 게야."

"공격자가 누군지만이라도 알면 안 되겠습니까?"

"안 될 것도 없지. 살림일세."

북지단주가 아무렇지도 않게 말했다.

만총림주는 깜짝 놀랐다.

"사, 살림! 방금 살림이라고 하셨습니까?"

"허허! 놀랄 줄 알았네."

"보, 봉인 삼문. 봉인 삼문 중 살림을 말하신 겁니까?"

"쯧! 자네답지 않아. 천하의 만총림주가 이렇게 놀라서야. 살림이 봉인 삼문 말고 또 있던가."

"살림이 왜 단차를?"

"단차의 무공이 정말 의살인지 알고 싶은 게지."

"그렇다고 살림을!"

"쯧! 오늘은 정말 만총림주 같지 않아. 몸이 안 좋은가?"

북지단주의 말에 만총림주는 즉시 냉정함을 되찾았다.

살림이라는 소리에 너무 경악했다.

봉인 삼문…… 악마의 화신들…… 그들 중 살림이 풀려났다. 그것도 단차라는 단 한 명을 공격하기 위해서.

그들은 봉문한 문파이니 무턱대고 살상을 할 입장이 아니다. 특정한 조건부 제안이 있었다. 그러니 살육을 하기 위해 달려오고 있는 게다.

특정한 조건이란 두말할 것도 없이 봉문 해제이리라.

그토록 단차의 무공이 궁금했나? 의살이 그토록 지고한 무공인가? 살림을 봉문 해제시키면서까지 알아볼 필요가 있었나?

만총림주는 단차의 무공이 상상 이상으로 중대하다는 사실을 깨달았다.

그건 무총이 살림을 보냈다는 사실만으로도 알 수 있다.

단차의 무공을 알아볼 심산이면 사람을 보내 비무를 요청하는 것이 통상적이다.

한데 무총은 살림을 보냈다.

단차에게 죽고 싶지 않으면 진정한 의살을 보여달라는 뜻이다.

단차의 무공이 진정한 의살이라면 살림이 몰살당할 것이다. 반면에 가짜라면 그가 죽으리라.

진정한 의살을 시험하는 판단 기준이 살림을 동원하는 거였다.

외단주 정도로 비무를 하는 것이 아니다. 절대적인 힘으로 목숨을 건 싸움을 할 때만 진정한 힘이 드러난다.

의살…… 이것이 의살이라면 의살이야말로 절대 무공이다.

중원 무림을 샅샅이 뒤져도 살림을 정면에서 부러뜨릴 수 있는 무공은 손에 꼽을 정도다.

의살이 그런 무공 중의 하나가 된다.

무총이 그런 판단을 하기까지는 북지단주의 조언도 한몫했을 것이다.

─의살에 상당히 가까운 무공이니 진심으로 시험해 보고 싶
다.

어쩌면 북지단주가 먼저 이런 제안을 했을 수도 있다.
그렇기에 무총이 살림을 봉문 해제시키면서까지 파견한 게
다. 아무 근거도 없이 막연히 의살이니까 시험해 보자는 게 아
니다. 무총이 어떤 곳인데 그만한 정보력, 판단력이 없겠나.
단차는 오백여 명을 죽였다. 하나 또 그만큼의 사람을 죽여
야 할지도 모른다. 살림이 몇 명이나 파견했는지는 모르겠지
만 상당히 치열한 싸움이 예상된다.
"누가 죽든 뒤처리는 깨끗이 하겠습니다. 예천 무인들도 이
곳에서 무슨 일이 벌어졌는지 모를 겁니다."
만총림주가 허리를 숙이며 읍했다.

2

사약란은 거처를 불태웠다.
거처라고 해봐야 조그마한 초옥에 불과했다. 손질한 지도
오래되어서 비만 오면 군데군데 비가 샜다. 그래도 벌레는 없
었다. 이곳에 병균과 천적인 천충이 살고 있기 때문이다.
그녀가 병으로 아픈 것이었다면 이곳에 들어온 순간부터 낫
기 시작했을 터이다.
불행히도 그나 계야부나 병과는 무관했다.

질병이었다면 아무리 혹독하더라도 천충이 모두 갉아 먹었을 텐데…… 그랬다면 계야부가 죽을 필요도 없었는데. 아직도 그녀 옆에서 무뚝뚝하게 버티고 있을 텐데.

천충은 벌레가 침습하는 걸을 막아주었지만 세월의 삭풍은 어쩌지 못했다.

초가는 지붕을 갈 때가 되었다. 흙벽 담도 많이 낡아서 새로 손봐야 한다.

사약란은 한편으로는 깊은 정이 들었고, 한편으로는 애달픈 추억이 담긴 초옥을 불태웠다.

이로써 그도 보낸다.

그에 대한 그리움, 고마움, 아니, 사랑은 마음 깊이 남겨놓겠지만…… 세상은 계야부를 잊은 여인을 보게 될 것이다.

"이게 뭐야? 이걸 전부 가져갈 거야?"

오목이 사색신녀를 보며 물었다.

사색신녀가 큰 호로병에 물을 가득 채워 허리에 찼다.

호로병이 주렁주렁 박 달리듯 매달렸다.

"신경 쓰지 마."

"고개만 돌리면 보이는데 어찌 신경 안 쓰나?"

"흥!"

사색신녀가 매섭게 코웃음을 쳤다.

그녀는 독인이 아니다. 하지만 천하제일독이었던 독심독의와 한솥밥을 먹었다. 사천당문의 노문주와도 같이 있었고, 남만의 독왕과도 어울렸다.

그녀는 무언가 배울 수 있는 기회를 놓치지 않았다.

독을 배웠다. 독물 다루는 법도 배웠다. 하나 그녀에게 주어진 시간은 많지 않았다. 비록 독을 가르쳐 준 사람이 평생에 한 번 만날까 말까 한 독성 중에 독성들이지만 안타깝게도 배울 수 있는 시간이 너무 적었다.

그녀는 한 가지만 선택해야 했다.

무엇을 전문적으로 다뤄볼까?

독을 사용하기는 쉽다. 독성이 강한 독물만 구한다면 굳이 하독법을 배우지 않아도 살상할 수 있다.

세 독성이 아니면 배울 수 없는 것을 배워야 한다.

그녀가 선택한 독물은 뜻밖에도 천충이었다.

천충은 세상에서 오직 한 곳, 비궁에만 존재한다. 인간을 괴롭히는 모든 질병을 치료할 수 있는 만병통치약이지만 비궁을 벗어나면 살지 못한다.

제련도 불가능하다.

공기 중에 부유하는 천충을 잡아 가둘 능력도 없을뿐더러 사용하는 방법도 알지 못한다. 또한 세상에 독인은 많으나 천충을 아는 독인은 전무하다.

그녀는 세 독성의 도움을 받아 천충 활용법을 배웠다.

그렇다. 활용이다. 사용도 아니고 제련도 아니다. 연단 같은 것은 꿈도 꾸지 못한다. 그저 있는 것을 조금 옮겨 담아서 요긴하게 활용하는 것밖에 하지 못한다.

그 방법이 호로병에 가두는 것이다.

천충이 비지 안에서만 생존하는 이유는 비지 안에 있는 호수의 영향이 크다. 호수에 녹아 있는 어떤 물질이 천충의 생명력을 보존시켜 준다.

세 독성은 오랜 연구 끝에 그 사실을 발견해 냈다.

그것도 세 독성이나 되니 발견했지, 어지간한 독인 같으면 백 년이 지나도 알아내지 못했을 게다.

굳이 독술까지 배울 필요가 없었다. 호로병에 호수 물을 절반 정도 담고 하루 정도 공기 중에 노출시켜 놓으면 천충이 먹이를 찾아 스스로 모여든다.

눈으로 천충을 확인할 수는 없다.

하루가 지나도 달라지는 건 없다. 호로병에는 여전히 절반쯤 물이 고여 있을 뿐이다. 그래도 나머지 절반에 천충이 고여 있다고 믿어야 한다. 그것이 사실이니까.

그녀가 하는 일이라고는 안에 있는 물과 천충이 공기 중에 노출되지 않도록 단단히 밀봉시키는 일뿐이다.

그녀는 호로병을 무려 십여 개나 구해서 허리에 둘러맸다.

"호로병이 열 개이니…… 열 명분인가?"

오목이 힐끔 쳐다보며 물었다.

"무식한 소리 하고 있네. 밀랍을 벗겨내면 모두 사용해 버려야 하는 건 맞지만 한 명분은 아냐. 이 호로병 하나면 극독에 중독된 자 스무 명은 구할 수 있을걸?"

"후후! 소림사 대환단이 울고 가겠다."

"얻어 쓸 생각이지? 꿈도 꾸지 마."

"알았다. 하하하!"

"손장난 치지 말란 말이야! 너, 환수라는 거, 잊었을 것 같아? 여기다가 손장난 치면 철천지원수 되는 줄 알아!"

오목과 사색신녀는 초옥이 불타는 내내 티격태격했다.

반면에 일력광겸과 사사표풍은 침중했다.

그들은 자신들이 상대해야 할 자가 누군지 안다. 상당히 잘 안다. 그렇기 때문에 아무것도 모르는 오목과 사색신녀처럼 태연자약하지 못했다.

비궁에 있는 동안 그들의 무공은 일취월장했다.

본인들도 많은 노력을 기울였지만 매일 매 순간 코로 들이켜는 천충이 아주 큰 힘을 보태주었다.

그들의 육신은 나날이 정화되었다.

육신이 정화되니 진기까지 정순해진다.

가만히 있어도 도움을 주는 건 아니다. 천충은 진기에 직접적인 영향을 미치지 못한다. 본인이 맑아진 기운을 흡취하여 진기가 정순해지도록 연마해야 한다.

물론 이 정도도 하지 않는 무인은 없을 것이다.

천충은 생각할 필요가 없다. 매일 무공만 수련하면 된다. 운공조식을 꾸준히 하면 된다. 그러면 천충이 비궁 밖에서 수련할 때보다 배는 빠른 성취를 안겨준다.

비궁은 무공을 수련하는 사람에게는 천고에 다시없는 귀중한 땅이었다.

지금 그들의 무공은 동정호에 발을 디딜 때와는 비교도 할 수 없을 만큼 높아졌다. 독문 비공의 진수를 완벽히 깨달았고, 자신에게 좀 더 적합한 자신만의 무공으로 발전시키는 중이다.

그러나 그런 그들도 봉인 삼문을 상대하기는 버겁다.

이곳에서 무공을 수련하기 전이라면 이름만 듣고도 사색이 되었을 게다.

봉인 삼문은 분명히 강하다.

그들과 싸우는 게 확정된 상태에서 담담함을 유지하는 것만도 상당히 애를 쓰고 있는 게다.

"가요!"

초옥이 절반쯤 타들어갔을 때, 사약란이 몸을 돌렸다.

난석환류진이 해제되었다.

일수천탈 당소가 설치했고, 계야부가 시각랑의 감각을 가미시켜서 보완해 놓은 무적의 절진이 열렸다.

이후, 난석환류진은 영구히 봉쇄된다.

진은 생로(生路)가 없는 사진(死陣)으로 바뀐다. 생로가 있기는 하지만 매 시간마다 무작위로 변모하니 진의 대가라 할지라도 알아보기 힘들다. 하니 없다고 하는 말도 틀린 말은 아니다.

사약란 자신도 예외는 아니다.

지금까지 난석환류진의 생로를 숙지해서 자유자재로 들락거렸던 오목이나 사색신녀, 그리고 일력광겸이나 사사표풍도 더 이상은 발길을 들여놓을 수 없다.

그녀는 이곳에 계야부가 묻혀 있다고 확신했다.

자신이 그의 무덤을 찾을 수는 없지만 그는 분명히 이곳 어딘가에 육신을 쉬고 있을 게다.

탈진한 몸으로 짐이 되기 싫어서 떠나갔다는 말은…… 확실히 그런 말은 어린아이라도 믿지 않을 것이다.

그를 편안하게 해주고 싶다.

아무도 찾지 않는 곳에서 영원한 휴식을 취하게 해주는 것, 자신이 해줄 수 있는 건 이것뿐이다.

"꼭 이래야 되나?"

사색신녀가 아까운 듯 입맛을 다시며 뒤를 돌아봤다.

비궁 안에 있는 천충들…… 뭇 사람들의 질병을 말끔히 고쳐 줄 천충들이 영원히 사장된다. 손댈 것도 없이 병자만 들여다 놓으면 고칠 수 있는데, 비궁 자체가 천하의 명의나 다름없는데 이대로 사라지고 만다. 영구히.

그녀의 말에 대꾸하는 사람은 없었다.

다섯 사람은 무거운 걸음으로 배에 올라탔다.

해자를 건너 독림으로 간다.

"왔구나."

사일도는 차를 마시고 있었다.

나무 밑동을 의자 삼고 태연히 앉아서 해자 건너 치솟는 불길을 구경했다.

"검산이 강한가요?"

복잡하고 미묘한 질문이다.

검산이 강하다는 것은 불문가지다. 사약란이 그걸 모르고 묻는 게 아니다. 검산이 강하지만 오라버니라면 능히 상대할 수 있지 않느냐. 왜 나까지 불러내느냐는 간접 질문이다.

"하하하! 많이 컸구나. 이제 제법 고수 티가 풍겨. 그래야지. 그래야 무총주의 손녀답지."

"말 돌리지 마세요."

"진심이다. 보기 좋구나."

사일도는 따뜻한 차를 내밀었다.

"들어라."

"괜찮아요."

사일도가 피식 웃었다.

"보아하니 오라버니로서 주는 마지막 차 같은데…… 들어라."

사약란은 그제야 찻잔을 받아 들었다.

따뜻했다. 찻잔에서 오라버니의 온기가 느껴졌다. 항상 그랬던 것처럼 오로지 자신만을 염려하는 오라버니의 정이 소록소록 묻어났다. 그러나…… 알지 말아야 할 것을 알아버린 지금 옛날과 똑같은 감정으로 느낄 수는 없다.

"여덟 분밖에 안 남았군요."

진을 펼치고 있는 팔영자를 쳐다보며 말했다.

"무림에서 사는 삶이니까."

"늘 입버릇처럼 하신 말씀이죠."

"이제는 이해했다는 뜻으로 들리는구나."

"이해했어요."

"후후후!"

사일도는 웃었고, 사약란은 찻잔을 비웠다.

세상에서 가장 다정한 오누이였다. 동생을 위해서라면 자신의 목숨까지도 내어주겠다고 장담했던, 또 자신을 죽일 수 있는 서인을 동생 몸에 심어놓음으로써 자신의 맹세를 눈으로 확인시켰던 오라버니다.

그런 두 사람의 정(情)이 갈라지고 있다.

아니, 벌써 갈라졌을 뿐만 아니라 간격이 너무 멀리 떨어져서 다시 이어붙이기가 곤란할 지경이다.

"그 사람이 죽을 걸 알고 계셨죠?"

찻잔을 건네주며 물었다.

"초인의 탄생 배경에는 늘 희생이 숨어 있는 법이지. 억울한 희생은 아니었다고 본다. 너 같은 초인을 탄생시키고 갔으니 오히려 바라는 바가 아니었을까?"

"제가 아는 오라버니는…… 아뇨. 이제 모두 부질없는 말이 되었군요. 슬프네요."

사약란은 입을 다물었다.

오라버니의 생각을 읽었다. 행동도 봤다. 오라버니가 살아온 과거를 봤다.

'제발 여기까지만……'

그녀가 바라는 것은 이것뿐이었다.

지금까지 벌어진 일은 어쩔 수 없었다고 치자. 이미 일을 벌여놨기 때문에 걷잡을 수 없이 흘러왔다고 하자. 하지만 여기서 끝낼 수는 있지 않은가.

지나간 일은 모두 덮는다.

오라버니가 여기서 끝내준다면 다시 오누이의 정을 이어갈 수도 있을 것 같다.

할아버지의 의도대로 일이 진행되었다면 자신은 천하제일 신공을 전수받았겠지만 여자로서의 생명은 끝난다.

오라버니는 사랑하는 사람을 희생시켰지만 자신의 앞날을 열어주었다. 극양무공을 전수받지 않아도 되고, 절정무공도 수련시켜 주었고, 여자로서의 삶도 살게 해주었다.

지금까지 벌어진 일만 보면 동생을 생각한 오라버니의 지극한 정성으로 간주할 수 있다.

하니…… 하니…… 정말 여기서 끝내주기를 바란다.

"초옥을 불태우고, 난석환류진을 폐쇄하고…… 후후후! 어디 깊은 절에라도 들어갈 심산이냐?"

"그럴까요?"

"해자를 건너 나를 만나고, 그다음은 검산이겠구나."

"어디서부터 검을 들어야 할지 모르겠어요."

"어디서… 부터라. 후후! 내게 검을 들이댈 수도 있다는 뜻인데…… 그 정도로 미움이 깊은 게냐?"

"그렇다면 여기서부터 검을 들겠다고 말씀드렸을 거예요.

아직도 오라버니는 제 혈육이에요.”

다시 한 번 이 선에서 멈춰줄 것을 간청했다.

오라버니는 자신의 말뜻을 알고 있다. 마음을 읽고 있다.

더 이상 자신을 이용해서는 안 된다. 음양합일기를 주고 귀영십삼식을 수련시켰다. 십일영자를 모두 동원시켜서 실전 감각까지 배양시켰다.

자신은 이미 고수가 되었다.

어느 정도의 고수인지는 모르지만 초절정고수 중의 한 명일 것이라는 데는 의심의 여지가 없다.

이런 것들이 오로지 동생을 생각하는 오라버니의 마음이어야 한다.

검산과 싸워라?

그건 말하지 않아도 해야 할 일이다. 검산은 금지인 비궁에 들어섰다. 그녀의 영역을 침입했다. 사일도가 아니라 그녀에게 싸움을 걸어온 것이나 마찬가지다.

검산은 징치해야 한다.

그녀에게 맡겨진 일, 당연한 일을 하는 것인데 왜 마음 한구석이 찜찜할까?

그것은 오라버니가 검산을 불렀기 때문이다.

꼭 검산이 아니었을 수도 있다. 살림이나 붕지가 왔을 수도 있다. 어쨌든 봉인 삼문 중에서 하나가 동정호에 발을 들여놨을 것이다. 바로 오라버니가 초청했기 때문이다.

오라버니는 그녀의 일을 추진한 데서 그치지 않고 무총에게 알렸다.

할아버지에게 당신이 도모하던 일이 어긋났는데 이제 어쩔 것이요 하는 물음을 던졌다.

남몰래 진행했다면 오누이의 정으로 받아들였을 게다. 하지만 할아버지에게 사실을 알린 것은 오누이의 정이라기보다는 할아버지의 의도를 깨뜨리는 데 목적이 있다고 할 것이다.

할아버지는 일벌백계로 봉인 삼문 중 일문을 보낸다.

그들로서 사일도와 사약란을 어찌할 수 있다고는 생각하지 않으실 게다.

검산은 사일도와 십일영자를 죽이려고 왔다.

오라버니와 십일영자의 힘을 충분히 파악했고, 승산이 있다고 판단했기 때문에 거침없이 왔다. 검을 들이대는 데도 일점 망설임이 없다. 속전속결, 닥치는 대로 친다.

분명히 이번 싸움은 검산에 승산이 있다.

오라버니의 무공이 깊이를 측정할 수 없을 지경이라지만 검산의 삼대검학 또한 단 한 번의 패배만을 안고 있다.

하나 그들이 모르는 게 있다.

사약란의 존재다.

그녀가 음양합일기를 받아들였고, 무공을 수련하여 이미 신화경에 이르렀다는 사실은 까마득히 모른다.

할아버지께서는 여기까지 봤다.

사약란이 오라버니를 도와서 검산과 싸우리란 것을 안다.

하면 상황은 급반전한다. 유리하던 검산이 오히려 불리해진다. 비궁의 독물들까지 염려해야 하는 상황이니 상당히 피곤한 싸움을 치러야 한다.

두 조손은 검산에게 죽지 않는다.

다시 말하면 두 조손을 죽일 마음이 없다. 다만 따끔하게 경고를 해서 두 번 다시 할아버지에게 대항해서는 안 된다는 마음을 심어놓는다.

검산은 사일도와 사약란을 죽이기에 앞서서 십일영자부터 몰아칠 게다. 그들이 무총에게 하달받은 명령이 바로 십일영자의 죽음이기 때문이다.

이것이 할아버지의 경고다.

오라버니도 할아버지도…… 지금은 다 싫다.

마치 혈육 간에 권력 다툼을 벌이는 것 같아서 싫다.

오라버니의 뜻은 무총을 자신이 받겠다는 것이다. 동생이 받는 것은 용납할 수 없다는 태도다. 반면에 할아버지는 일단 사약란에게 기회를 주고자 한다. 지금까지 그래 왔고, 음양합일기를 받아들인 지금도 그러하다.

모두 다 싫다.

이번만 싸우고 떠난다. 무총에서도 벗어나고, 무림도 떠나고…… 그런 자신을 잡지만 않으면 된다. 혈육 간의 상쟁(相爭)에 이용하지만 않으면 얼마든지 깊은 정을 나눌 수 있다.

오라버니의 머리를, 동나를 넘어선다.

세상 사람들은 오라버니의 행동 뒤에는 반드시 동나의 입이 숨겨져 있다고 보지만 잘못된 판단이다.

오라버니는 온갖 병서를 꿰뚫고 있다.

어려서부터 무총 지자들의 가르침을 받고 성장했다.

무림에 몸담은 이래 지금까지 무총 외 사람들에게 단 한 번도 시기와 질투를 받아본 적이 없다. 아니, 오히려 무림인들은 오라버니를 좋아한다. 무총의 후계자로 점찍고 있다.

이 모든 게 오라버니가 스스로 생각하고 행동한 결과다.

사람의 머리는 개개인의 특성이 있으니 누가 낫다 못하다고 할 수 없지만 적어도 동나만큼 뛰어난 것은 사실이다.

오라버니는 이미 자신의 의중을 안다. 그러니 자신도 마음 편히 이야기할 수 있다.

"보셨겠지만…… 전 이미 거처를 불태웠어요. 해자를 마지막으로 건넜고요. 이제 검산을 치면서 독림을 벗어나려고 해요. 오라버니와 제가 만나는 것은 거기까지. 나중에, 먼먼 후일에 소식을 알게 되면 서신이나 주고받아요."

"원망이 깊구나. 그러고 싶다면 그러자꾸나."

오라버니는 순순히 받아들였다.

"제가 먼저 갈게요."

"그래. 하하! 오늘 이 두 눈이 호강하겠구나. 음양합일기로 펼치는 귀영십삼식을 보게 될 줄이야. 마음껏, 한껏 무공을 펼쳐 봐라. 어디 그동안 제대로 배웠는지 보자."

오라버니는 밝게 웃었다.

그 속에서 사약란은 절망감을 느꼈다.

이 싸움, 같이 싸워야 한다. 오라버니와 힘을 합쳐서 같이 뚫고 나가야 한다.

검산은 결코 만만한 상대가 아니다.

한데 오라버니는 어찌 싸우는지 지켜보겠단다.

음양합일기로 펼치는 귀영십삼식을 보겠다는 뜻이다. 비무가 아니라 살육전에서 어느 정도의 위력을 떨치는지 극한의 상황까지 지켜보겠다는 의도다.

오라버니는 자신을 보낼 생각이 없다.

이 싸움이 끝난 후에도 항상 오라버니의 눈길이 지켜보고 있을 게다. 그러다가 필요한 시기가 되면 어쩔 수 없는 상황으로 몰아넣어 끌어낼 것이다.

그러지 않기만 바랐는데…….

"고마웠어요. 마음껏 보세요."

사약란은 슬픈 눈으로 돌아섰다.

3

"명을 전합니다. 통천계(通天計)는 실패했다. 정리하고 돌아와라."

"그것뿐이냐?"

"그렇습니다."

"알았다."

"제가 모시겠습니다."

"알아서 간다."

"모시고 오라는 전갈이 계셨습니다."

"죽고 싶은 게냐!"

"따라오시겠습니까, 죽이시겠습니까?"

스릉!

부사영은 검을 뽑았다.

스르릉!

상대도 검을 뽑았다.

검산의 문인은 절대로 개죽음을 당하지 않는다. 상관이 죽으라고 해도 거부한다. 그들을 죽일 수 있는 방법은 오직 하나, 무공으로 척살하는 것뿐이다.

"후후후! 그동안 많이 컸구나."

"저희야 무공 수련에만 매진했으니까요. 누구처럼 계집과 술에 파묻힐 틈이 있었어야죠."

상대가 든 검은 기형적으로 길다.

옛날 그가 쓰던 장검과 같다. 길이는 오 척, 재질은 단단함으로는 제일을 자랑하는 견빙철이고, 용암의 화기로 제련되어 투명하도록 맑고 푸르다.

이 검은 검산의 독문 검예인 일촌사를 쓰기 위해서 특별히 제련되었다.

여타의 무공을 사용하는 사람이 오 척 장검을 보면 불편해서 어떻게 쓰냐고 한다. 하지만 순간을 포착하고 약간의 흔들림만으로 커다란 괘선을 그려내는 데는 기형 장검처럼 좋은 것이 없다.

긴 검은 새끼손가락에 힘을 약간 가하거나 덜어내는 지극히 미약한 행동만으로도 머리 치던 검을 허리 치는 검으로 바꿀 수 있다. 상대가 인식하지 못하는 아주 짧은 시간 동안에.

오 척 장검을 불편하게 본다는 것은 일촌사의 가공함을 생각조차 못해봤다는 소리다.

"다시 한 번……."

"몇 번을 말하셔도 소용없습니다. 같이 가시던가, 절 베시던가."

부사영은 검을 들어 올렸다.

시각랑으로 전장을 누볐다. 그는 시각랑들 중에서 계야부 다음가는 용사였다.

그는 그런 평가가 좋았다.

검산의 문인이 시각랑이 되고, 첨각 침투를 백 몇 번이나 성공리에 끝내서 결국은 시각랑의 전설이 되었다.

이건 무척 이상하다. 전설이 된 게 이상한 게 아니라 시각랑이 된 게 이상하다. 검산 문인이 시각랑이 되었다면 전설이 되는 건 시간문제일 뿐이다.

그는 언제든 계야부를 능가할 수 있었다. 마음만 먹으면 거뜬히 뒤로 제치고 선두로 나설 수 있었다.

그래도 그러지 않았다. 시각랑이 된 이유도 있지만, 계야부의 뒤에서 그를 지켜보는 게 더 즐거웠다.

계야부…… 참 재미있는 놈이다.

놈은 살아 있는 시각랑의 전설이다.

빙정 때문에, 빙정의 효험을 봐서, 끊어지지 않고 면면히 이어지는 진기 덕분에 등등 여타의 이유로 전설이 될 수밖에 없었다는 소리는 하지 말라.

그는 빙정이 없었어도 전설이 될 인물이었다.

무공을 수련한 것도 아니다. 영약을 복용하지도 않았다. 오로지 타고난 선천적인 육신만으로 시각랑이 되고, 전설이 된다.

계야부는 이 세상에서 유일하게 그럴 수 있는 인물이다.

그와 빙정을 연관시켜서 그에 대한 평가를 절하하는 건 그를 제대로 보지 못한 사람이나 저지르는 오판이다.

놈은 참 재미있다.

한데 죽었다. 그리고 그가 죽음으로써 검산이 무총이란 하늘을 무너뜨리고 우뚝 솟고자 하는 통천계도 망해 버렸다. 더불어서 그와 함께 지냈던 부사영의 십 년 세월도 고스란히 날아가 버렸다.

지난 십 년 동안 그는 검산 문인이 아니었다.

시각랑이었다. 시각랑의 추억만 남았다. 계야부와 함께 적진을 넘나들던 기억밖에 없다. 그리고 지금은 그가 직접 엄선해서 데려온 형제들만 함께한다.

'일촌사.'

상대의 오 척 장검, 그리고 일촌사의 기수식을 보니 새삼 검산이 생각난다.

"좋은 검을 지녔군."

“그런 말, 많이 들었습니다.”

“호기도 있고.”

“선배들이 좀 무서워하긴 했죠.”

“안타깝군.”

“피차일반입니다. 선배에 대한 말, 많이 들었습니다. 일촌 사를 가장 깨끗하게 쓰는 분이라고. 그 검으로 되겠습니까?”

부사영의 검은 평범한 청강 장검이었다.

그것으로 일촌사를 쓰지 못한다는 법은 없지만 오 척 장검 에 비하면 속도가 상당히 늦는다. 무인들이 흔히 하는 말로 두 호흡 정도 느려졌다고 보면 된다.

일촌사처럼 찰나에 승부를 결정하는 싸움에서 두 호흡이 늦 다면 거의 목숨을 잃었다고 보는 편이 맞다.

“난…… 후후! 내게는 일촌사만 있는 게 아니다. 마음 놓고 오거라.”

“그럼!”

상대는 사양하지 않았다.

검을 양손으로 잡는다. 검끝이 태양을 가리키며 곧추세워진 다.

“타앗!”

타타탁! 타타타탁!

산천초목을 쩌렁 울리는 일갈과 함께 발밑에서 흙먼지가 피 어났다.

보통 걸음에 비해서 절반밖에 안 되는 짧은 보폭은 어디로 움직일지 방향을 예측하지 못하도록 만든다. 보통 사람이 큰 걸음으로 한 걸음을 내딛는 동안 서너 걸음을 달려야 하지만 그만큼 방향 전환이 용이하다.

빠름은 눈부실 정도다.

검산 문인들은 입산 후 일 년 동안 이 보법만 수련한다.

일 년 안에 수련해 내면 다음 과정으로 넘어가고, 수련해 내지 못하면 척살당한다.

목숨을 걸고 수련해 낸 절학이니 보보마다 피와 땀이 얼룩졌다고 할 것이다.

그에 비하면 사전투광신보는 얼마나 어설픈가.

일단 수련함에 있어서 목숨이 걸려 있지 않다. 힘껏 노력해서 수련해 내면 다행이고, 수련해 내지 못하면 자신에게 맞지 않는 신법이라고 투덜거리면서 다른 신법으로 옮겨간다.

무림에서 흔히 듣는 말들이 있다.

그건 그 사람이니까 수련해 낸 거야. 그 사람에게 맞는 무공이지. 나에게는 어울리지 않아. 그건 팔이 긴 사람에게나 어울리는 무공이야. 힘이 좋다면 배워볼 만하겠군 등등등.

단언하건대, 그런 말을 하는 사람치고 진정한 고수는 없다.

이것도 배워보고 저것도 배우는 수는 있지만 중도에서 포기하면 죽도 밥도 안 된다.

검산의 문인들은 그런 각오로 무공을 수련한다.

수련해 내던가, 목숨을 버리던가.

하니 한 사람 한 사람의 무공이 처절할 수밖에 없다. 무공을 수련하면서 몇 십 번씩 내다 버린 목숨이기에 버려야 할 때 기꺼이 던져 버릴 수 있다.

검산을 적으로 돌리는 자는 불행하다.

그런 뜻에서 오 척 장검을 상대하고 있는 부사영은 불행하다. 찰나라도 방심하는 순간, 후배의 검이 그의 육신을 난자할 게다.

상대도 불행하다.

무림에 나서자마자 맨 처음 검을 뽑은 것인데, 하필이면 일촌사를 가장 잘 아는 자와 맞붙었다.

파앗!

부사영은 사전투광신보를 펼쳤다.

검끝이 좌로, 우로 현란하게 움직인다. 고개를 빳빳이 곧추세운 독사처럼 혀를 날름거리면서 물 곳을 찾는다.

"일촌사가 아니군! 선배, 실수했소! 하하하!"

상대가 호탕하게 웃어젖히며 재빨리 다가섰다.

'쯧!'

부사영은 속으로 헛바람을 찼다.

실수한 것은 후배다.

그는 타사인의 절기에 걸려들었다. 검끝이 가리키는 곳을 피해 바짝 다가서고 있는데, 그것이 바로 걸려들었다는 증거다.

타사인은 일격필살의 검법이다. 하나 심기(心氣)를 정심으로 모아서 검을 떨쳐 내는 일격필살과는 차이가 있다.

타사인은 일격필살을 펼치기 전에 상대를 붙잡아놓는 사전 정지 작업을 한다. 끊임없이 공격하여 구석으로 몰아넣을 수도 있고, 허점을 보여서 유인할 수도 있다.

상대를 궁지로 몰아넣는 방법은 수천 가지에 이를 것이다.

타사인은 검초로써 상대를 몰기도 하고, 유인하기도 한다는 점에서 특이하다.

부사영은 처음부터 검을 쓰지 않는다. 검기를 쏘아낸다. 하면 상대는 검기를 피하기 위해 몸을 움직이고, 그러다 보면 어느새 일격필살을 당할 위치에 선 자신을 발견하게 된다.

후배가 그렇다. 그는 검에서 쏘아진 검기를 피해 빠른 신법으로 다가선다.

그에게는 부사영의 옆구리가 환히 열려 있으리라.

검을 쳐내는 데 망설일 이유가 없다. 혹여 부사영이 반격을 가해오면 그때야 말로 본때를 보여준다.

일촌사! 오 척 장검의 위력을 여실히 보여주리라.

쒜에엑!

검이 옆구리로 파고들었다.

부사영은 기다리고 있었다. 진기를 장검에 집중시키고, 마음은 금강반야선공의 허허로움에 맡겼다. 감각은 동물처럼 곤두섰지만 머릿속은 얼음처럼 차갑다.

스웃!

검이 일격필살의 기세를 담고 후배의 육신을 저몄다. 순간!

파앗!

후배의 손목이 살짝 비틀리며, 검날이 하방(下方)을 향해 흘렀다.

일촌사가 터졌다!

하나 그 순간, 부사영의 손목에도 변화가 생겼다. 아래로 흐르던 검이 수평으로 뉘어지며 후배의 목덜미를 향해 쭉 그어졌다.

탁!

두 사람은 서로 어깨를 부딪치며 스쳐 지나갔다.

싸움은 끝났다. 일촌사는 두 번의 겨룸을 용납하지 않는다. 검이 변화한다는 것은 반드시 죽을 수밖에 없는 허점을 발견했다는 뜻이고, 그것이 어긋나면 반대로 자신의 목숨이 위태로워진다.

두 사람이 거의 동시에 일촌사를 썼다.

양쪽 모두 필사의 허점을 발견했다는 뜻이다.

두 사람의 생각이 모두 맞았다면 양쪽 모두 죽을 것이다. 어느 한 사람이 오판했다면 한 사람만 죽을 것이다. 두 사람 모두 오판했다면? 그런 일은 벌어지지 않는다. 일촌사는 상대의 육신과 근접해서 변화하기 때문에 어느 한쪽의 목숨을 반드시 받아낸다.

"끄으윽!"

후배가 답답한 신음을 토하며 무너졌다.

그의 목이 절반쯤 잘려 있다.

검을 조금만 더 깊이 썼다면 몸에서 머리를 분리해 냈으리

라. 하나 그리하면 자신도 죽음을 피하지 못했다. 아마도 지금쯤 오장육부를 쏟아내고 있었을 게다.

후배의 검은 딱 생각한 만큼 파 들어왔다.

"쯧!"

부사영은 헛바람을 차며 검에 묻은 피를 털어냈다.

검산은 이게 잘못되었다. 한낱 명을 전하는 것뿐인데 목숨을 걸 이유가 무엇인가. 고작 같이 가자, 나중에 간다 하는 문제 같지도 않은 문제 때문에 목숨을 잃는다는 게 말이 되나.

세상 사람들이 보면 말도 안 되는 일, 그게 검산 문인들의 통상적으로 행하는 행동방식이다.

부사영은 검을 검집에 넣으며 미간을 찡그렸다.

후배를 죽였다고 해서 심란한 건 아니다. 그런 일은 검산에서는 하루가 멀다 하고 벌어진다.

후배가 일말의 망설임도 없이 일촌사를 썼다.

전갈 내용은 통천계가 실패했으니 돌아오라는 것이다.

이 두 가지 사이에서 연관성을 찾다 보니 자연스럽게 미간이 찌푸려졌다.

통천계는 검산의 모든 희망이었다.

계야부가 죽어서 통천계가 무너졌다면 분노가 하늘을 찔러도 모자랄 판인데 담담하게 돌아오란다. 통천계가 아니어도 무총과 싸울 수 있는 방책이 마련되었다는 뜻일 게다.

일촌사를 망설임없이 썼다?

그 부분은 봉문이 풀렸다는 말로 받아들일 수 있다. 그래서 자신도 서슴없이 일촌사를 썼다.

검산의 봉문을 풀어줄 수 있는 사람은 오직 무총뿐이다.

무총이 봉문을 풀었다. 검산을 무림에 내놓았다. 너무 잔인하다며 봉문까지 시킨 사람이 제 손으로 풀어주었다.

이건 나가 죽으라는 소리다.

어떤 쓰임새가 있어서 봉문을 풀어주기는 하는데 살아 돌아올 가능성은 없다고 본 것이다. 설사 살아온다고 해도 그때 다시 무총이 나서서 봉문시키면 된다.

검산은 항거할 능력이 없다.

애초 생각했던 대로 통천계를 성공리에 마친다면 몰라도 이대로는…… 옛날의 검산으로는 무총의 농간을 막아낼 방법이 없다.

검산의 삼대절학은 패배했다. 그래서 봉문까지 당했다.

지금의 검산은 그때와 똑같다. 한 발짝도 더 나아가지 못했다. 삼대검학을 깊이 있게 파고들어 갔다고 하지만 무총주 역시 놀고만 있지는 않았으리라.

다시 부딪쳐도 그때와 똑같은 일이 반복된다.

하물며 농간에 휘둘려 문인이라도 많이 잃는다면 그때는 봉문이 아니라 멸문을 당하게 된다.

아주 좋지 않다.

조금만, 아주 조금만 생각해 보면 앞날이 환히 보이는데…… 그래도 검산은 이번 기회를 놓치지 않으려고 할 게다.

그들은 너무 오래 기다렸다. 갈고닦은 무공을 펼쳐 보이고 싶어서 안달난 사람들이 아닌가. 일촌사를 쓰지 못할망정 무림에 나와서 활보한 자신과 어두컴컴한 골방에서 무공만 수련한 그들을 같이 놓고 비교할 순 없다.

그들은 일단 봉문을 풀고 무총을 상대할 방법은 추후에 생각하려 할 게다.

봉문을 풀면 제일 먼저 무총의 부탁부터 들어주어야 하는데. 부탁을 들어주다 보면 이미 늦고 마는데. 무총의 농간을 깨달았을 때는 이미 수렁 깊이 빠지고 난 후인데.

'아주 좋지 않아.'

좋지 않은 일은 또 있다.

이놈들, 말똥구리들을 어떻게 한단 말인가.

계야부 곁에 머물기 위해서는 그와 수준을 맞출 필요가 있었다. 그가 대수 입장이고 자신은 항상 차수로 머물러야 했다. 그래야 그와 보조를 맞출 수 있다.

답답함을 참은 적도 있고, 일부러 상심한 적도 있고, 좌절감에 빠져서 허우적거린 적도 있다.

그와 지내면서 많은 연극을 했다.

그중에서 가장 맥 빠진 일이 바로 이들 말똥구리를 선발해 오는 것이었다.

당시 계야부에게는 시각랑이 필요했다.

한 명이라도 도와줄 사람이 있다면 시각랑이 아니라 바보천치라도 손을 내밀었을 게다.

하나 자신은 이들이 필요없다는 걸 알았다.

이들이 사납고 잔인하고 민첩하기 이를 데 없지만 그건 전장에서나 통용되는 말이다. 무림에 발을 딛는 순간 이들은 젖비린내 풀풀 나는 어린아이가 된다.

이런 아이들은 열이 아니라 스물, 서른을 모아놔도 쓸모없는 쓰레기에 지나지 않는다.

도대체 이들이 누굴 상대할 수 있단 말인가.

무총을 상대할 수 있을까, 안선을 상대할 수 있을까. 거대한 집단은 밀쳐 두고 당장 자신 같은 사람 한 명만 보내도 이들 정도는 요리할 수 있다.

이들을 데려오면서 개죽음만 당할 것이라고 생각했다.

그런 생각을 하면서 데려온 게다. 계야부보다도 못한 차수이기에 계야부의 뜻을 좇은 것이다.

사실 이들은 오래 살아남았다.

계야부가 전수해 준 금강반야선공을 제대로 받아들였고, 전장에서 수련한 사검을 무림에 맞도록 다시 개조했으며, 시각랑의 근성을 고스란히 일깨운 덕분이다.

그러나 여기까지가 한계다.

이들은 봉인 삼문과도 싸울 수 없다. 오죽하면 오대세가의 비린내 나는 놈들에게 당했겠나. 아니, 그놈들도 아니고 군웅들의 합공에 당하고 말았다.

무림 절학에 대해서 너무 몰랐던 탓이다.

이들에게 필요한 것은 수련이 아니라 방대한 견문(見聞)이

다. 무림 절학을 많이 보고, 많이 듣고, 읽어야 한다. 하면 지금
보다 훨씬 강한 고수가 될 것이다.

'그래도 부족해.'

부사영은 고개를 내둘렀다.

부사영으로서는 그들과 함께 행동할 수 있다. 하나 검산의
사우가 되는 순간, 이들은 거추장스러운 짐이 된다.

이들은 어찌할까?

부상을 치료하기 위해 거처로 삼은 암동(巖洞)이 오늘따라
어둡다. 마음이 답답하기 때문일까. 답답하다면 검산의 안위
가 염려스러운 건가, 아니면 시각랑들의 앞날이 보이지 않아
서인가.

"형님이우?"

고봉의 음성이 들려왔다.

음성이 들릴 때까지 그라는 존재가 숨어 있다는 것을 몰랐
으니 은신술 하나는 기가 막히게 깨우쳤다.

시각랑치고 은신술을 쓰지 못하는 자는 없다. 거기에다가
금강반야선공으로 몸과 마음을 가라앉히면 호흡도 느낄 수 없
고 살기(殺氣)도 죽는다.

초고수가 아니라면 발견하기 어렵다.

사실 금강반야선공은 대단한 심공이다.

무림에 나와서 사전투광신보도 얻었고, 타사인도 배웠다.
여러 무인들을 만나면서 그들이 사용하는 무공도 봤다. 하나
어떤 무공도 금강반야선공을 넘어서지는 못한다.

그건 계야부가 수련한 귀영십삼식도 마찬가지다.

귀영십삼식은 천고의 절학이다.

그런 무공이 존재한다는 것도 놀랍고 또 그런 무공을 장난처럼 깨우쳐 버린 계야부도 놀랍다.

하지만 부사영이 판단하기에는 금강반야선공이 더 낫다.

소림사 승려라면 누구나 아는 금강반야선공이 무에 그리 뛰어난가. 그리 뛰어난 절학이었으면 왜 아직까지 금강반야선공을 독문무공으로 삼는 무인이 나타나지 않은 것인가.

올바로 깨우치지 않았기 때문이다.

부사영 자신도 계야부가 심득을 넘겨주기 전까지는 선공의 오의를 깨닫지 못했다. 그저 불가의 승려들이 마음을 가다듬는 경전쯤으로 치부했다.

자신만 그런 게 아니라 무림인이라면 다들 그럴 것이다.

허(虛), 공(空), 무(無).

채울 생각은 하지 않는다. 끊임없이 버리기만 하면 된다. 채우는 것은 자연이 알아서 해주니 자신은 버리는 일에만 집중하면 된다.

호흡도 마찬가지다.

채우는 숨인 들숨은 고려하지 않는다. 내뿜는 숨인 날숨에만 정신을 집중하면 된다. 그런 식으로 뭐든지 들어오는 것은 신경 쓰지 말고 나가는 것에만 집중한다.

그것만 하면 된다. 그것만 하면 천하제일심공을 얻게 된다.

고봉은 날숨을 소리 나지 않게 내뱉었다. 들숨은 신경 쓰지 않았지만 날숨에 맞춰서 들어왔다. 역시 소리 나지 않게.

신경은 절반만 쓰면서 어떤 은신술보다도 뛰어난 은신술을 창조시킨다.

모두 금강반야선공의 덕이다.

"상처는 어떤가?"

"흐흐! 다 나았습니다. 가뿐해요."

고봉이 숨어 있던 바위 뒤에서 걸어나오며 말했다.

"너무 무리하진 마라."

"어린아이 취급 마십쇼."

"내가?"

"가끔 그런 걸 느끼는데 그럴 때마다 얼마나 기분 나쁜지 아쇼?"

"하하하! 그랬나? 조심하지."

부사영은 고봉의 어깨를 툭 치며 안으로 들어섰다.

갈조기, 담위민, 여강강, 서악정, 추위걸.

시각랑에서는 내로라하던 걸물들이 초라하게 누워 있다가 그가 들어서는 것을 보고 벌떡 일어나 앉았다.

―경험해 봤으니 알겠지만…… 너희들 살길 찾아서 떠나줘야겠다.

그가 하고 싶은 말이었다. 그러나 목구멍까지 치민 말을 꾹 눌러 참고 다른 말을 쏟아냈다.

“싸울 준비들 됐나?”

“준비가 뭐 필요합니까? 싸우면 싸우는 거지.”

“우리가 언제 준비하고 싸웠소?”

“그런데 영 헷갈리는데…… 우리가 누구하고 싸워야 되는 거요? 안선이요, 무림이요? 안선에게 당했다는 건 아는데 공격하는 놈들이 정도 문파 무인들이라 되게 헷갈리네.”

그가 한마디 했을 뿐인데 여기저기서 중구난방으로 말들이 쏟아졌다.

“후후후! 주둥이 산 걸 보니 싸울 만하군. 일어서. 가자.”

부사영은 일어섰다.

계야부라면…… 그라면 절대 이들을 포기하지 않는다. 마지막 한 사람이 남을 때까지 옆에 남아 있었을 게다.

그가 떠난 지금 자신이 이들을 이끈다.

이제 시각랑이라는 탈을 벗고 검산의 사우로 돌아갈 시간이지만 그래도 이들만은 이끌고 싶었다.

第八十九章

살림(殺林)

삐걱!

깊은 밤, 별빛이 아스라이 비치는 방문이 살짝 열렸다.

"불을 켤까요?"

방 안에서 잔잔한 음성이 흘러나왔다.

'떨고 있군.'

계야부는 음성 속에서 요란하게 격탕치는 마음을 읽었다.

실력도 있고, 웅지도 있고, 인내도 있는 자인데…… 이건 어떤 종류의 떨림인가?

"아니. 됐어."

계야부는 안으로 들어섰다.

"그럼 편히 쉬십시오."

그가 공손히 말했다.

"아직 이름도 안 물어봤군. 이름이 뭔가?"

"전과보(錢科寶)라고 합니다. 무명은 삼단검(三斷劍). 더 물으실 게 있습니까?"

'공포.'

삼단검이 일으킨 격동의 정체는 공포였다.

그는 방갓을 쓰고 그의 거처에 들어설 때만 해도 한판 드잡이라도 벌일 기세였다. 당신이 출타하는 동안 빈집이나 지키고 있을 것이라며 분노를 드러냈다.

솔직히 외단주의 제자쯤 되는 자가 한낱 부원주의 그림자 노릇이나 하고 있자니 짜증이 났을 게다.

외단주의 제자는 특정한 직품이 없다. 떠맡고 있는 특정한 일도 없다. 다만 외단주의 수족으로서 외단주가 시키는 일이라면 공사(公私)를 불문하고 수행한다.

북지단에는 그와 같은 사람들이 많다.

내단주에게도 제자가 있고, 각 원이나 당주들도 제자들을 많게는 십여 명까지 두고 있다.

북지단에서 그들이 차지하는 비중은 높다.

특정한 직품은 없지만 처리하는 일은 일급 비밀에 속할 경우가 많기 때문이다.

그들은 자신의 무공에 비례하여 대접받는다.

삼단검 같은 경우에는 각 원의 부원주들과 비등한 무공을 지녔다. 비무를 통해서, 그리고 외단주의 밀명을 수행하면서 무공의 높낮음을 입증했다.

그래서 그는 부원주의 대접을 받아왔다.

모두가 이런 식이다. 직품이 있는 사람은 직품 대접을 받고, 직품이 없으면 무공을 짐작하여 대접해 준다.

일종의 관행이다.

계야부가 나타나기 전까지만 해도 삼단검은 부원주나 다름없었다.

그런 그가 부원주의 그림자로 전락했다.

이런 일을 어느 누가 마음 편하게 받아들일 수 있을까. 외단주가 직접 지시를 내리지 않았다면 죽어도 못하겠다고 길길이 날뛰어도 어쩔 수 없는 노릇이다.

그랬는데…… 지금은 공포에 젖어 있다.

계야부와 말도 섞으려고 하지 않는다. 그저 빨리 벗어나기만 바라고 있다.

폐가에서 있었던 일이 벌써 흘러들었다.

소안마도 같은 절정고수가 죽었고, 오백여 명이나 되는 살수들이 떼죽음을 당했다. 싸움이 아니었다. 단 한 사람, 단차에게 일방적으로 도륙당했다.

그런 말을 듣고 어떤 기분이 되었을지 짐작이 간다.

자신 같으면 제일 먼저 죽은 사람들이 누구인지 살펴봤을 게다.

나도 그 정도는 할 수 있다며 괜히 허세를 부리는 인간은 상대할 필요도 없고…… 사실 확인부터 차분차분히 해나가는 자라면 지켜볼 필요가 있다.

삼단검도 그런 방식을 취했다.

죽은 사람들 중에서 이름난 자들을 살펴본다. 그리고 오백여 명이나 되는 살수들이 어떤 자들인지 뒤져 본다. 그리고 자신과 저울질해 본다.

상대가 어떤 자인지 알기 위해서 꼭 만나볼 필요는 없다. 무공을 파악하기 위해 손속을 마주칠 필요도 없다. 상대가 걸어온 길 중에 단편 몇 조각만 모아보면 그의 모든 것이 낱낱이 드러난다.

삼단검은 그런 식으로 해서 단차의 무공을 파악했다.

그런 후…… 공포가 밀려왔으리라.

자신 같은 사람은 검도 뽑지 못하고 죽을 수 있다는 절망감이 느껴졌을 게다.

무인의 공포는 보통 사람들보다 현실감이 매우 깊다.

죽음을 느끼는 것도 막연히 '죽을 것이다' 라는 느낌 정도가 아니다. 검이 심장을 파고드는 아픔까지 생생하게 느낀다.

안타깝지만 삼단검은 한동안 자신과 싸워야 할 것이다. 마음속에 깃든 공포를 밀어낼 때까지 검을 들지 못할 것이며, 그와 마주치는 것도 삼갈 것이다.

계야부는 침상에 털썩 드러누우며 말했다.

"나가면서 손발 씻을 물 좀 들여보내 주면 고맙겠군."

'역시……'

역시 북지단에 적을 두기를 잘했다.

안선에 대한 자료만 훑어볼 요량이었으면 굳이 비무까지 해가며 북지단에 몸담을 필요가 없었다.

만총림의 정보는 일회성이 아니라 두고두고 보아야 할 것들이다.

또 북지단에 적을 두면 귀찮은 일들이 많이 사라진다.

당장 오늘 한 일만 보아도 그렇다.

예천 어느 곳에서도 폐가에서 있었던 살육 이야기가 들려오지 않았다. 마치 그런 일이 벌어지지 않았던 듯 조용하고 평안한 세월을 구가하고 있다.

기껏 소문난 것이 북지단 마방에 괴한이 난입하여 마방주를 죽였다는 정도다.

나머지 소문은 모두 차단되었다.

북지단에서 그의 뒤를 봐주고 있다.

그의 신분이 어떻든 정체가 무엇이든 그의 적이 안선이니 안선과 싸우는 동안에는 살펴주겠다는 뜻이다.

감시의 눈초리를 거두지 않는다.

단차라는 자가 어떤 자인지 모르기 때문에 돌변할 경우를 생각해서 항시 대비를 한다.

이제 북지단의 대비는 좀 더 강화될 것이다.

소안마도를 죽이고, 팔비첨창을 죽였다. 북망고검까지 저승으로 보냈다.

어지간한 사람이 지켜서는 안 된다는 뜻이다.

단차 같은 자가 배반할 경우, 누가 어떤 수를 써야 할까?

그건 만총림의 숙제로 남겨졌다.

계야부도 그 정도는 생각했지만 신경 쓰지 않았다.

북지단을 배반할 이유가 없다. 영구히 적을 둘 생각도 없다. 잠시 막강한 정보력만 이용하면 된다. 더군다나 사약란과 한 뿌리인 그들에게 검을 들이댄다는 것은 꿈에서도 생각해 본 적이 없다.

그와 북지단이 서로를 노려보는 일은 없을 게다.

'비고에서 내가 보지 못한 자료가 있다. 안선에 변화가 생겼는데, 그것도 읽지 못했어. 소안마도 같은 자들이 일개 청소부가 되어 나타났다면 변화가 생겨도 아주 큰 변화지. 다시 들어가 봐야겠어.'

그는 피곤한 눈을 감았다.

삼단검이 그가 한 일에 대해서 알고, 공포를 느꼈다. 그가 죽인 자들이 어떤 자들인지 알아냈다는 뜻이다. 그 말은 다시 말해서 만총림의 비고에 그들을 살펴볼 만한 자료가 소장되어 있다는 뜻이다.

자신은 그런 자료를 보지 못했다.

안선에 대한 자료들을 꼼꼼히 읽었지만 어떤 변화가 생겼다는 말은 없었다. 소안마도가 유명단, 유령사, 유마혼으로 불리는 세 개 집단의 우두머리라는 사실도 이번에 알았다.

자신은 몸으로 부딪쳐 가며 알아낸 것을 삼단검은 북지단에 앉아서 알아냈다.

읽지 않은 것들이 있다.

만총림이 숨겨놓고 내놓지 않은 서신들이 있다.

그는 그걸 확인하기 위해 북지단으로 돌아왔다. 그리고 삼단검의 태도에서 자신의 느낌이 틀리지 않았다는 사실을 확인했다.

북지단의 행동은 나무랄 수 없다.

그들은 대가없이 주는 입장이다. 주고 싶은 것만 주었다고 해서 탓할 수는 없다. 어차피 이것도 안선, 저것도 안선이다. 비고에서 읽은 것들 또한 자신이 예전에는 알지 못했던 것들이니 그만큼 소득이 있었다.

"흠!"

그는 두 다리를 쭉 뻗고 곤한 잠 속으로 빨려들어 갔다.

*　　　*　　　*

"자고 있습니다."

"잔다?"

"기가 막힌 놈이군요. 사람을 그렇게나 죽여놓고 잠이라니."

"이 사실이 무림에 알려지면 우리 북지단은 곤경을 면치 못합니다. 그들이 비록 안선이라고는 하나 그들 역시 사람 아닙니까. 사람 목숨을 파리 죽이듯 죽여서야. 그리고 그들이 안선이라는 증거도 없고요. 막말로 단차가 멀쩡한 사람을 죽였다고 누명이라도 씌우는 날에는 꼼짝없이 당하는 것 아닙니까."

오늘의 도살을 알고 있는 사람들은 불안한 심정을 억누르지 못했다. 그래서 늦은 밤에도 모였고, 속내를 가감없이 드러냈다.

"엄밀히 말하면 그 사건은 단차가 저지른 사건이 아니지. 그 시간에 단차는 비화원에 있었지 않나."

"눈 가리고 아웅이지요."

"그렇습니다. 이런 식으로는 곤란합니다. 단차를 왜 비호하시는지 알아야겠습니다. 입문 과정도 그렇고…… 단차에게 주는 특혜가 너무 많습니다."

"저도 동감입니다. 그의 무공이 지고하고 무엇보다도 안선과 대적한다는 점에서는 동지 관계에 있다고 할 수 있습니다. 그렇다고 이렇게까지 껴안을 필요는 없다고 봅니다."

대주들, 원주들은 가슴속에 쌓인 게 많은 듯 쉴 새 없이 성토했다.

"비화원주, 원주는 왜 한마디도 하지 않소? 바로 직속이니 할 말이 꽤나 있을 법한데."

인명원주가 비화원주를 쳐다보며 물었다.

"글쎄요. 저는 꽃이나 다듬는 사람이라……."

"허어! 그래도 그자를 휘하에 두고 있으니 한마디쯤은 해야 할 것 같소."

"할 말은 없는데… 굳이 하라시니 그럼…… 그 사람은 꽃을 모르더군요."

"하하하! 비화원주가 제일 싫어하는 사람이군."

"몰라도 너무 몰라요. 호호! 세상 사람이면 누구나 다 아는 해바라기 정도 알까? 국화, 장미. 그 정도는 알고요, 조금만 더 깊이 들어가면 먹물이 돼요."

"무슨 뜻이오?"

"바쁘게 살아왔다는 뜻이에요. 꽃에 관심을 두지 못할 정도로. 지금도 바쁘게 살고 있는 중이고. 그가 오늘 보여준 잔인함은 그의 일부이지 전부가 아닐 거예요. 잔인함이 전부인 사람은 꽃을 짓밟아요. 최소한 그러지는 않더군요."

"두고 보자는 입장이군."

"어차피 결정은 단주님이 내리신 거니까요."

"그렇지. 이미 결정이 끝난 거지."

금룡대주가 고개를 주억거렸다.

단차는 북지단 문도다. 이미 결정된 사안이다. 직위가 주어졌고, 세상에 공표까지 되었다.

더 이상 돌이킬 수 없다.

북지단은 살성(煞星)인지도 모를 자와 운명을 같이하게 되었다.

단주는 왜 이런 결정을 내린 것일까? 단차의 용도가 그만큼 크다고 본 것일까?

용도가 크기는 컸다. 소안마도 같은 자들을 이끌어냈고, 살상했다. 북지단이 십여 년 세월 동안 색출해 온 안선도보다 훨씬 더 많은 사람을 하루 사이에 처단했다.

이걸 노린 것일까?

북지단 고수들은 단차와 같은 길을 가야 한다는 사실을 안다. 변경이 불가하다는 것도 안다. 그럼에도 늦은 밤에 모여서 중구난방 떠드는 것은 그와 함께 같은 길을 걸어야 하는 진정한 이유를 알고 싶어서이다.

"그만들 돌아가지. 오늘 일은 절대 함구하고."

묵묵히 경청만 하고 있던 외단주가 침중한 음성으로 말했다.

모두 돌아가고 내단주와 외단주만 남았다.

그들은 침묵했다. 어떤 소리도 할 수 없었다. 그저 조용히 흐르는 고요함에 온몸을 묻고 깊은 생각에 잠길 뿐이다.

삐걱! 뚜벅! 뚜벅!

문이 열리며 보무당당한 발걸음 소리가 들려왔다.

"흠!"

다가온 사람은 호법원주. 그는 가볍게 기침을 하여 자신을 알린 후 자리에 앉았다.

그가 온 후에도 침묵은 계속되었다.

그들은 서로를 마주 보고 앉아 있지만 서로 처음 만난 사람들처럼 말을 섞지 않았다. 잠시 후,

삐걱! 저벅, 저벅, 저벅!

다시 문이 열리며 단정한 발걸음 소리가 울렸다.

세 사람은 일제히 그를 쳐다봤다.

마지막으로 들어선 사람은 만총림주였다. 그는 섭선을 살랑살랑 흔들어대며 다가와 앉았다.

"오래 기다리셨습니다."

"오래는 무슨…… 그래, 정리는 끝났는가?"

내단주가 급히 물었다.

"쓰러진 위치와 사인을 면밀히 분석한 결과, 그가 어떻게 움직였는지 동선을 그려볼 수 있었습니다."

만총림주가 말을 하면서 탁자 위에 종이를 활짝 펼쳤다.

깨알만 한 사람이 분주히 움직인다. 화살표를 따라서 이리저리 왔다 갔다 한다. 아니, 그가 먼저 움직이고 화살표가 뒤따라간다.

"흐음!"

호법원주가 침중하게 신음을 터뜨렸다.

"이게…… 사람 움직임이란 말인가!"

외단주도 신음처럼 말했다.

만총림주는 이미 격동을 겪었는지라 시종일관 담담했다.

사실 그가 폐가에서 시신들을 직접 보며 놀란 것에 비하면 이들의 놀라움은 새 발의 피도 안 된다.

"사인은 모두 일 도. 한 번 칼질에 한 명의 죽음. 소안마도 같은 강자도 예외가 될 수 없었죠."

"소안마도까지 일도에……."

내단주는 종이를 뚫어지게 쳐다보고 있었다. 그의 눈은 커질 대로 커져서 화등잔만 했다.

단차의 행동을 아는 북지단 무인들은 그가 얼마나 많은 사람들을 죽였는지에 주목했다. 하지만 이들 네 명만은 눈에 보이는 것을 보지 않았다.

오백 명을 죽이고 싶다고 해서 아무나 그런 일을 할 수 있는 게 아니다. 마음만 독하다고 해서, 성정이 얼음처럼 차다고 해서 시신을 산처럼 쌓을 수는 없다.

그만한 무공이 뒷받침되어야 한다.

아주 간단한 사고(思考)인데…… 실제로 이런 일이 벌어지면 무공을 주시하는 사람은 없다. 무공은 그저 '상대할 수 없을 만큼 높다' 정도로 치부해 버리고 사람이 얼마나 독할 수 있는지에 온 신경을 빼앗긴다.

네 사람은 사건을 이렇게 만든 단차의 무공만 봤다.

"신법이되 신법이 아니고, 도법이되 도법이 아니다. 무위자연(無爲自然)의 상태에서 펼치는 자연의 손짓이다."

내단주가 중얼거렸다.

"저희도 그리 봤습니다. 저희가 수집한 무공들을 모두 꿰맞춰 봤지만 이런 움직임은……."

"그래서, 만총림은 어떤 결론을 내렸나?"

호법원주가 물었다.

"호법원은 이미 결정을 내렸겠지요?"

"우리는 몸으로 느끼는 사람들이니까…… 이자와 우리 호법원이 정면충돌할 경우가 생긴다면…… 우린 전멸할 걸세."

호법원주의 말은 단차를 너무 높이 평가하는 측면이 있었다. 이 자리에 모인 사람들이 북무림을 통솔하는 수장들이라는 점을 감안하면 너무 큰 평가였다.

그래도 놀라는 사람이 없었다. 외단주의 경우에는 호법원주의 말이 타당하다는 듯 고개를 끄덕이기까지 했다.

"옳은 결정입니다. 저희 만총림의 결론도 그렇습니다. 이자를 상대할 자는…… 외람되지만 북지단주님뿐입니다."

그가 외단주를 힐끔 쳐다보며 말했다.

얼마 전, 그는 단차와 겨룬 적이 있다.

승부가 나지 않았다. 어쨌든 당시 평가로는 두 사람의 무공이 비등하다는 거였다. 한데 막상 실제로 뚜껑을 열어보니 그렇지 않다. 단차가 압도적으로 강하다.

만총림주가 말을 이어갔다.

"단차는 소안마도를 죽인 후 곧바로 팔비첨창과 붙었죠."

그가 종이 한쪽을 가리켰다.

한 사내가 양손을 독수리 날개처럼 활짝 펼친 채 달려든다. 그리고 그를 상대하는 단차는 화살표를 따라 움직인다.

"둘이 한참 붙고 있을 때, 북망고검이 기회를 엿봅니다. 필사의 기회는 팔비첨창이 쓰러질 때! 그는 망설이지 않고 공격을 가하는데……."

만총림주의 손가락이 화살표를 따라 움직였다.

오늘 낮에 단차가 움직였던 동선이다. 팔비첨창을 무너뜨리고, 북망고검의 급습을 피한 후에 그를 쓰러뜨리기까지의 모든 움직임이 간명하게 그려져 있다.

"고수 두 명의 급습을 단신으로 막아낸 것과 같은 상황이죠. 이로 미루어봤을 때……."

"준비를 해야겠군."

호법원주가 말했다.

그들은 만일을 생각하지 않을 수 없었다. 단차가 칼자루를 거꾸로 잡았을 때 어찌할 것인가. 단주께서 나설 때까지 멀거니 지켜보고 있어야 하나.

그럴 수 없으니, 그런 건 무인으로서 있을 수 없는 일이니 대책을 강구하고자 한다.

의기가 소침해진 건 아니다. 오히려 정반대다. 단차가 강하게 느껴지면 느껴질수록 그와 진정으로 한판 붙어보고 싶다. 자신을 소안마도 같은 자들과 같은 선상에 놓는 것도 거부한다. 그들 정도는 자신도 이길 수 있다.

실제로 그들의 무공은 결코 가볍지 않다.

그들이 북지단에 몸을 담지만 않았어도 벌써 문파를 창건하고도 남았다.

그들은 자타가 공언하는 초고수다.

그런 사람들이 단차 한 명을 두고 고심한다. 어떻게 상대해야 할지 몰라서 방법을 찾는다.

만총림주가 세 사람을 쓸어보며 말했다.

"저희 만총림의 최종 결론입니다. 이자를 상대하기 위해서는 세 분이 합공을 취해야 합니다. 두 분이 나서면 패하고, 세 분이 나서면 육 할의 승산을 거머쥡니다."

“후후! 너무 짜게 매기지 않았나. 사기 북돋워 준다고 곳간에 쌀이 축나는 것도 아닌데 점수 좀 넉넉히 주라고.”

내단주가 피식 웃으며 말했다.

“육 할의 승산이라는 것도 세 분의 사기를 고려해서 한 말이지요. 사실대로 말하면 반반. 승산을 점칠 수 없었습니다.”

그 정도는 세 사람도 짐작했다.

세상에 육 할의 승산이란 건 없다. 절반 다음에 거론되는 것이 칠, 팔 할이다.

“우리 세 명이 달라붙어도 절반이라…… 그 정도의 고수였군. 그런 줄도 모르고 난…… 후후후!”

외단주가 자조 섞인 웃음을 쏟아냈다.

호법원주가 외단주를 쳐다보며 말했다.

“우리 셋이 합공을 가해도 절반의 승산. 이 말 어디서 많이 들은 말 같지 않나?”

“많이 듣다 뿐인가. 늘 가슴 한편에 쌓여 있는 말인 것을.”

“후후후!”

내단주의 웃음을 끝으로 그들은 침묵했다.

‘세 사람이 합공을 가해도 절반의 승산’ 이라는 말은 북지단주를 겨냥한 말이다.

언젠가 장난삼아서 북지단과의 싸움을 만총림에 의뢰했다.

단주님과 상대하기 위해서는 어느 정도의 전력이 필요할까? 희생은 어느 정도나 될까?

무공이 한번 해볼 만하다는 정도라면 그런 생각도 안 한다.

너무 현격하게 차이가 나는지라 한번 추정이라도 해보고 싶었다.

그 결과, 지금과 같은 소리를 들었다.

셋이 합공을 취해도 승산을 점칠 수 없다.

결국 단차가 변심하여 칼을 거꾸로 잡는다고 해도 북지단에서 어찌할 방도는 없다. 이쪽도 당하고 있지만은 않겠지만 오늘 벌어진 참사가 다시 재현될 뿐이다.

그는 북지단주와 버금가는 고수였다.

한두 수, 두어 수 손속을 늦춰주었는데 그것이 그의 모든 무공인 줄 알고 눈이 벌게져서 달려들었던 게다.

"단주님께 말씀을 드렸나?"

"원하는 것은 모두 주라는 하명을 받았습니다."

"모든 것을? 원하는 대로?"

외단주가 눈을 부릅떴다.

"그건 전폭적으로 믿는다는 말이 아닌가? 단차의 신상에 대해서 알아낸 것이라도 있는가?"

호법원주가 물어왔다.

"변한 것은 없습니다. 우린 단차에 대해서 아무것도 모릅니다. 어느 날 불쑥 나타나서 비화원 부원주가 되었다는 것밖에는. 기가 막히지만 이것이 우리가 아는 모든 겁니다."

"그런데도 모든 것을 주라고 하셨단 말인가?"

"단주님만이 느끼시는 뭔가가 있는 것이겠죠."

만총림주가 담담히 말했다. 하나 그의 머릿속은 부산하게 움직이고 있었다.

　'안선을 상대하는 이유가 계야부 때문이라고 했어. 계야부의 복수를 하겠다고. 단차에 대해서는 백날을 뒤져 봐도 나오는 게 없으니…… 이번에는 계야부를 뒤져 볼까?

2

　절해고도가 있다.

　섬은 섬이나 섬 같지 않게 높은 산이 있고, 물이 맑다. 땅도 기름져서 곡식이 풍성하게 자란다.

　아주 살기 좋은 섬이다.

　사람들은 그 섬을 비도(悲島)라고 부른다.

　어떤 연유로 비도라고 부르게 되었는지는 알려진 바 없다. 아버지, 할아버지…… 그 이전부터 쭈욱 비도라고 불려왔기에 지금도 부를 뿐이다.

　비도는 슬픔이 가득한 섬이다. 그래서 사람 발길을 거부한다. 혹여 가까이 다가가거나 섬에 발이라도 들여놓은 자들은 슬픔에 먹혀 버려서 돌아오지 못했다.

　아무도 비도에 가까이 가지 않는다. 하다못해 근처에서는 그물조차 펼치지 않는다.

　절해고도에 사람이 산다.

　그들은 매년 백 명의 노예를 사들인다.

살림(殺林)　219

일을 시키려고 사들이는 것은 아니다. 무공을 가르치기 위해서 사들인다. 그래서 체격이 좋고, 건장하고, 투지도 있는 특상품의 노예만 산다.

백 명의 노예는 열 명씩 십 개조로 쪼개진다.

섬에 사는 사람이 열 명이기에 열 명씩 나눠 갖는다.

그들은 노예들에게 정성껏 무공을 가르친다. 온갖 성을 다해서 최고의 경지까지 끌어올린다.

그 기간 동안 그들에게는 사심이 없다.

목적은 오직 하나, 노예의 무공을 최고로 끌어올리는 것뿐이다.

노예들은 무공을 배운다. 난생처음으로 무공이란 것을 배우는 사람이 대부분이지만 죽을힘을 다해서 수련하고 또 수련한다.

─일 년 후에 시험을 볼 것이다. 시험은 실전으로 치르게 될 것이며, 너희 중 한 명만 살아남게 될 것이다.

일 년 후, 그들은 고수가 되었다.

무공을 전혀 모르던 문외한들이 고작 일 년을 수련해서 얼마나 강해질 수 있을까? 기껏해야 몸이나 만들고 기수식 정도 취할 수 있는 정도가 아닐까?

아니다. 비도는 온 성심을 다해서 수련시켰다고 했다. 그것은 한 사람의 무인 몫을 충분히 해낼 수 있는 지경을 말한다.

검을 드는 정도가 아니라 실전에 투입할 수 있는 정도다.

그렇다. 비도 무공의 특징은 속성에 있다.

그들은 무공을 속성시키는 방법이라면 뭐든지 사용한다. 약물도 복용하고, 마공도 꺼리지 않는다. 인성(人性)이야 어찌 되었든 상관하지 않는다. 가장 빨리, 그리고 가장 강한 무공이라면 지옥의 무공도 기꺼이 받아들인다.

이런 무공들을 통합하고 정리한 것이 비도 무공이다.

그런 방식으로 비도 무공을 전수받은 백 명의 노예는 삶과 죽음의 기로에 놓이게 된다.

그때 약속은 달라진다.

적은 그들의 동료가 아니라 지금까지 그들을 지도하고 양성해 준 비도 무인이다.

원래의 주인 열 명과 노예 백 명이 삶을 걸고 쟁투한다.

결국 죽는 것은 노예 백 명이다.

그들은 실전 감각이 풍부한 사람들을 당해내지 못한다. 강해진 무공으로 처절하게 대항해 보지만 목에 씌워진 죽음의 굴레를 벗어내지는 못한다.

백 명이 죽고 또 다른 백 명의 노예가 팔려온다.

비도는 왜 이런 소모적인 일을 지속하는 것일까?

첫 번째 목적은 속성 무공의 단점을 파악하고 보완하기 위해서다.

노예들이 강해질 필요는 없다. 그들에게 봉사하기 위해서 무공을 가르치는 게 아니다. 무공을 지도하다 보면 간혹 자신이 수련할 때에는 보지 못했던 단점이 드러난다.

일 년 동안 열 명을 가르치면서 단 하나의 단점만 보여도 성공한 게다.

두 번째는 이것이 진짜 목적인데, 살상 감각을 최고조로 유지하기 위해서다.

살상 감각은 사람을 죽일 때만 유지된다. 다른 방법으로 유지할 수는 없다. 그렇기에 그런 감각을 유지하려면 끊임없이 죽이고 또 죽여야 한다.

하나 무공도 모르는 촌부를 베어 죽이는 것은 너무나 싱겁다.

그런 살상에서는 느낌도 감각도 없다. 단순하게 피가 튀는 즐거움을 맛볼 수 있지만 그 이상은 얻을 수 없다.

비도 사람들은 자신들이 살인귀가 아니라고 자부한다.

사람을 죽이는 것은 살인이 목적이 아니다. 살상 감각을 유지하기 위해서다.

그렇기 때문에 죽이는 상대도 강해야 한다. 가급적이면 혼신의 힘을 다해야 할 정도로 강하면 더욱 좋다. 그런 상대를 죽였을 때만 해냈다는 뿌듯한 느낌이 든다.

그렇다. 그들은 허투루 가르치는 게 아니다. 무공을 지도하는 동안에는 그야말로 혼신의 힘을 다한다. 체질을 감별하고 몸에 좋을 것 같은 영약을 복용시킨다. 자신만 알고 싶은 비기 중의 비기도 아낌없이 전수한다.

몸이 튼실한 노예를 구하면 좋다. 전에 무공을 수련한 적이 있는 자는 더 좋다. 일 년 동안이지만 자신과 비등할 정도로 수련해 내면 좋고, 청출어람(靑出於藍)이라고 자신보다 뛰어나면 더 좋다.

그들은 백 명의 노예를 그렇게 양성한다.

살상 감각을 유지한다?

싸움이 끝나면 그들 열 명도 무사하지 못하다. 크고 작은 부상은 따놓은 당상이고, 자칫 목숨이 위태로울 경우도 생긴다.

어떤 결과가 생기든 감수한다.

죽음을 원망해서는 안 된다. 싸움을 시작할 때는 누가 이길지 모를 정도로 비등한 상태였다. 그렇게 수련시켰다.

그러니 그들이 죽은 것은 그들 잘못이다. 비도 무공은 일 년만 수련하면 배울 것은 다 배웠다고 생각한다. 어느 쪽이 강하고 약하고의 문제가 아니라 누가 더 집중했느냐의 차이다.

중원 무인들이 이런 말을 들으면 무슨 무공이 그따위냐며 코웃음을 칠 게다.

속성 무공이라니. 일 년이면 수련할 수 있는 무공이라니.

그런 사람들을 만나면 비도 사람들은 아무 소리도 하지 않고 칼을 뽑는다.

길고 짧은 것을 꼭 대봐야 알겠다면 대보자. 누가 길고 누가 짧은지 명확하게 갈라보자.

과거, 수많은 무인들이 그들과 검을 섞었다. 길고 짧은 것을 대보았다.

그들의 무공은 짧은 적이 없었다.

"하하하! 그 말을 믿으란 말이오? 에이! 낯살이나 자신 양반
이 어디서 흰소리요!"

"흐흐흐! 내가 그 절해고도 비도 사람이라네."

"풋! 푸하하핫! 그러니까 뭐야, 노인장이 그 일 년이면 끝나
는 무공인가 뭔가를 수련했다는 말이오?"

"믿지 않는군. 휴우!"

스릉!

키 작고 나이 많은 노인네, 금방이라도 죽을 듯이 휘청거리
는 노인이 검을 뽑았다.

"뭐 하자는 거요?"

"길고 짧은 걸 대봐야지."

"좋은 말 할 때 저리 가슈. 이런 핑계로 토닥거리다가 슬쩍
몸 좀 긁힌 후에 노잣돈이라도 뜯어낼 심산인가 본데, 괜히 그
러다가 저승길 가는 수가 있소."

"제발 좀 보내주게나."

"이 노인네가 정말!"

말 상대를 하던 무인이 자리에서 벌떡 일어났다.

"그래, 그래. 그래야지. 흐흐흐! 내 한목숨 잃어도 원망 따위
는 하지 않음세. 하니 마음 놓고 손을 쓰게."

젊은 무인은 떨떠름한 표정으로 노인을 쳐다봤다.

강호에 많고 많은 게 기인이사다.

허술해 보이는 사람이 뜻밖에도 무림고수였다는 소리는 밥

먹으라는 소리만큼이나 많이 듣는다.

눈앞에 노인이 그런 기인인가?

아니다. 노인의 몸에서는 무인의 기질이 전혀 느껴지지 않는다. 살기는 고사하고 어떠한 예기(銳氣)도 감지되지 않는다. 머리끝부터 발끝까지 샅샅이 쳐다봐도 무공을 수련한 흔적은 보이지 않는다.

노인은 무인이 아니다. 길을 가다가 흔히 마주치는 촌부에 지나지 않는다.

"노인장, 난 화산파 문도요."

젊은 장한이 검을 노인 앞에 들이밀었다.

검집에 매화 문양이 음각되어 있다.

분홍빛 매화가 활짝 피었다.

"이게 무슨 표식인 줄 아십니까?"

노인은 고개를 가로저었다.

"이럴 줄 알았지. 노인장! 이건 삼매(三梅)요! 내가 바로 삼매검사란 소리요!"

"그게 뭐 좋은 건가?"

"상당히! 아주! 뛰어나다는 소리요! 그러니 괜히 다치지 말고 물러서시오. 아! 그리고 말이 나와서 하는 말인데, 도(刀)는 그렇게 잡는 게 아니오. 허풍도 정도껏 알아서 쳐야지."

무인은 상대해 주지 않았다.

노인은 칼 잡는 모양새도 엉성했다. 힘 빠진 왼손으로 묵직한 도를 억지로 들고 있는데, 톡 건드리기만 해도 떨어뜨릴 것 같았다.

더군다나 도첨이 좌하(左下)를 가리키고 있다.

밑에서 위로 올려치기에는 힘이 들어가지 않는 자세다. 이런 자세에서 공격을 가하려면 어떤 식으로든 도를 다시 한 번 공격 위치에 놓아야 한다.

언제라도 즉각 검을 쓸 수 있는 자세.

이것이 기수식의 기본 아니던가.

기본도 모르는 노인이 뭘 얻어먹겠다고 검은 뽑은 것인지.

화산파 무인이 정 상대할 생각을 하지 않자, 노인은 품에서 검은 하수오를 꺼냈다.

"천년하수오네."

"뭐요!"

"알겠지만 이걸 복용하면 능히 십 년 내공을 얻을 수 있지. 탐나지 않나?"

"꿀꺽!"

"비도 노예들은 이런 걸 밥 먹듯이 먹었다네. 그러니 일 년 만에 극상승의 고수가 될 수 있었지. 어떤가? 아직도 내 말이 믿어지지 않는가? 하면 우리 칼 한번 섞어보세. 자네가 이기면 이건 물론 자네 것이네."

노인이 천년하수오를 탁자에 올려놓았다.

"꿀꺽!"

화산파 무인은 군침을 삼켰다.

단지 꺼냈을 뿐인데 술 냄새로 찌들었던 주점이 알싸한 냄새로 가득 찼다.

천년하수오인지 아닌지는 알 수 없지만 분명 물건은 물건이다.

"좋소!"

무인이 승낙했다. 순간!

쒜에엑!

노인의 도가 번쩍 튀어 올랐다.

아래에서 위로 솟구친 도는 화산파 무인의 가슴을 치고 올라가 턱에서부터 머리까지 순식간에 갈라 버렸다.

파아앗!

붉은 피가 쭉 뿜어져 나왔다.

화산파 삼매검수는 검도 뽑지 못했다. 어찌 된 영문인지도 모른 채 칼을 맞았다.

"엇!"

"저것!"

창! 차앙!

옆에서 느긋하게 구경하던 삼매검수 두 명이 즉각 몸을 일으키며 검을 뽑았다. 순간!

쒜에엑!

멈춘 것 같았던 노인의 도가 두 사람을 향해 쏘아졌다.

파앗! 가가각!

옆으로 흐른 도가 삼매검수의 목을 떼어내 허공으로 둥실 띄웠다.

피가 솟구친다. 세상이 온통 붉은 핏물로 물들여진 것 같다.

그런데도 도는 멈추지 않았다. 계속해서 뻗어나가 마지막 매화검수의 가슴뼈를 베어냈다.

일도이살(一刀二殺)!

두 매화검수가 검을 뽑았을 때, 노인의 도는 이미 살상을 마치고 제자리로 돌아온 후였다.

주점이 조용해졌다.

술을 마시던 많은 사람들이 일제히 석상처럼 굳어졌다.

그들은 노인과 눈을 마주치지 않기 위해 애썼다. 천년하수오에 대한 욕심도 사라졌고, 술을 마시고픈 욕망도 없어졌다. 술잔을 들고 있는 손이 덜덜덜 떨리는데, 노인이 그런 행동마저 시빗거리로 삼을까 봐 전전긍긍했다.

노인은 살인귀다.

단순히 도법이 빠르다거나 현란하다면 무슨 말이라도 하련만 오로지 살인에 초점을 맞춘 도법에는 기가 질리고 만다.

노인이 도에 묻은 피를 홱 뿌리며 말했다.

"조금 있으면 여기서 많은 사람이 죽을 건데…… 쯧!"

노인의 한마디가 끝나기가 무섭게 주객들이 꽁지 빠진 생쥐처럼 내빼기 시작했다.

"후후후! 부럽군. 벌써 손맛을 봤다니."

"호호호! 기왕이면 팔팔한 놈으로 드시지 피라미가 뭐예요."

“피라미면 어떤가. 난 아직 손맛도 못 보고 있는데.”

음침한 소리와 함께 일단의 무인들이 들어섰다.

“흘흘! 꼴에 삼매무인들이라고 하더군. 옛날에는 삼매무인도 꽤 강했는데, 지금은 형편없어. 꼭 짚단을 베는 것 같았다니까.”

노인이 들어서는 사람들을 보며 말했다.

각양각색의 옷차림, 남자 일곱, 여자 셋, 나이도 천차만별…… 공통점이라고는 어느 한구석도 찾아볼 수 없는 기괴한 무리였다.

“앉아라.”

새로 들어선 사람들 중에서 얼굴이 온통 털투성이인 털북숭이사내가 말했다.

그 말에 토를 다는 사람은 없었다. 모두 길들여진 말처럼 얌전히 의자에 앉았다.

“술. 안주는 아무거나.”

털북숭이사내가 점소이에게 주문했다.

그는 점소이의 대답 같은 것은 들을 필요도 없다는 듯 쭈욱 일행을 쓸어보며 말했다.

“소안마도, 팔비첨창, 북망고검이 당했다. 단차 한 놈에게. 거의 동시에.”

“한가락 하는 놈으로 봐도 되겠군요. 흐흐흐!”

“까불지 마라. 그러다 뒈진다.”

“쳇!”

"놈이 쓰는 무공은 의살로 확인되었다."

"눈으로 본 건 아니잖소?"

"오늘 말들이 왜 이리 많아! 그렇다면 그런 줄 알아!"

"클클! 오랜만에 콧바람을 쐬니 흥분해서 그러는 것 아니우. 림주가 이해하쇼."

그들은 흥분을 감추지 않았다.

털북숭이사내가 손을 들어 조용히 시킨 후 말했다.

"놈은 지금 북지단에 있다. 안에 있을 때는 칠 수 없으니 놈이 나왔다는 보고가 올 때까지 여기서 기다린다."

"여기서요?"

"지금부터 이곳이 비도다. 막내, 주변 정리해."

"흐흐흐!"

병색이 완연하여 건드리기만 해도 부러질 것 같은 말라깽이 사내가 가슴에 검을 품고 일어섰다.

"제길! 좋겠다."

누군가 투덜거렸다.

악! 큭!

짤막한 비명들이 연이어 터져 나왔다.

실로 눈 깜짝할 사이, 그 시간 동안에 말라깽이사내는 주점에 있던 열한 명을 죽였다.

이것이 보통 사람들을 죽이는 방법이다.

긴장감을 느낄 수 없는 검에는 속도를 붙인다. 얼마나 빠른 시간 안에 죽일 수 있나. 공포를 심을 때도 있다. 자지러지게 비명을 토하며 죽는 것도 괜찮겠지. 자비를 베풀 때도 있다. 죽는다는 사실도 모르게 죽이는 거야.

말라깽이사내는 속도만을 붙였다.

모두의 눈에 혈광(血光)이 떠올랐다.

피 냄새, 비명, 시신…… 이런 것들은 피를 끓게 만든다. 누구라도 죽이고 싶어서 안달 나게 만든다. 이럴 때 누가 시비라도 걸어오면 딱 좋으련만.

털북숭이사내가 그들을 쓸어보며 말했다.

"손 조심해라. 살인은 내가 거처하는 곳밖에 용납되지 않는다. 단차…… 그놈을 죽일 때까지는 봉문이 완전히 풀린 게 아냐. 놈을 죽이고 자유를 얻으면…… 흐흐흐! 우선 북지단부터 방문하자. 놈들은 아주 좋은 상대야."

"북지단입니까? 좋죠. 하하하! 벌써부터 손이 근질거리는데…… 아! 못 참겠다."

"참아, 꾹 눌러 참아. 그래 봤자 내일이잖아."

모두들 한마디씩 할 때, 긴 머리로 얼굴을 반쯤 가리고 있던 여인이 앵두 같은 입술을 달싹거렸다.

"모두…… 단차를 죽인 것처럼 말하네요."

"야! 넌 이렇게 기분 좋은 날에 꼭 김을 빼야 되겠냐!"

"림주, 내일은 여섯 명만 공격하죠. 여섯 명이 당해내지 못하면 열 명이 가도 마찬가지예요."

"우리가 당해내지 못할 거란 거냐?"

털북숭이사내가 여인을 쳐다보며 물었다. 농담으로 건넨 말이 아니라 사뭇 진지하게 듣고 물었다.

"그렇게는 생각하지 않아요. 단차를 죽일 것 같은데…… 그 래도 사용하는 무공이 의살이라면 대책을 강구해 놓는 게 좋 겠죠. 내일 공격은 여섯이, 나머지 넷은 남아서 지켜보다 가……."

"네가 남아라."

"그러죠."

"오늘 피 맛을 본 둘은 제외다. 남아라."

"엇! 그, 그런 억지가! 림주! 이런 피라미하고 단차 같은 놈 하고 어찌 견준단 말이오!"

"……."

털북숭이사내는 말 대신 지그시 노려보았다.

키 작은 노인이 슬쩍 눈길을 피했다.

"나머지 한 명은…… 네가 남아."

그가 뚱뚱한 사내를 가리켰다.

키는 작고, 몸은 뚱뚱하고…… 마치 호박 한 덩어리를 갖다 놓은 것 같은 사내다.

"헛! 하필이며 왜 나요!"

사내도 반발했다.

"넌 너무 느려. 기다리기 귀찮다."

"그런 게 어디……."

뚱뚱한 사내는 항변을 하려고 했지만 털 사이로 빛나는 검 은 눈동자를 발견하고는 움찔 어깨를 떨었다.

"너희 넷이 남고 나머지는 단차를 친다. 됐나?"
림주가 여인을 보며 물었다.
"제가 할 말은 아니지만……."
"그럼 됐다. 하지 마."
털북숭이사내가 손을 들어 제지했다.
그는 술독을 들어 콸콸 털어 넣고 있었다.

"무슨 말을 하려고 했냐?"
노인이 여인에게 물었다.
"알 것 없어요."
"육사진(六邪陣) 아니었냐? 최선을 다하라는 뜻에서."
"됐어요. 점이나 쳐봐요."
"벌써 쳐봤다."
"……."
여인은 다음 말을 눈빛으로 재촉했다.
"너도 알 것 없다. 천기를 알아서 어쩌겠다고……."
노인이 말끝을 흐리며 몸을 일으켰다.
'흉(凶)? 몇 명은 돌아오지 못하겠군. 그렇다면…… 정말 의살이다.'
여인의 눈동자가 투지로 활활 타올랐다.

3

계야부는 날이 밝기 무섭게 만총림을 찾았다.

"아직 이른 시각입니다. 림주님께서도 기침하시지 않았으니……."

"비켜라."

"부원주님, 모든 자료를 드리라고 명령받았습니다. 원하시는 건 모두 다 드릴 겁니다. 그럼 묻겠습니다. 뭐를 드릴까요?"

계야부는 말문이 막혔다.

자신이 읽지 않은 것이 있다. 숨겨놓고 보여주지 않은 것이 있다. 그걸 읽고자 한다. 안선에 대해서 좀 더 깊이 알고자 한다. 하면 어떤 자료를 달라고 해야 하나?

"안선에 대한 모든 것."

계야부가 할 수 있는 말은 그것이 고작이었다.

만총림 유생이 길을 비켜주었다.

"비고 안에 있는 모든 것이 안선에 대한 겁니다. 마음껏 읽어보시겠습니까?"

"림주는 언제 기침하나?"

결국 한발 물러서고 말았다.

비고에 있는 서신을 모두 읽는 건 불가능하다. 그걸 모두 읽으려면 평생을 비고 속에 파묻혀 있어야 될 것이다.

만총림주도, 만총림의 유생들도 그런 미련한 짓은 하지 않는다. 그들은 죽은 정보와 산 정보를 구분하여 필요한 정보만 읽는다. 그러다가 산 정보와 죽은 정보가 겹쳐질 때는, 원인을 찾아야 할 때는 그때 비로소 죽은 정보를 들춘다.

계야부는 그런 일을 할 수 없다.

지금까지 일목요연하게 분류하고 정리해 온 유생들이 성심 성의껏 도와주어야 한다.

정보에 관한 한 독불장군은 없는 법이다.

유생이 말했다.

"안에 들어가서 기다리시지요. 차를 끓여 오겠습니다."

계야부는 만총림주의 집무실에서 그를 기다렸다.

북지단에 와서 가장 많이 와본 곳이 이곳이다. 비화원 부원 주라는 직책을 가지고 있으면서도 비화원보다 이곳을 더 자주 들렀다.

눈을 감으면 집무실의 정경이 환히 그려진다.

화병은 어디에 있고, 서가는 어디에 있으며 책이 얼마나 놓여 있는지까지 눈으로 본 듯이 그려낼 수 있다.

세밀한 관찰력 덕분이다. 아니, 시각랑이 되어 사방이 사지 인 적진을 떠돈 덕분이다.

만총림주는 정리정돈을 잘한다. 책상이고 어디고 어질러져 있는 꼴을 못 본다.

'흠!'

계야부는 자신이 알고 있는 방 안 풍경과 지금의 풍경을 비교해 봤다.

많은 것이 똑같거나 비슷하다. 책이 한두 권 더 놓여 있고…… 문서? 문서가 유독 많이 쌓여 있다.

보고 싶다는 충동이 일어난다.

시각랑들은 이런 마음을 두고 '도둑 근성'이라고 하는데, 비밀스러운 것만 보면 들춰보지 않고는 견디지 못한다. 지금처럼 혼자서 낯선 집무실에 앉아 있으면 책상도 뒤져 보고 문서들도 들춰보고 싶다는 욕망에 휘감긴다.

시각랑 생활을 했다는 사람치고 이런 충동을 느끼지 않은 사람이 없다.

'일목!'

번뇌와 호기심은 순식간에 사라졌다.

마음이 평화롭다. 고요하다. 지극히 낮은 평정 상태에서 조용히 자신을 살핀다.

만총림주는 오시 초(午時初)가 되어서야 나타났다.

"새벽같이 들렀다던데…… 미안합니다. 바쁜 일이 있어서."

"정보를 원하는 사람은 나니까."

계야부가 빙긋이 웃어주었다.

만총림주가 일부러 골탕을 먹인 걸 알지만 가벼운 재롱 정도로 넘어갈 수 있다.

북지단 무인들은 자신을 문도로 생각하지 않는다. 노골적으로 드러내 놓고 내색하지는 않지만 행동 하나하나에서 불만이 고스란히 느껴진다.

그런 것에 비하면 이건 정말로 작은 재롱이다.

한데… 그게 아닌가? 일부러 골탕 먹인 것이…… 아닌가?

만총림주의 표정이 꽤 침중했다.

그는 의자에 앉자마자 주담자를 들어 차를 따랐다. 그리고 목이 타는지 단숨에 쭉 들이켰다.

다도(茶道)를 중시하는 모습은 어디에도 보이지 않았다.

"무슨 일인가?"

만총림주는 말을 하지 않고 그를 쳐다봤다.

그래 봤자 보이는 것이라고는 커다란 방갓뿐인데, 방갓 안을 뚫어보기라도 하겠다는 듯 매서운 눈길로 쏘아봤다.

"단차."

"……."

"풋! 단차는 없지. 암! 그런 인간은 없어. 만총림이 이 정도로 샅샅이 뒤졌는데도 발견한 게 없어. 그렇다는 건…… 단차라는 위인이 없다는 거지. 당신 누구요?"

계야부는 잠자코 있었다.

만총림주의 음성 속에 공포가 묻어난다.

자신이 오백여 명을 척살했을 때도 담담하던 그다. 속으로는 어땠을지 모르지만 겉모습만큼은 태연하기 이를 데 없었다.

그게 어제 일이다.

한데 하룻밤을 자고 나니 공포심을 느낀다?

아니다. 그는 단차에게 공포심을 느끼지 않는다. 그의 면전에 태연히 앉아 있고, 마음속 말을 떨림없이 말하는 것만 봐도 공포의 대상은 그가 아니다.

무엇이 만총림주를 두렵게 만들고 있나?

"훗! 후후훗! 말할 리 없지. 말해줄 리 없지. 그런 건…… 내가 알아내야겠지. 그러라고 만총림이 존재하는 거니까."

만총림주가 자위 섞인 말을 하며 붉은 서찰을 내밀었다.

'홍첩(紅帖)?'

계야부는 고개를 갸웃거리며 홍첩을 받아 펼쳤다.

살림(殺林)

안에 적힌 글자는 딱 두 자였다.

"살림?"

만총림주가 의아한 표정으로 그를 쳐다봤다.

"설마…… 살림을 모른다고는 안 하겠지?"

"살림이 뭐요?"

"뭐, 뭐…… 라고? 살림이… 뭐냐고? 훗…… 후후후! 우하하핫!"

만총림주가 그답지 않게 앙천광소를 터뜨렸다.

살림이 온다. 그를 죽이러 온다.

너무 잔혹해서 봉문을 시켜 버린 삼문…… 그들 중 하나인 살림이 칼을 들었다.

그들의 봉문을 풀어준 사람은 뜻밖에도 무총이다.

무총이 무총 문도를 죽이기 위해 살림을 보냈다. 그러면서도 그들은 당당하게 말한다. 정말 의살을 쓴다면 살림 정도는 간단히 물리칠 것이라고.

무총 본단이 단차를 주시한다.

그가 진정 의살을 사용하는지 알고 싶어한다.

한데 정도의 상징인 무총이 정상적인 방법을 사용하지 않았다. 편법을 썼다. '잔인함' 하면 딱 떠오르는 살림을 보내서 피 튀기는 싸움을 끌어낸다.

진정한 의살을 쓰는 자라면 견뎌낼 것이고, 가짜라면 죽을 것이다.

무총은 단차에게 진위 여부조차도 확인하지 않았다. 다짜고짜 살인귀들을 보내 결전을 강요했다.

무총이 의살에 대해서 상당히 집착한다는 뜻이다.

왜? 무슨 일이 있기에?

계야부는 소도 한 자루만을 허리춤에 꽂고 북지단을 나섰다.

만총림주는 살림이 오고 있다고 말했지만, 그의 느낌은 다르다. 그들은 이미 예천에 들어와 있다. 북지단의 이목을 속이고 태연히 자신을 지켜보고 있다.

할위막사가 예천에 들어왔으나 북지단은 까마득히 모른다.

살림도 마찬가지다. 그들이 진정 소문대로 치를 떨 만한 악귀들이라면 북지단의 이목쯤은 간단히 속일 수 있을 것이다. 며칠 정도 지나면 결국 발각되고 말겠지만 하루 이틀쯤이야 얼마든지 속여 넘길 수 있다.

만총림주가 본단에서 정보를 빼왔다.

무총에서 출발한 정보가 예천 북지단에 도착했다.

정보가 인편으로 전달된 것이든, 전서구를 통한 것이든 상관없다. 어쨌든 서신 한 장이 먼 거리를 날아와 한 사람의 손에서 다른 사람의 손으로 건네졌다.

종이가 먼 거리를 날아올 때, 살림도 뒤를 쫓아올 수 있다.

아니다. 쫓아왔다. 살림이 정말 소문대로 기막힌 인물들이라면 능히 쫓아왔어야 한다.

하면 그들은 예천에 있을 것이다.

만약 그렇지 않다면 신경 쓸 것도 없다. 소문은 과장된 것이다. 그들은 의살을 막지 못할 것이다.

터벅! 터벅!

그는 천천히 대로를 걸었다.

지산(紙傘)을 쓴 여인이 엉덩이를 살랑살랑 흔들며 걸어왔다.

권태로운 눈빛, 달짝지근한 입술, 색감 짙은 살냄새, 그리고 짙은 주름살과 거친 피부.

등에 멘 둘둘 말린 돗자리가 눈에 띈다.

길을 걷다 보면 종종 만나게 되는 노기(路妓)다.

"열 문 있어?"

여인이 다짜고짜 말을 걸어왔다.

'살수!'

계야부는 본능적으로 살기를 감지했다.

여인에게서 살기 같은 것을 찾아볼 수는 없다.

여인은 이 세상을 참으로 힘들게 사는 듯하다. 몸을 팔아서 요기를 하고, 몸을 팔아서 잠잘 곳을 마련한다. 길을 걷다가 돈이 필요하면 아무 사내나 붙잡는다.

한 푼이 있으면 한 푼으로 족하고, 열 문을 받아낼 수 있으면 좀 더 활기차게 응해준다.

여인은 삶의 고단함만 풍겨낸다.

한데 계야부는 그 속에서 살기를 읽었다.

숙련된 살수는 살기를 숨길 수 있다. 살수왕 류청지가 그런 지경이고, 자신도 그럴 수 있다. 각성을 한 후에는 늘 그럴 수 있지만, 각성하기 전에도 살기 정도는 숨길 수 있었다.

훈련된 살수는 살기를 숨긴다.

여인은 살기를 숨기는 정도가 아니라 삶의 고단함으로 덧씌웠다.

류청지도 한 꺼풀만 벗기고 들어가면 본심이 드러나는데, 여인은 또 한 꺼풀을 벗겨야 비로소 마음에 다다를 수 있다.

계야부는 고단함 속에 묻혀 있는 살기를 찾아냈다.

츠으으웃!

죽이고 싶어하는 마음이 읽힌다. 언제 칼을 꺼낼까 저울질하는 감각이 전해진다.

여인은 살수다. 아주 뛰어난 살수다. 살수왕이라는 류청지보다도 한 수 위의 살수다.

'살림!'

계야부는 여인의 정체를 알아냈다.

"열 문이면 되겠나?"

"더 주면 좋고. 더 줄 거야? 훗! 더 줄 리가 없지. 더 주면 뭔가 더 원하는 게 있을 거고. 귀찮아. 그냥 열 문만 주고 열 문어치만 해. 할 거야?"

여인은 금방이라도 돗자리를 깔 기세였다.

"이름이 뭔가?"

"그런 건 알아서 뭐 해. 할 거야, 말 거야?"

"혼자서 할 건가, 아니면 누가 또 있나?"

순간, 여인의 눈에서 기광이 번뜩였다.

"훗! 알아챘구나?"

"살림 무공은 일 년이면 수련할 수 있다더군. 방심. 방심을 이끌어낼 수 있다면 그보다 더 위력적인 무공은 없지. 거기에 진신무공까지 뒷받침된다면…… 살림의 정체를 짐작하겠군."

"호호호! 과연!"

여인이 손으로 입을 가리며 웃었다.

햇살이 이빨 사이로 스며들었다. 그리고 반짝이는 광채를 쏟아냈다.

이빨 사이에 침이 숨겨져 있다.

여인은 숨기려고 하지 않는다. 일부러 손을 들어 입을 가림으로써 자연스럽게 시선을 입으로 유도시킨다.

눈을 위로 고정시키면 아래가 빈다.

움찔!

여인의 발끝이 미미하게 떨렸다.

그녀는 순간적으로 공격을 가할까 말까 하고 망설였다. 공격하고픈 마음이 강했지만 한 번 더 참았다. 계야부의 시선이 입으로 쏠리지 않았기에 더더욱 공격할 수 없었다.

"안 되겠다. 나…… 살려줄래?"

"또 있나?"

"있지. 설마 나 혼자 왔을까 봐. 같이 갈래?"

계야부는 여인을 지나쳐 걸어갔다.

여인이 사뿐사뿐 뒤따라왔다.

그녀는 지금도 망설인다. 단차가 등을 보이고 있는데 칠까 말까. 치면 성공할 것 같은데…… 영욕에 눈이 어두우면 목숨을 빨리 잃는다고 했다. 이놈이 제 발로 사지를 향해 걷고 있으니 굳이 서둘 필요는 없겠지.

그녀는 포기했다.

'숨이 한결 가벼워졌군.'

계야부는 여인의 호흡 소리로 그녀의 마음까지 읽어냈다.

평소 같았으면 어림도 없는 일이었는데…… 일목은 여러모로 쓸모가 많았다.

第九十章
고단(孤單)

주위에 늑대들이 널려 있다. 광기로 가득 찬 눈동자가 사방에서 번뜩인다.

계야부는 늑대들의 눈빛을 놓치지 않았다.

사실 그들은 구경꾼에 불과하니 신경 쓸 필요가 없다.

무림에 몸담은 무인치고 전설적인 살림의 등장에 전율하지 않는 자가 없다. 살림의 등장을 모르면 모를까 알게 된 사람들은 자리에 앉아 있지 못한다.

살림이 어디에 나타날까? 누구와 싸울까?

즐겁게도 북지단 무인 중 몇몇은 그런 고민을 할 필요가 없다.

그들에게는 단차가 있다. 살림이 죽이고자 하는 대상이 바로 자신들 곁에 있다.

살림은 제일 먼저 단차에게 달려온다.

그럴 수밖에 없다. 살림이 얻어낸 봉문 해제는 임시적인 것이다. 무림에 나와서 마음껏 살육을 하고 싶어도 완전한 봉문 해제가 아니기 때문에 할 수가 없다.

하나 단차를 죽이면 이야기가 달라진다.

그때부터 그들은 비도에서 벌였던 살육 행각을 중원에서 벌일 수 있다. 거금을 들여서 노예를 살 필요도 없고, 영약독초를 복용시켜서 무공을 증진시킬 필요도 없다.

중원에는 이미 무공을 배운 고수들이 널려 있다.

눈을 감고 아무 데나 발길을 옮겨도 검을 찬 무인들이 즐비하다.

그들에게 시비를 건다. 아니, 말을 잘못했다. 그들이 먼저 시비를 걸어오게 만든다.

무림공적이 되지 않기 위해서는 반드시 형식적인 절차를 밟을 필요가 있다. 살림은 말만 건넸는데 그들이 먼저 검을 뽑았다거나, 그들이 먼저 비무를 청했다거나…….

비도에서는 일 년에 일인당 열 명 꼴밖에 못 죽였지만 무림에서는 하루에 한 명, 열 명도 죽일 수 있다.

살인 감각이 극도로 예민해질 것이다.

살림의 무공은 장족의 발전을 할 것이고, 무림은 살림 이름만 들어도 벌벌 떨게 되리라.

그들은 그런 일을 하기 위해서 먼저 단차를 죽여야 한다.

이런 사실을 알고 있는 북지단 무인들이 아무것도 모른 척하고 집무실에 틀어박혀 있을 수 있겠나.

그들은 암암리에 단차를 미행했다.

물론 단차가 미행을 눈치채지 못할 리 없다.

믿지는 않지만 자신의 입으로 시각랑 출신이라고 했으니 시각랑과 모종의 관계는 있을 것이다.

생각해 보라. 단차 정도의 무공에 시각랑의 예민함까지 겸비했다면 감히 누가 미행을 할 수 있겠나.

그들이 믿는 것은 단차가 미행을 눈치채도 뿌리치지 않을 것이라는 점이다. 자신들이 왜 뒤를 따르는지 알고 있을 터이니 북지단에 신세를 지는 입장에서 그 정도는 눈감아줄 것이라는 생각이다.

그래서 그들은 거의 노골적으로 뒤따른다.

지극히 은밀하게 뒤따르는 사람도 있다.

상당히 수준 높은 미행술인데…… 내단주 이상의 공력을 지녀야만 펼칠 수 있을 정도다.

그런 사람들이 꽤 있다.

뒤따르는 사람들이 얼마나 될까? 십여 명? 아마도 그 정도는 될 것 같다.

비화원주나 외단의 금룡대주, 뇌편대주 같은 경우에는 살림의 등장조차도 모르고 있다는 점을 생각하면 상당히 많은 사람이 미행하고 있는 셈이다.

계야부는 그들 생각대로 모른 척했다. 그들에게는 더 이상 신경 쓰지 않기로 했다.

사실 신경 쓸 여력도 없었다.

여인의 살기가 읽히지 않는다. 분명히 뒤따르고 있는데, 발걸음 소리도 들리고 기척도 손에 잡힐 듯이 들리는데 살기나 예기 같은 공격적인 요소는 전혀 느껴지지 않는다.

그녀와 대화를 나누지 않았다면 평범한 여인으로 여겼을 게다.

지금처럼 조용히 다가와 등에 한 칼 먹이면 깨끗이 당했을 게다. 설혹 당하지 않더라도 상당히 위험한 상황이었을 거라는 건 부인할 수 없다.

자신 같으면 어떻게 했을까?

자신이 누구를 죽여야 하는데 아주 강한 상대라면…… 수단 방법을 가리지 않는다면…… 시각랑이었던 자신에게 적장 암살 명령이 떨어졌다면…… 그리고 여인과 같은 능력을 구비했다면…….

생각할 것도 없다. 뒤에서 은밀히 다가가 등에 한 칼 먹이고 물러선다. 상대가 피한다? 상관없다. 그런 상대라면 어차피 정면에서 공격했어도 피했다.

어쨌든 정면 공격보다도 성공 가능성이 훨씬 높다.

한데 여인은 그런 길을 포기하고 조금만 주의하면 알아챌 수 있는 정면 접근을 택했다.

'왜?

약속! 약속이 있기 때문이다.

여인은 죽을지도 모를 접근을 했다.

의도한 장소로 안내하기 위해서다. 계야부가 공격했다면 목숨을 잃었을 것이나, 감수하고 나타났다. 다른 자들을 위해서, 그들이 복수해 줄 것을 믿기에, 그리고 명령이 떨어지면 반드시 이행해야 하는 것이 살림의 법이니까.

'가보지. 어떤 자들인지 만나보지.'

계야부는 몸도 마음도 탁 풀어놓았다.

적을 뒤에 두고 전신 방송을 한 것이다.

따라오던 여인인 움찔거렸다.

그녀는 또 갈등한다. 칠까? 말까?

"살림과 싸우는 게 겁나지 않아?"

그녀가 물어왔다.

그녀의 생각에도 계야부의 행동이 비정상으로 보였던 모양이다.

살림은 일인문파가 아니다. 소문대로라면 열 명으로 이루어진 집단이며, 주업(主業)은 청부살인이다. 그들의 솜씨가 세상을 놀라게 할 정도이니 청부금도 매우 높다. 또한 높은 대가를 받는 만큼 죽이는 인사도 범상치 않다.

살수 열 명이 노리고 있다고 봐도 무방하다.

살수왕 류청지를 능가하는 최고급 살수들이다.

류청지에게 살공을 배울 때, 지금 생각해도 참 곤란했다. 류청지의 흔적을 잡아낼 수 없으니 공격을 가해오면 백 중 백 치명적인 요혈을 짚었다.

보름 동안 목검을 사용했기에 망정이지 진검이었다면 목숨이 열다섯 개라도 부족했다.

지금이 꼭 그런 상태다.

살수가 등 뒤에서 걸어오는데 살기를 감지하지 못한다.

나타나지 않은 자들도 이 정도 수준이라면 살기를 감지한 후에 움직인다는 일상적인 행동방침을 바꿔야 한다.

눈에 보이는 모든 사람을 의심한다. 공격권 안에 들어선 사람은 특히 주의를 기울인다. 농부가 어깨에 짊어지고 가는 삽이나 쟁기까지도 주의한다.

최대한 주의를 기울인다면 방어도 쉬울 것이다.

하나 이런 식으로 십 리만 걸으면 아마 모르긴 몰라도 칼 맞기 전에 지쳐 죽을 것이다.

그래도 어쩔 수 없어서 긴장의 끈을 놓을 때까지는 그리하는 게 당연하다.

여기에 살림의 무서움이 있다.

그들은 기다린다. 완전히 주의력이 흩어질 때까지 몇날 며칠을 참고 또 참는다.

여인이 그랬던 것처럼 허점이 생겨도 공격하지 않는다.

완벽한, 실패는 있을 수 없다고 생각되는 기회가 잡힐 때까지 전의(戰意)를 안으로 삭인다.

계야부는 여인과 잠깐 걷는 동안 살림의 싸움 방식을 알아챘다. 또한 살림의 무서움도 인식했고, 앞으로 상당히 지겨워질 거라는 예감도 들었다.

그래서 아예 긴장을 놓아버렸다. 한데 그것이 여인의 눈에는 기이함으로 비쳤다.

"무총이 나를 죽이기 위해 봉문을 해제했다고 들었는데?"

"맞아."

"무총 생각에 살림과 나 둘 중 누가 더 위험하겠나?"

"……."

"무총은 너희들을 놓아주어도 날 이길 수 없다고 생각할 거야. 그러니 천하의 살인귀들을 세상에 내놓은 거지. 후후! 이쯤 되면 답이 나오지 않았나?"

"훗! 정작 겁내야 할 사람은 우리군."

"맞아."

"아우, 겁나."

여인이 빈정거렸다.

그들이라고 이런 계산쯤 하지 못했을까. 충분히 조심했으리라.

계야부에 대한 건 몰라도 단차에 대한 거라면 모르는 것이 없을 것이다. 어떤 식으로 북지단에 입문했는지, 안선과 어떤 싸움을 했는지…… 북지단이 은폐시킨 사건이지만 살림의 눈마저 속이지는 못했을 것 같다.

이들은 자신을 안다. 속속들이 안다. 그런 후, 이길 수 있는 방법을 연구했으리라.

뭘까, 그게?

계야부도 궁금했다.

그는 이번 기회를 빌어서 의살을 본격적으로 활용할 계획이었다.

'생각대로 움직일 수 있다'가 의살의 요체다.

물론 의살이 말하는 생각은 범인들이 인식하는 생각과는 차원이 다르다. 일체의 무심 속에서 떠오른 진정한 자아를 말하는 것이다. 그리고 이 순간만큼은 단차도 계야부도 아닌 제삼의 인물로 탈바꿈하게 된다.

흔히 범인과 성인의 정신은 강의 양안(兩岸)으로 비유된다.

범인들은 한쪽 강안에서 생각하고 생활한다. 그들의 모든 생각과 행동은 지극히 정상이다. 사람이 만들어놓은 궤범만 준수하면 군자(君子)라는 소리를 듣는다.

그들 중 일부가 사고(思考)한다.

강 저쪽으로 건너갈 방법을 모색한다. 다리를 놓는 사람도 있고, 배를 타는 사람도 있다. 방법은 같을 수도 있고 다를 수도 있지만 목적은 분명히 강을 건너는 것이다.

사고한 사람들 중에서 지극히 일부, 한두 명만이 강을 건넌다.

그들은 성인(聖人)이라 불린다.

그들은 강 저쪽에 있다. 정신이 그쪽 세계에 맞춰진다.

그들은 강 이쪽에서 범인들과 어울려 살아간다. 하지만 말하고 행동하는 것은 강 저쪽 것이다.

여기서 광자(狂者)도 거론된다.

그들은 사고를 했든 아니면 어떤 다른 통로를 이용했든 강을 건너기 위해 출발했던 사람들이다.

범인들이 사는 세상을 등지고 과감하게 도하(渡河)했다.

하나 그들은 강을 건너지 못했다. 강심(江心)에 머물러 있다. 정신이 현실에 머물지도 못하고 신의 세계에 들어서지도 못한 채 강심에 둥둥 떠다닌다.

돌아오지 못하는 영혼이다.

계야부의 상태가 그와 같다.

그는 광자보다는 한 발 더 나아간다. 거의 강 저쪽까지 도하한다. 그러나 결국 땅을 밟지 못한 채 다시 돌아오고 만다.

일심이 끝난 후, 현실로 다시 돌아오는 현상이다.

정말로 저쪽 땅을 밟으면 두 번 다시 이쪽 세상을 돌아볼 이유가 없다. 범인들이 사는 세상은 사과 씨에 불과하고 신의 세계는 사과 그 자체다.

사과가 되었는데 다시 씨앗으로 돌아올 이유가 무엇인가.

현실과 각성 사이를 오간다는 것은 완전히 저쪽 강안으로 건너가지 못했다는 반증이다.

그가 사용하는 의살은 그런 과정을 통해서 표출된 것이다.

이쪽 강안을 떠나 강심을 지나쳐 저쪽 강안에 가까워진 상태에서 저쪽 땅의 기운을 빌어 현실을 친다. 그리고 싸움이 끝나면 다시 현실로 돌아온다.

하니 싸우는 동안에는 단차도 계야부도 아닌 것이다.

이번 싸움에서도 의살을 사용할 수밖에 없다. 일목이 되었든 각성이 되었든…… 공의 무공이든 의살이든…… 정신은 배를 타고 강을 건널 것이다.

'일목!' 하고 외치는 순간, 어느새 강심을 건넌 배 위에서 이쪽 땅을 쳐다보고 있으리라.

그 상태로 싸운다. 그리고 싸움이 끝난 후에도 돌아오지 않는다. 비록 저쪽 강안에 도착하지는 못했지만 배 위에 서서 이쪽 땅을 쳐다보며 살아간다.

혹시 광자가 되는 것은 아닐까?

그럴 수도 있다. 정신이 영원히 돌아오지 못하고 강 위를 떠돌 가능성이 농후하다.

하나 믿는 구석이 있다.

일목을 사용하여 싸움을 벌이는 동안에 정신은 매우 맑고 청량했다. 결코 혼탁하지 않았다. 현실을 구분하지 못하고 우왕좌왕하지도 않았다.

신이 된 것처럼, 신의 힘인지 인간의 힘인지 모를 거력을 사용하면서 정신은 항상 올발랐다.

하니 싸움이 끝난 후에 돌아오지 않는다고 해도 멀쩡하지 않을까?

이런 건 예전에도 생각했었다. 하지만 확신이 서지 않아서 싸움이 끝나자마자 돌아오곤 했다. 현실을 놓치고 정신 속에서만 사는 게 불안했다.

돌아오는 것도 자신이요, 돌아오지 않는 것도 자신이다.

결국 모든 것은 자신이 선택해야 한다.

그는 확신을 얻은 다음에 행동하고 싶었지만 이런 걸 알려주는 사람은 없다. 신이 아닌 다음에야 그의 상태에 대해서 조언해 줄 사람도 없다.

오래 생각해 봤지만 정체되지 않고 앞으로 나아가려면 행동하는 방법밖에 없다.

이번이 기회다. 일목을 쓴 후, 돌아오지 않는다.

계야부가 물었다.

"아직 멀었나?"

여인이 대꾸했다.

"다 왔어."

스웃!

갑자기 등 뒤에서 찬바람이 불었다.

급공, 기습이다. 드디어 여인이 손을 썼다. 필살의 기회를 잡은 것일까?

'미끼!'

계야부는 순간적으로 상황을 판단했다.

무엇을 본 것은 아니다. 사람이 나타난 것도 아니고, 어떤 기운을 느낀 것도 아니다.

주위에는 아무것도 없다.

한데 여인이 무작정 공격했을 것이라는 생각이 들지 않는다. 이런 공격쯤은 쉽게 피할 수 있다. 살수 중에 살수라는 살림 문도가 이런 걸 기회라고 생각할 리 없다.

미풍은 느끼고 찰나도 되지 않는 짧은 순간에 머릿속을 스쳐 간 생각이다.

‘일목!’

스읏!

무형의 밧줄에 이끌려 앞으로 쭉 빨려 나갈 때처럼 신형을 일 장 앞으로 쏘아냈다. 순간!

쒜에에엑! 쒜엑! 쒜에에엑!

사방에서 돌풍이 미친 듯이 불어닥쳤다.

2

‘넷!’

좌측에 둘, 우측에 둘이다.

사내가 셋이며, 여인이 한 명이다. 아니, 등 뒤에서 재차 달려드는 여인까지 합치면 모두 다섯이다.

기가 막힌 것은 공격을 가해오는 이 순간까지도 살기가 느껴지지 않는다는 점이다.

타앙! 최르륵!

소도로 철편(鐵鞭)을 받아쳤다. 그러자 예상했던 대로 철편이 소도를 휘어 감으며 가슴으로 파고들었다.

계야부는 철편을 쳐다보지 않았다.

철편의 방향과 속도를 안다. 몸은 비틀릴 것이고 간발의 차이로 스쳐 지나리라.

타앙!

선표(線鏢)도 팅겨 나갔다.

선표는 여인이 사용한다. 길이 일 장쯤 되는 줄에 표(鏢)를 묶어서 던져 낸다.

휘리릭!

튕겨 나가던 선표가 방향을 틀어서 다시 공격해 왔다.

이것 역시 예상했다. 선표의 움직임은 여타의 병기보다 늘 한발 앞선다.

타앙! 가가각!

소도가 톱니처럼 날카로운 마아자(馬牙刺)를 쓸고 지나갔다.

바위도 단숨에 으스러뜨릴 것 같은 팔각추(八角鎚)는 머리 위로 흘러보냈다.

일차 공격이 끝났다.

이들의 공격도 계속 지속되고 있지만 일차 공격이 무위로 끝난 후유증은 계야부에게 찰나의 틈을 주었다.

'목!'

소도가 팔각추를 사용하는 거한의 목을 노렸다.

다른 곳을 노릴 수도 있는데, 습관처럼 목을 찾았다. 아마도 폐가에서의 싸움이 하나의 고벽(痼癖)으로 굳어진 듯하다.

쐐엑!

몸이 먼저 움직이고, 소도가 내려쳐졌다. 하나 그는 급히 몸을 비틀어 전권에서 빠져나와야만 했다.

사라랑!

등 뒤 여인이 던진 나한전(羅漢錢) 대여섯 개가 어깨 위로 스쳐 지나갔다.

소도를 계속 내리찍었다면 사내 한 명은 죽일 수 있었겠지만 자신 역시 등에 나한전 몇 개는 박혀 있을 게다.

좌아악! 좌악!

철편과 선표가 재차 급습을 가해왔다.

그때, 믿기지 않는 일이 벌어졌다. 마아자와 팔각추를 쓰던 사내들이 뒤로 쭉 물러섰다.

그곳에는 털북숭이사내가 서 있었다.

그가 밀려나는 두 사내의 등에 장심을 붙였다. 그리고 공 던지듯 힘껏 밀어냈다.

쌔에에앵!

물러섰던 두 사내는 배는 빠른 신법으로 쏘아져 왔다. 마아자와 팔각추에서 칼바람 소리가 났다.

'훗!'

계야부는 눈을 부릅떴다.

두 사내의 움직임은 확실히 비정상적이다. 물러났다가 심신을 가다듬고 다시 공격해 오는 것은 일상적인 행동이지만, 그 짧은 순간에 진기가 배가되는 것은 이해할 수 없다.

나한전을 피하고, 선표를 흘려보냈다. 이번에는 철편도 튕겨내지 않고 피했다.

파아앙!

팔각추가 하늘에서 떨어져 코끝을 스치며 땅으로 흐른다.

계야부는 그제야 손을 들어 소도를 쳐냈다.

카앙!

소도와 마아자가 부딪쳤다.

순간, 계야부는 상당한 타격감을 느꼈다.

어찌 마아자에게서 팔각추와 부딪친 것 같은 충격이 전해지는가.

계야부는 마아자의 힘을 안다. 먼저 부딪친 적이 있기 때문에 느낌을 기억하고 있다. 한데 두 번째 부딪칠 때는 진기가 깜짝 놀랄 만큼 배가되었다.

기억하고 있던 힘과 전혀 다른 힘이 부딪쳐 오니 약간은 당황했다.

자칫 소도를 떨어뜨릴 뻔했다.

파앙! 쒜엑!

땅으로 흘렀던 팔각추가 느닷없이 위로 솟구쳤다. 소도와 두 번째 부딪쳤던 마아자는 동귀어진의 기세로 심장을 찔러왔다.

그사이, 철편을 쓰는 자와 선표를 날리던 여인은 뒤로 물러섰다.

타악! 쒜엑!

그들의 뒤에는 어김없이 털북숭이사내가 있었다.

그의 손이 두 남녀의 등 뒤에 닿았다. 그리고 그 순간, 두 남녀는 용수철에 튕겨진 강침처럼 눈부신 속도로 짓쳐 왔다.

'위험!'

계야부는 그들의 속도를 가늠하지 못했다.

마아자와 팔각추를 피하기 바쁘다. 철편은 자유자재로 구부러진다. 선표는 원거리에서 공격한다. 두 병기가 지닌 이점이 정신을 분산시킨다.

그는 아주 잠깐에 불과하지만 등 뒤에 여인이 있다는 것을 잊었다.

파앗! 퍽! 퍽!

등에 강렬한 통증이 일었다.

나한전 두세 개가 정확히 뚫고 들어온 것 같다.

살기도 없었는데…… 공격하는 기척도 없었고, 나한전이 날아오는 느낌도 받지 못했는데…….

'후웁!'

계야부는 통증을 참으며 깊이 숨을 들이켰다.

"호호호! 의살도 별것 아니잖아!"

등 뒤의 여인이 득의한 웃음을 흘렸다.

"흐흐흐! 내가 뭐랬나. 별것 아니랬지?"

마아자를 든 사내가 살소(殺笑)를 흘리며 말했다.

참 기이한 현상이다.

사내는 분명히 얼굴에 죽음의 기운을 뿜어 올렸다. 너는 죽는다. 내가 죽이겠다는 의지를 강력히 피력했다. 그의 입가에 걸린 웃음을 보고 있자면 마치 마아자가 심장을 파고든 듯한 착각마저 든다.

그런데도 살기는 여전히 느껴지지 않는다.

모든 기운을 몸 밖으로 표출하지 않는다. 철저히 통제하여 안으로 감춘다.

살림 무공 중에 진수는 바로 이것인 것 같다.

"후웁!"

계야부는 다시 한 번 숨을 들이켰다. 몸을 급히 빼내기 위해서다. 말을 하는 동안에는 공격을 멈출 줄 알았다. 착각이다. 살림 살수들은 움켜쥔 기회를 말하느라고 놓칠 바보들이 아니다.

쒜엑! 쒜엑!

나한전이 귓불을 할퀴며 지나갔다. 선표는 관자놀이를 파고들 듯이 달려들었다. 팔각추는 두 다리를 노렸고, 마아자는 끈질기게 가슴을 파고들었다.

"이번에도 피해보지그래! 크큭!"

팔각추를 든 거한이 징그럽게 웃었다.

쿠르르룽!

팔각추가 두 다리를 휩쓸어오는데, 마치 바윗덩어리가 굴러오는 듯한 소리가 들렸다.

'아! 차력미기(借力彌氣)!'

계야부는 순간적으로 어찌하여 이들의 무공이 초식을 거듭할수록 강해지는지 원인을 찾아냈다.

역시 뒤에서 지켜보고 있는 털북숭이사내가 문제다.

그에게 다녀온 자들은 한결같이 내공이 급증했다. 털북숭이가 손을 등에 대는 순간 진기를 전도한 게다. 자신은 공격하지 않는 대신, 동료의 공격을 돕고 있다. 그리고 동료들이 공격을 하는 동안, 자신은 운공조식을 취하여 진기를 회복시킨다.

이건 정확하게 말하면 차력미기가 아니다. 무림에 아직까지 이런 종류의 무공이 나타난 적은 없는데…… 굳이 말하라고 하면 내력전이(內力轉移) 정도가 옳을 것이다.

끝나지 않을 싸움이다.

오래 지속되면 될수록 자신은 약해져 가고 살림은 강해진다.

이럴 때 무인들은 가급적 빨리 끝내려고 노력한다. 살을 주고 뼈를 취하는 방법도 사용되고, 진기를 일시에 쏟아내어 일합승부로 끌어가는 경우도 있다.

물론 이럴 경우 살림 살수들은 응하지 않는다.

그들은 지금 방식을 선호한다. 끊임없이 몰아치면서 먼저 지쳐 나가떨어지기를 기다린다. 지금 방식만으로도 충분한데, 아쉬울 것이 전혀 없는데 뭐 하러 변화를 추구하겠나.

실전 경험이 풍부하다는 무인들도 이런 수에 당하는 게다.

계야부는 속전속결을 취하지 않았다.

'일목!'

각성이 일어났다.

손과 발에 힘이 빠졌다. 몸에 완전히 이완되었다. 수승화강(水昇火降)이 순식간에 일어났다. 머리는 냉철해졌고, 고요해졌다. 아무것도 없는 텅 빈 공간에 홀로 섰다.

눈을 떠 인간의 움직임을 보았다.

팔각추가 오른쪽 정강이를 부러뜨리기 직전이다.

그는 다리를 들었다. 그리고 굉음을 흘리며 쏘아오는 팔각
추를 힘껏 짓밟았다.

마아자가 가슴을 찔러온다.

휘르르륵!

마아자는 맹렬하게 회전하고 있다.

초식이 또 바뀐 것이다. 단순하게 찔러오는 것으로는 진기
가 남아돌아서 회전까지 가미시켰다.

이런 자법(刺法)에 당한다면 심장이 통째로 으스러지리라.
가슴을 찌를 때는 뾰족한 쇠붙이에 불과하지만 일단 살 속으
로 파고들면 거센 소용돌이를 일으켜 살이고 뼈고 산산이 부
숴놓을 게다.

타앙!

소도로 마아자를 쳐냈다.

이번 격돌에서는 큰 충격을 받지 않았다. 마아자의 힘을 알
고 그에 맞춰서 소도를 떨쳐 냈다. 상대가 바위만 한 힘으로
들어왔으면 자신도 그만한 힘으로 맞섰다.

상대의 눈이 부릅떠졌다.

상당히 놀랐을 게다. 자그마한 소도에서 이토록 가공 무쌍
한 힘이 터져 나온 게 믿기지 않을 게다. 아니, 그보다 더욱 놀
란 점은 톱니 같은 마아자를 쭉 타고 들어가서 그의 목을 찔러
버렸다는 것이다.

푸욱!

사내의 목에서 핏줄기가 숫구쳤다.

철편이 날아온다. 선표가 짓쳐 오고, 뒤에서는 나한전도 쏘아졌다.

계야부는 팔각추를 밟고 있는 발에 힘을 주었다.

꾸욱!

팔각추가 땅속으로 깊이 밀려들어 갔다.

그는 그 반동을 이용해 뛰어올랐다. 몸이 솟구침과 동시에 뒤돌아섰고, 멀찍이 떨어져서 나한전만 뿌려대는 여인을 향해 비호같이 달려들었다.

피식!

여인의 입가에 웃음이 스쳐 갔다.

그렇다. 여인의 무공은 나한전만 있는 게 아니다. 그녀는 아직 자신의 진신무공을 펼쳐 보이지 않았다. 다만 모두 같이 뜻을 모아서 합쳐 합공을 펼치고 있기에 자신의 장기를 드러내지 않았을 뿐이다.

철컥! 철컥!

그녀의 양 허리에서 두 자루의 낫이 튀어나왔다.

"죽엇!"

파파파팟! 쒜에엑!

그녀는 처음으로 살기를 드러냈다.

지금 같은 상황은 급습이 아니다. 정면승부다. 그러니 살기를 숨기는 것 따위는 필요치 않다. 오직 일신 무공으로 격살시켜야 한다. 그럴 수 없으면 죽던가.

그녀는 살기를 버리고 온 정신을 두 낫에 집중시켰다.

그 위력은 놀라웠다. 살기를 드러내자 봉인되었던 힘이 폭
발해 버린 듯 섬광도 쫓아가지 못할 광채가 번뜩였다.

광채? 광채!

낫이 햇볕을 받아 반짝인다. 밝은 빛만 뿌려내는 게 아니다.
비오고 난 다음에 하늘 가득 퍼지는 무지개처럼 낫과 낫 사이
에 아름다운 칠 채색이 머무른다.

이 광채, 심상치 않다.

'일목!'

계야부는 흩어지려는 각성을 붙잡았다.

칠색 광채를 보는 순간 어지럼증을 느꼈다. 너무 밝은 빛이
쏟아져서 잠시 시각이 상실되었다.

이런 무공…… 사약란에게 들은 기억이 있다.

얼핏 보이에 칠색 광채는 두 낫에서 쏟아진 것처럼 보인다.

아니다. 우양기(右陽氣)와 좌음기(左陰氣)가 서로 섞이면서
뿜어내는 진기의 일종이다.

여인은 번뜩이는 낫을 사용해서 진기의 효용을 높였을 뿐이
다.

이 순간, 낫의 표면은 동경(銅鏡)이 된다. 양손에서 흘러나
온 진기가 가슴 앞에서 뒤섞이며 광채를 뿜어내고, 동경이 된
낫은 햇볕과 어울려 광채를 증폭시킨다.

이 빛은 자연광이 아니라 인위적으로 만들어낸 것이기 때문
에 단숨에 시력을 손상시킨다.

여인의 두 낫은 오감 중 시각을 죽이는 일부터 시작하는 것

이다.

쒜엑!

지극히 짧은 소리가 귓전을 두들겼다.

여인은 시각 상실을 확인한 후, 다시 살기를 감췄다. 칠색 광채를 더 이상 터뜨려 봐야 무의하다는 것을 알기 때문에 광채도 거뒀다. 대신 은밀함은 드러내어 암암히 짓쳐 온다.

낫 한 자루가 정수리에 떨어진다. 다른 한 자루는 목을 베어 온다.

한 몸으로 두 자루의 낫을 쓰면서 각기 다른 초식을 쏟아낸다. 몸은 하나이되 팔은 둘이다. 양손이 다른 손의 움직임에 구애받지 않고 각기 다른 초식을 사용할 수 있다면 무인 두 명이 합공한 것과 같은 효과를 불러온다.

그렇다. 지금 계야부에게 여인 두 명이 공격해 오고 있다.

'분심공(分心功), 혹은 양의심공(兩意心功).'

불행히도 여인은 의살의 진체를 알지 못했다.

의살은 감각을 죽이는 것에서부터 시작한다. 현실을 느끼는 모든 감각을 죽이고 망상의 세계로 빠져들어야 한다.

한마디로 말해서 몸은 전쟁터 한복판에 있는데, 싸움에 집중하지 말고 딴생각을 하라는 것과 마찬가지다.

또 다른 말도 할 수 있다.

도적 무리가 목숨을 빼앗겠다고 칼을 들고 달려든다. 한데 정작 도주하거나 싸워야 할 사람은 좌정하고 앉아서 참선에 들어간다. 주위는 아랑곳하지 않고 내면의 세계만 탐닉한다.

계야부가 그런 상태라고 할 수 있다.

다만 그는 현실을 무시하지 않는다.

'일목'으로 각성할 때, 그의 오감은 이미 죽었다. 새삼스럽게 칠색 광채를 보고 자시고 할 것도 없다.

그는 두 낫이 쏘아져 오는 것을 봤다.

진체의 울림은 심상(心象)을 만들고, 심상은 현실을 그려낸다.

스웃!

계야부는 옆으로 움직여 두 낫을 비켜냈다. 그와 동시에 소도로 여인의 목덜미를 그었다.

푸아앗!

붉은 핏줄기가 확 번져 나왔다.

3

여인이 죽었다. 믿을 수 없다는 듯 두 눈을 부릅뜬 채 모래성 무너지듯 스르륵 쓰러졌다. 그때,

쐐에엑!

등 뒤에서 선표가 날아왔다. 단지 시위만 하는 것이 아니라 숨을 끊어놓겠다는 듯 강력한 진기를 싣고 달려들었다.

계야부는 손을 들어 선표를 잡았다.

눈에 보이지 않을 속도로 쏘아져 오는 선표를, 털북숭이사내가 내공 전이까지 해준 상태에서 던져낸 선표를…… 그런

선표를 한 손으로 잡아냈을 때, 이미 싸움은 끝난 거다.

여인과의 싸움만 끝난 게 아니라 살림과의 싸움이 끝났다.

그들은 계야부를 잡아내지 못한다. 계야부의 빠름에 분명히 뒤진다. 시각을 망실시키고 공격했는데도 오히려 죽음을 당했으니 더 이상 할 게 무엇인가.

계야부의 느낌은 장님의 감각을 뛰어넘는다.

천안통(天眼通), 천이통(天耳通)…… 그가 펼치는 의살은 불가(佛家) 육통(六通)을 능가한다. 하니 눈을 감고, 귀를 막고, 그리고 싸워도 그를 이길 수 없다.

계야부도 살림도 이 순간에는 모두 그 사실을 알았다.

"쳇!"

선표를 쓰던 여인이 입을 삐죽 내밀었다.

포기한 것은 아니다. 뒤로 물러서 있던 털북숭이사내가 바싹 앞으로 다가왔다.

터엉! 터어엉!

여인의 등에서 가벼운 격타음이 들렸다. 팔각추를 쓰는 장한의 등에서는 매우 묵직한 울림이 들렸다.

촤라락!

철편이 엿가락처럼 휘어지며 얼굴을 할퀴었다.

이들은 결코 포기를 모른다. 자신들로서는 힘들다는 사실을 깨달았지만 그렇다고 싸움을 포기하지는 않는다. 안 되면 죽는다. 이것이 비도의 율법이다.

계야부는 왼손을 확 끌어당겼다.

여인이 딸려온다. 아니, 오히려 당기는 기세를 빌어서 앞으로 쭈욱 치달려 온다.

'뭐지?

한순간, 계야부는 멈칫거렸다.

이들은 공격할 때 아무런 기운도 내뿜지 않기 때문에 의도를 파악하기가 힘들다.

의살은 어떤 기운도 잡아낸다. 한데 살림 살수들의 기운은 잘 읽히지 않는다. 상시 읽혀야 정상인데 드문드문 그들이 약간 방심했거나 기운을 감출 필요가 없어서 일부러 내보일 때만 읽힌다.

살림 살수들이 의살의 지경에 올라 있다.

다른 것은 모르겠지만 감각을 죽이는 것만큼은 아주 능통하다.

이들은 바위가 되고자 하면 바위가 되고 나무가 되고자 하면 나무가 된다. 생기를 완전히 죽이고 무기(無氣) 상태에서 진득하게 상대를 기다릴 수 있다.

서격!

소도가 가까이 다가온 여인의 목을 그었다.

선표를 지닌 여인은 당기는 대로 딸려왔다. 제 발로 힘주어 달려왔다. 아무런 방비도 없이, 어떠한 공격도 없이 그냥 달려왔다. 소도 앞에 일부러 목숨을 던진 것이다.

'뭐지?

똑같은 의문이 두 번째 들었다. 그때!

꽈앙! 꽈아앙!

선표를 쥔 여인의 몸이 엄청난 굉음과 함께 산산조각 났다.

시뻘건 불기둥이 솟구친다. 매캐한 화약 연기가 코를 마비시킨다. 뿌옇게 일어난 먼지가 시야를 가린다.

'벽력구(霹靂球)!'

계야부는 어찌 된 영문인지 알았다.

벽력구는 시각랑도 종종 사용한다.

적들에게 포위당해서 빠져나갈 구멍이 없을 때, 그때는 시각랑도 마지막을 준비한다. 결코 생포되는 우둔한 짓은 하지 않는다. 생포되어서 사는 길이 열린다면 얼마든지 투항할 것이다. 하나 그렇지 않다. 모진 고문만 받다가 끝내는 처형당한다.

하니 잘 죽을 준비를 한다.

마침 벽력구 같은 것이 있으면 선택의 여지가 없다. 그때는 웃으면서 적진으로 돌진한다. 잘만 하면 이삼십 명 정도는 함께 데려갈 수 있으니 절대 부족한 장사가 아니다.

벽력구를 모른다면 시각랑이 아닐 게다.

한데 그런 게 이곳에서, 살림 살수의 손에서 터졌다.

계야부도 이 상황만은 예측하지 못했다.

암기가 사용될 수 있다. 숨겨진 절초가 있을지도 모르고, 낯선 기형 병기가 튀어나올지도 모른다.

계야부는 그런 것만 예상했다.

퍽! 퍽퍽퍽퍽……!

깨알만 한 쇠붙이들이 전신에 쑤셔 박혔다. 여인의 뼛조각도 암기가 되어 쏘아져 왔다.

"큭! 끄으윽!"

계야부는 신음을 토해냈다.

언제까지도 일목을 지키고 있으려 했지만 이 순간만은 지킬 수 없었다.

무심함이 깨졌다. 무의(無意), 무념(無念)이 깨졌다.

그는 벽력구가 일으킨 폭풍에 휘말려 비틀비틀 물러섰다.

옷이 찢어지고, 살점이 떨어져 나갔다. 피가 철철 흐른다. 다리와 오른팔은 뼈가 드러날 정도로 깊은 상처를 입었다. 전신이 불에 덴 듯 화끈거리고, 곧이어 엄청난 극통이 치밀어온다.

"끄으으으윽!"

그는 비명을 토해냈다.

이 세상에는 의지로 참을 수 없는 고통도 있다. 지금 그가 당하는 고통이 그런 종류다.

뼈가 드러나 보이는 상처는 오히려 가볍다. 전신을 할퀴고 간 화마는 그의 몸을 검은 잿더미로 만들어 버렸다.

화상이 극심했다. 손으로 팔을 밀면 살점이 때 밀리듯 밀려 나올 것 같다.

'일목!'

정신을 차리려고 했다. 한데 정신이 돌아오지 않는다. 무심의 상태로 들어서지 못하겠다. 그토록 자연스럽게 들어서던

신의 영역에 한 걸음도 들여놓지 못하겠다.

'일목! 일목! 일목!'

고통을 잊기 위해 부단히 소리쳤다.

각성의 세계로 들어서면 육신의 고통을 잊을 수 있다. 아픔이 느껴지지 않는다. 이 지독한 고통에서 해방될 수 있다. 하니 무슨 일이 있어도 들어가야 한다.

'일목!'

모든 의지를 총동원해서 무심을 외쳤다. 그러다가 퍼뜩 깨달아지는 것이 있었다.

의지를 일으킨 상태에서 무심으로 들어갈 수는 없다.

모든 것을 놓아야 하는데 오히려 정반대로 집중된 상태를 일으키면 어쩌자는 말인가.

그나마 다행인 것은 그에게 진기가 없다는 점이다.

만약 진기라도 있었다면, 그래서 경맥에 흘려보낼 수 있었다면…… 분명 귀영십삼식 중 제육식 기여백설을 사용했을 것이다.

진기를 일으켜 안으로 스며든 화기를 밀어낸다. 하면 화상이 좀 가시지 않을까? 죽을 만큼 아픈 고통도 어지간히 수그러들지 않을까? 아무런 효험이 없더라도 손 놓고 있는 것보다는 낫지 않을까?

잘못된 생각이다. 의살을 사용할 줄 아는 그에게는 차라리 손 놓고 있는 게 더 낫다.

계야부는 우둔하지 않았다. 어째서 의살을 사용할 수 없는지 알게 됐으니 즉시 교정한다.

'죽어도 좋으니……'

전신에 힘을 풀고 세 사내에게 목숨을 맡겼다.

이 순간, 그가 할 수 있는 건 아무것도 없다. 살수들이 공격을 가해온다면 꼼짝없이 죽는다.

그래도 그 상태를 유지했다.

'이제 죽어도 여한은 없으니……'

일단 몸을 풀었다. 죽어도 아깝지 않다는 생각마저도 잊어야 한다. 머릿속이 텅 비어야 한다.

'일목!'

계야부는 단숨에 배를 타고 강심을 건넜다. 저쪽 강안에 도착하면 좋으련만 아직 그 상태까지는 이르지 못했고…… 강심을 건넌 상태에서 현실을 쳐다본다.

무엇이 잘못되었는지, 왜 일목이 깨졌는지 알 것 같다.

벽력구를 잘 알기 때문에 깨졌다.

그가 만약 벽력구를 잘 몰랐다면 아직도 무심함을 유지하고 있을 것이다. 몸에 둘러쳐진 무형 강막이 그를 보호할 것이고, 벽력구의 쇠붙이가 몸을 강타하기 전에 미리 훌쩍 물러섰을 게다.

그에게는 그만한 힘과 속도가 있다.

한데 벽력구를 아는 탓에 벽력구가 일으킬 폭발을 생각했다. 그 위력을 떠올렸다. 벽력구 앞에서는 어떤 철갑도 소용없다는 사실을 그림 그리듯 그려냈다.

그 결과 생각이 현실이 되었다.

무형 강막은 벽력구를 충분히 막아줄 수 있었는데, 종이처럼 찢겨 나갔다.

그가 찢겨 나갈 것이라고, 막지 못할 것이라고 생각했기 때문이다.

자신을 믿지 못하면 소원을 들어주지 않는다. 의살은 약간의 의심조차도 용납하지 않는다. 철저하게, 완벽하게, 완전히 신의 품에 의지하듯이 믿어야만 소원을 들어준다.

'일어난다. 후웁!'

계야부는 짧은 숨을 들이켜며 몸을 일으켰다.

아픔은 여전했으나 몸은 일으켜졌다.

워낙 심한 상처라서 혼자서는 몸을 일으키는 것조차 기적이나 다를 바 없지만, 그는 믿기에 일어섰다.

각성은 진기를 잃은 그에게 동정호 오대고수와 버금가는 무공을 주었다.

자신이 그만한 힘을 가졌다.

그 힘은 꼭 무공에만 쓰라고 있는 게 아니다. 길을 걸을 때도, 잠을 잘 때도…… 언제 어느 때든 쓰고 싶으면 쓴다.

오직 자신만 믿으면 된다. 일목으로 들어선 상태를 완벽하게 믿기만 하면 그 힘이 주어진다.

"후웁!"

숨을 다시 들이쉬며 팔이 불편한 오른손 대신 왼손으로 소도를 옮겨 잡았다.

뒤로 물러서 있는 살림 고수들도 눈에 들어왔다.

그들은 이런 일이 벌어질 줄 미리 알았다. 그래서 선표를 든 여인이 있는 힘껏 달려들 때, 모든 공격을 즉시 멈추고 뒤로 물러서기에 바빴다.

계야부도 그들이 뒤로 빠지는 모습을 봤다.

이상하다는 생각을 안 한 건 아니다. 그들이 뒤로 빠지면 선표를 든 여인은 무방비 상태가 된다. 그녀를 보호해 줄 사람이 아무도 없다. 위험은 네 스스로 빠져나오라는 건가?

다른 생각도 했다.

털북숭이사내에게 진기를 전도받기 위해서 물러설 수도 있다. 지금까지 그래 왔으니 또 그러려니 했다.

결국 이런 거였다.

계야부가 일어서자 의외인 듯 털북숭이사내가 눈을 끔뻑거리더니 두 손을 탈탈 털며 다가왔다.

"의살이 맞는 것 같군. 너 하나 죽이는 데 세 명이나 당할 줄은 몰랐다."

"너희는 왜 빼나."

계야부는 담담하게 말했다.

물론 그의 음성은 떨려 나왔다. 한마디 한마디 내뱉을 때마다 오장육부가 함께 딸려 나오는 것 같았다. 벽력구에 당한 상처가 의외로 크고 깊다.

하나 그는 상처를 보지 않았다.

배를 타고 강심을 건너간 자신은 사지육신이 멀쩡했다. 아무런 상처도 입지 않았다. 정신도 건강하다.

부드러운 바람이 불어온다.

시원한 느낌이 든다. 바람의 느낌을 즐길 정도로 완전한 상태로 존재한다.

그가 보고 믿는 것은 이것이었다.

덜덜 떨려 나오는 말은 들리지 않는다. 오장육부가 딸려 나올 것 같은 고통도 느끼지 않는다. 살수들은 보고 느끼겠지만 자신과는 상관없다.

"후후! 그 몸으로 우리를 어찌하기에는…… 너무 심하게 당한 것 같은데?"

"말만 할 건가?"

"그럼 안 되나? 날이 너무 더워서 손을 섞기가 그렇군. 더위가 한풀 꺾일 때까지 시원한 그늘에서 이야기나 나누는 게 어때?"

털북숭이사내는 상처 입은 늑대를 조롱했다.

예상대로 서둘지 않는다.

제풀에 나가떨어질 때까지 기다리거나, 이제 정말 반항할 수 없다는 확신이 들 때까지 떠보거나.

계야부는 잠시 생각했다.

사내 셋이 남았다.

두 명은 패공(覇功)을 사용하는 것 같고, 철편을 든 사내는 쾌공(快功)을 쓰는 것 같다.

확실하지는 않다. 짐작일 뿐이다.

이들에게는 숨겨진 무공이 있다. 펼치기만 하면 적을 사지로 몰아넣을 수 있는 절대절공이 있다.

마아자를 쓴 자는 어처구니없게 죽었다.

그는 자신의 절공을 펼쳐 내지 못했다. 마아자로 공격을 실컷 했다지만 그건 그의 절공과는 거리가 멀다.

나한전을 던지던 여인이 칠색 광채가 번뜩이는 낫을 든 것처럼, 선표를 사용하던 여인이 느닷없이 벽력구를 터뜨린 것처럼…… 이들도 도저히 피할 수 없는 절공을 지녔다.

더욱 답답한 것은 이들이 무기(無氣)를 쓴다는 점이다.

무기는 모든 것을 감춘다. 공격 시점도 감추고, 공격 방법이나 방향도 감춘다.

한마디로 언제 어디서 무슨 짓을 벌일지 모르는 말썽쟁이들이다.

'한 번에 끝내야 해.'

이들이 흩어지게 하면 안 된다. 똘똘 뭉쳐서 방금 전처럼 합공을 펼치게끔 만들어야 한다. 이들이 한 명씩 절기를 펼쳐 낸다면…… 두 명까지는 감당할 수 있으되 세 명은 무리다.

결정했다!

'일목!'

계야부는 소도를 치켜들었다.

다리뼈가 환히 보일 정도로 깊은 상처를 입어서 보통 의지로는 일어설 수 없다. 하지만 계야부는 큰 힘 들이지 않고 일어섰다. 다리의 상처는 감각을 잃어서 인식하지 못한다.

신경이 아프다고 비명을 질러대야 머리가 알아채는데, 계야
부는 아픈 비명을 차단시켜 버렸다.

육신의 감각을 죽인다.

"후후! 긴가민가했는데 확실히 의살이 맞군. 벽력구를 직통
으로 얻어맞고도 그 정도 상처밖에 입지 않았다는 건 육신에
무형의 철갑을 둘러쳤다는 것…… 무형강막(無形强幕)을 일으
키는 신공은 많지만 벽력구를 막을 정도는 아니지. 그런 무공
은 의살밖에 없어. 오직 신만이 그런 일을 할 수 있지. 후후
후!"

털북숭이사내가 다시 긴장했다.

계야부가 너무 멀쩡해 보이지 않나. 분명히 멀쩡하지 않은
데 계속 싸울 태세 아닌가.

팔각추를 든 자와 철편을 든 자가 좌우로 갈라졌다.

'됐어!'

계야부는 합공을 의식했다.

세 사내의 행동은 분명히 합공이다. 하면 자신에게도 기회
가 생긴다. 지금 상태로 세 명을 한꺼번에 상대하는 건 분명히
어렵지만 일대일로 상대하면 더 어렵다.

지금은 그나마 기회라도 생긴 거다.

"의살이다! 의살에 맞는 대우를 해줘라!"

털북숭이사내는 허리에서 대도와 철봉을 꺼내 빙빙 돌려 끼
우며 말했다.

스륵! 스륵! 스륵!

철봉과 철봉이 맞물려 돌아가는 소리가 정적을 일깨웠다.

곧 상당히 무거워 보이는 미첨도(眉尖刀)가 완성되었다.

'장병(長兵) 미첨도. 중병(重兵) 팔각추. 단병(短兵) 철편. 골고루 갖췄군.'

계야부는 공격을 예상하지 않았다. 누가 먼저 선수를 쳐올 것인지, 어떤 공격으로 시작할 것인지 예상하지 않았다.

일목을 믿는다.

자신은 배를 타고 있다. 이쪽 강안에서 벌어지는 일을 지켜보고 있다. 흔히 말하는 '강 건너 불구경' 식으로 싸움을 지켜보고 있다.

움직임이 일어나면 의식이 깨달을 것이다. 의식은 일어난 움직임에 맞춰서 행동을 요구할 것이고, 그에 따르기만 하면 된다.

생각하지 마라. 믿고 따라라.

그는 눈을 떴으나 눈으로 보지 않으니 감은 것과 마찬가지였다. 귀가 열려 있으나 기척을 듣지 않으니 귀머거리였다. 감각이 있으나 기운을 느끼지 않으니 잠자는 것과 같은 상태였다.

모든 감각을 닫고 지켜보기만 했다.

쉬리리릭!

뱀이 허공을 헤치며 기어온다.

'철편!'

사내의 철편은 검 조각을 십여 개쯤 이어붙인 것 같다. 그래서 방향 전환이 자유롭다. 또 철편 특성상 후려치는 공격이지 일직선으로 찌르는 공격은 하기 어렵다.

한데 찔러온다!

검을 상대하듯이 중간 어림을 막으면 당장 채찍이 되어 손목을 감아올 것이다. 그리고는 댕강!

막지 않고 피해야 한다.

살수는 그걸 노리고 있다. 철편을 들지 않은 다른 손이 두렵다. 몸을 움직이는 순간에 그 손에서 무엇이 터져 나올지 알지 못하기에 눈을 돌릴 수 없다.

하지만 계야부는 눈을 사용하지 않는다.

그는 각성이 이끄는 대로 철편을 향해 달려나갔다. 순간!

사내가 왼손을 허공에 쭉 뿌렸다.

최아악!

눈에 보일 듯 말 듯 가느다란 그물망이 활짝 펼쳐졌다.

계야부는 소도를 들어 그물망 한 귀퉁이에 걸었다. 그리고 있는 힘껏 빙빙 돌렸다.

촤아아악!

그물은 소도를 따라 빙글빙글 돌았다.

그물을 펼친 사람은 사내였다. 그의 손목에는 그물 한 귀퉁이와 연결된 줄이 묶여져 있다. 왼손으로는 줄을 꽉 붙잡고 있다. 오른손으로는 철편을 쳐낸다.

누가 봐도 그가 유리한 상황이다.

한데 일이 이상하게 돌아갔다. 계야부가 그물 한쪽 끝을 잡자마자 엄청난 힘으로 돌려대고 있지 않은가.

"헉!"

그의 입에서 헛바람이 토해졌다.

그물이 빙빙 돌자 중심을 잃고 무너졌다. 그의 내공으로는 그물이 돌아가는 힘을 억제할 수 없었다. 순간,

쉭! 쫘아악!

그의 목에서 무엇인가 질질 끌리며 찢겨져 나갔다.

그물에는 독이 묻어 있다.

누구든 그물에 닿기만 하면 살이 시퍼렇게 변색되고 입술이 까맣게 타들어간다.

철편을 사용하는 자는 독인이었다.

한데 단차는 그가 사용하는 독 정도는 우습게 빨아들이는 독인 중에 독인이었다.

이것도 의살의 공능인가.

놀랍다. 기가 막힌다.

벽력구에 당한 몸으로 어찌 이런 움직임을 보일 수 있단 말인가. 어설프게 당한 것도 아니고 정통으로 얻어맞았는데……뼈가 분쇄되고도 남을 충격에서 살아난 것만 해도 기적인데 그런 몸으로 살림의 살수까지 베어 넘긴단 말인가.

그래도 여기까지다.

단차의 움직임은 한계를 보이고 있다. 의살이 아무리 정신무공이라지만 그래도 육신의 고통을 완전히 무시할 수는 없

다. 두 다리가 잘려 나간 후에는 신법을 전개할 수 없는 것처럼 육신이 타격을 받으면 죽게 되어 있다.

'그게 인간이지. 아니면 내가 죽으면 되고.'

털북숭이사내가 흰 이를 드러내며 웃었다.

第九十一章

혼잠(混潛)

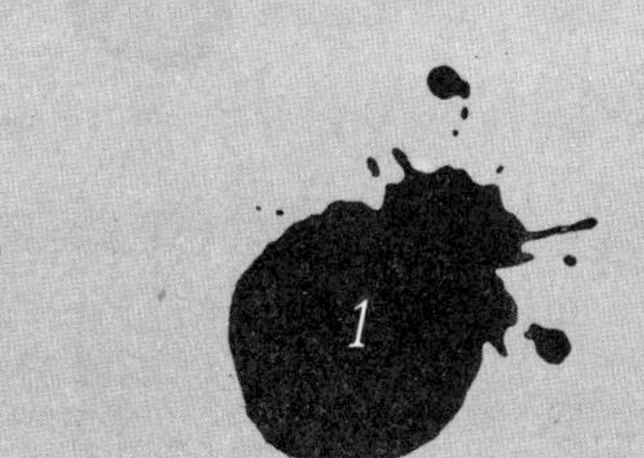

털북숭이사내가 미첨도를 들이밀었다.

파파파팟!

미첨도가 마치 화살처럼 날아와 꽂혔다.

털북숭이사내는 내공이 막강하다. 일시에 두 사람에게 진기를 나눠 줄 수 있을 정도로 차고 넘친다. 그래서 당연히 패공을 구사할 줄 알았다.

미첨도라는 병기도 쾌공으로 사용하기에는 부적합하다.

한데 쾌공을 쓴다. 일촌(一寸)을 넷으로 쪼갠 듯 순식간에 머리부터 단전까지 네 군데를 쳤다.

계야부는 몸을 틀어 도법 사이를 누볐다.

파파파팟!

내려치고, 올려치고, 옆으로 쓸고, 휘돌려 치고…… 미첨도가 숨 돌릴 틈도 주지 않고 달려들었다.

단언컨대 의살을 깨닫기 전의 그였다면 벌써 칼을 맞고 쓰러졌을 게다. 동정호로 달려가 사약란에게 빙정을 줄 때까지만 해도 거의 무적에 이르렀다고 자부했던 무공이지만, 미첨도를 대하고 보니 손을 쓸 방도가 없었다.

미첨도는 그만큼 빨랐다.

사전투광신보, 시구각보…… 그가 알고 있는 어떤 신법도 대적이 안 된다. 금강반야선공, 귀영십삼식…… 하다못해 폭검신공까지도 쓸모가 없다.

털북숭이사내는 검을 틀어 터뜨릴 시간조차도 주지 않는다.

계야부는 그런 빠름을 각성 상태에서 피해냈다.

도가 오기 전에 바람이 온다. 바람이 정신을 일깨운다. 그는 반사적으로 움직이고, 그가 움직인 자리를 미첨도가 쓸고 간다.

자신을 완벽하게 믿으면 피할 수 있다. 하나 찰나라도 의심하면 바로 끝장난다.

쒜엑!

드디어 기다리던 공격이 왔다.

그가 염려하던 건 팔각추를 쓰는 사내가 어떤 절공을 사용하느냐였다. 털북숭이가 쾌도를 펼쳐 냈는데, 그마저 절공을 사용하면 상대하기 곤란할 터였다.

그는 미첨도를 피하면서 일부러 등을 내줬다.

와라! 와라! 그가 왔다!

쒜엑!

그는 옆으로 한 걸음 비켜서자마자 등을 돌렸다. 그리고 냅다 앞으로 한 걸음 내디뎠다.

그곳에 팔각추를 내뻗은 채 놀란 눈으로 쳐다보는 사내가 있었다.

그의 목에서 붉은 피가 주르륵 흘러내렸다.

그 순간이다.

퍼억!

미첨도가 등을 후려쳤다.

이것도 예상했던 공격이다. 등을 돌려 팔각추를 꺼꾸러뜨리는 동안 쾌도의 달인이 가만히 있을 리 없다. 분명이 틈을 공격할 것이고, 그곳은 넓디넓은 등이 되리라.

쾌도는 여지없이 등을 가격했다. 막강한 내력이 고스란히 실린 쇳덩이가 살과 뼈를 갈랐다.

휘익!

가벼운 바람이 불었다.

미첨도에 잘린 그물이 허공에 흩날렸다.

철편을 사용하던 사내가 남기고 간 그물이다.

그의 그물에는 독이 묻어 있다.

한데 독이란 놈은 요상한 성질이 있다. 헝겊이나 실을 삭힌다. 독성이 강한 독일수록 삭히는 속도가 빠르다.

그물에 독을 묻혀서 사용하려면 특수한 재질로 만들어진 것이어야 한다.

천잠사(天蠶絲)!

과연 그의 생각이 옳았다.

미첨도는 천잠사를 갈랐지만 그의 등까지 뚫지는 못했다.

그 순간, 계야부가 몸을 돌려세웠다. 그의 소도가 미첨도를 따라 올라가 털북숭이사내의 목에 꽂혔다.

"끄으윽!"

사내의 눈에 경악이 어렸다.

계야부는 그에게 말해주었다.

"다 이긴 싸움이었다. 자부심을 갖고 가도 좋다."

"쳇! 모두 죽은 거야?"

뚱뚱한 사내가 중얼거렸다.

그의 눈에는 눈물이 그렁그렁 고였다.

잔악무도하다는 살림 살수에게도 정이 있는 것일까?

"클클! 손에 피 맛 보기를 잘했지. 하마터면 이 속에 섞여 있을 뻔했지 뭐야."

키 작은 노인이 말했다.

만일에 대비해서 뒤에 남겨진 사람들이다.

그들은 멀리 있지 않았다. 싸움터가 내려다보이는 곳에서 불과 일다경도 안 되는 사이에 벌어진 참극을 지켜보고 있었다.

형제들이 죽는 것을 봤다.

말도 안 되는 상황에서 정말 말도 안 되는 죽음을 당했다.

계야부의 상태도 봤다.

그가 어떤 상태인지는 멀리서 지켜본 것에 불과하지만 바로 곁에서 뚫어지게 쳐다본 것만큼이나 소상히 파악한다.

뭐니 뭐니 해도 벽력구에 당했다면 이미 끝난 게다.

한데 그런 상태로 세 명이나 더 죽였다.

무공 제일이었던 림주가 죽었고, 독공 제일이었던 자도 죽었으며, 힘으로는 당할 자가 없었던 형제도 무너졌다.

"주의해야 할 점을 말해주겠어."

머리칼로 얼굴을 반쯤 가린 여인이 차디찬 음성으로 말했다.

"싸움 중에 놈은 병기를 세 번이나 잡았어. 제일 먼저 팔각추가 잡혔고."

"선표가 잡히지 않았나?"

말라깽이 검사가 반문했다.

"말 끊지 마! 팔각추가 먼저 밟혔잖아!"

"아!"

말라깽이 검사는 뼈만 남은 손을 들어 머리를 긁적거렸다.

"그다음에 선표가 잡혔고, 또 독망(毒網)도 잡혔어. 여기서 우린 두 가지 중요한 사실을 파악해야 돼."

"흐흐흐! 하나는 놈이 무척 빠르다는 거지. 순간적인 빠름은 가히 초인적이야. 그걸 누가 당할까."

말라깽이 검사가 말했다.

“너도 안 되겠냐?”

키 작은 노인은 마른 사내를 보며 말했다.

“말이라고. 림주님도 당했는데 내 속도로는 안 되지. 난 림
주보다 한 수 느리잖아.”

“흐흐흐! 그거야 초식 이야기지. 순간적인 빠름이라면 네가
반 수 앞설걸?”

“어이, 어이! 그런 소리 마. 내가 앞장서기 싫다고!”

말라깽이사내가 두 손을 휘휘 저으며 말했다.

그들은 여섯 명의 죽음에도 동요하지 않았다. 마치 재미있
는 구경을 했다는 듯 담담했다.

“흑! 또 하나는 놈이 독인이라는 거지. 독망을 잡고도 무사
할 인간은 독인밖에 없어. 독에 대해서 아주 잘 아는 인간이
야. 미워 죽겠어. 저놈을 어떻게 죽이지?”

뚱뚱한 사내가 기어이 눈물을 떨어뜨리며 말했다.

그는 길가 바위 위에서 뼛조각 하나를 집어 손수건에 고이
싸고 있었다.

“그런 건 뭐 하러 챙겨!”

“흑! 미우나 고우나 살을 섞고 살던 마누란데 내가 챙기지
누가 챙겨! 흑흑! 불쌍한 여편네. 이럴 줄 알았으면 기를 쓰고
벽력구나 뺏어놓을걸. 그렇게 달라고 해도 안 주더니만……
흑!”

뚱뚱한 사내가 뼛조각 싼 손수건을 품속에 찔러 넣었다.

“놈은 빠르고 독인이야. 세 번째! 놈은 불사신(不死身)이야.”

“엥! 그건 또 무슨 소린고?”

키 작은 노인이 눈을 동그랗게 뜨고 되물었다.

“되물을 것 없잖아. 불사신이라고 느끼지 않았으면 아까 왜 공격하지 못했어!”

여인이 노인에게 비웃음을 던지며 말했다.

“에엥? 우린 뒤로 빠지기로 했으니까⋯⋯.”

여인은 듣기 싫다는 듯 손을 들어 휘휘 저었다.

계야부의 상태는 굉장히 위중했다. 싸움이 끝난 후에는 걸음을 내딛는 것조차 힘겨워 보였다.

한 걸음 걷고 두 호흡 쉬고, 또 한 걸음 걷고 두 호흡 쉬고⋯⋯.

그런 상태라면 삼척동자라도 검만 쥐어주면 죽일 수 있을 게다.

그런데도 그들은 나서지 못했다.

단차는 그와 같은 상태에서 형제 세 명을 죽였다.

자신들과 일대일의 승부를 벌이면 지기보다는 이길 가능성이 훨씬 높았던 사람들이다.

남은 사람 네 명이 일시에 급습을 한다고 해도 그를 무너뜨릴 자신이 없었다.

그는 죽일 수 없는 사람인가.

모두 그런 생각을 했다. 그래서 비척거리며 걸어가는 그를 보면서도 공격하지 못했다. ‘지금 공격해야 한다. 지금보다 더 좋은 기회는 없다’ 하고 마음속으로 되뇌면서도 결국 그가 가도록 길을 열어주고 말았다.

그를 죽일 방법이 없는 건 아니다. 살림은 어떤 순간에도 청부를 포기한 적이 없다.

그도 인간인 이상 어딘가에는 허점이 있을 게다.

무공을 말하는 것이 아니다. 인간적인 결함을 말하는 것이다. 어떤 것이든 좋다. 도박도 좋고, 여인도 좋다. 술도 좋고, 무공 탐닉도 좋다. 정이 깊으면 더할 나위 없이 좋다. 살림에 정 많은 사내의 청부가 들어오면 모두들 시큰둥한 표정으로 돌아앉는다. 그런 사내는 콧김만 불어도 무너뜨릴 수 있기 때문이다.

시간이 걸릴 뿐이지 그는 죽는다.

여인이 단검을 뽑아 손바닥을 그었다.

핏물이 뚝뚝 떨어진다.

그녀는 떨어지는 핏물을 죽은 사람들의 시신 위에 뿌렸다.

산 자가 죽은 자에게 취하는 최대한의 예의다.

키 작은 노인이 단검을 받아 들고 손바닥을 그었다. 그리고 뚱뚱한 사내에게 건넸다.

그들은 죽은 사람들을 잠시 쳐다봤다.

어쩌면 이들이 편할지도 모르겠다.

"기가 막혀 말이 안 나오는군."

"그러게 말입니다. 이런 수법에도 살아날 수 있다는 게 솔직히 믿어지지 않습니다."

북지단 내단주와 외단주는 할 말을 잃고 말았다.

단차는 그들이 생각했던 것보다 훨씬 강했다.

그는 참 묘한 인간이다. 이만큼 강하다 싶으면 어느새 더 강한 모습을 보여준다. 그래서 또 이만큼인가 하고 생각하면 저만큼 훌쩍 날아가 있다.

그가 북지단에 검을 들이댔다면 무림 역사상 가장 처참한 싸움이 벌어졌을 게다.

"단차가 위험인물이라고 판단된다면…… 지금 쳐야 할 게요. 시간은 저자의 편. 시간이 흐를수록 우린 약해지고 저자는 강해질 것이오."

호법원주가 입술을 지그시 깨물며 말했다.

"솔직히 말하면 지금 공격한다고 해도 필히 죽인다는 보장을 못하겠구려. 하하! 나도 다 됐나 보군."

외단주가 길게 한숨을 쉬며 말했다.

그들은 유구무언(有口無言), 입이 있으나 할 말이 없었다.

단차는 그들의 능력을 벗어난 거인이었다.

2

전서구가 날아왔다.

살림과 단차가 맞붙었고, 결과는 단차의 승리다.

살림 십고수 중에 여섯 명이 한자리에서 죽었다. 개개인이 무림을 질타할 수 있는 절공을 지녔는데, 그런 그들 여섯 명을 한자리에서 눕혀 버렸다.

물론 싸움이 끝난 건 아니다.

아직도 살림에는 네 명이 남아 있다. 앞으로 그들은 끈질기게 물고 늘어질 것이다.

살림은 청부에 실패한 적이 없다.

봉문을 당할 때도 총주의 무공에 짓눌렸기 때문이지 청부를 이행하지 못했기 때문은 아니다.

그들은 정말 단차를 죽일지도 모른다.

어쨌든 알고 싶은 것은 알아냈다.

보고에는 단차가 의살을 사용한다고 적혀 있다.

'의살이 맞는가. 의살이 무림에 나타났는가.'

그는 의자에 몸을 깊숙이 묻고 생각에 잠겼다.

북지단은 지금도 단차의 정체를 알아내기 위해 동분서주하고 있다. 하지만 아직까지 알아낸 것이라고는 손톱만큼도 없다. 하다못해 단차가 입문하면서 밝힌 내용조차 진위 여부를 확인하지 못했다.

그런 경우는 하나뿐이다.

단차는 가공인물이다. 태어난 적이 없는 자를 만들어냈기 때문에 알아낼 게 없는 것이다.

'도대체 어디서 튀어나온 놈인가.'

의살을 사용하는, 무림에서 열 손가락 안에 드는 절정고수가 등장했는데 어떤 놈인지 전혀 알지 못한다.

비목대 대주로서 있을 수 없는 일이다.

북지단이 있는 섬서성을 샅샅이 뒤졌다.

북지단이 그에 대해서 조사하고 있지만 총단에서도 나름대로 조처를 취했다.

한데 빈손이다.

섬서성에는 단차 같은 인물을 키워낼 문파도 무인도 없다.

그가 사용하는 무공이 의살이라는 점을 감안하면 황하 이북을 살펴도 손에 잡히는 자나 문파가 없다.

그는 하늘에서 뚝 떨어진 인간인가.

의살이 아닌 줄 알았는데…… 가짜인 줄 알았는데…… 의살 형식을 빌은 마공이나 사공이 등장한 줄 알았는데…… 살림이 당할 것이라고는 생각하지 않았는데…….

지금쯤 무림 각 문파도 단차에 대한 소식을 들었을 게다.

일부는 그를 보기 위해서 북으로 달려가고 있다는 소식까지 들어와 있다.

더군다나 이제는 살림이 당했다는 소문까지 번지게 생겼다.

그 소문을 막을 길은 없다. 살림 같은 흉신악살이 한 사람에게 당했다는 건 무총이 탄생한 것만큼이나 커다란 사건이다.

그는 대번에 무림 영웅으로 부상할 것이다.

그 일을 어처구니없게도 자신의 손으로 만들어주었다. 영웅이라는 칭호를 자신이 그에게 줬다.

물론 자신의 생각은 아니다. 봉인 삼문을 끌어낸 것은 총주님이다. 총주님이 그들로 하여금 세 명을 시험하라 시켰다.

총주님은 어떤 결과를 예상했을까?

설마 이런 상황을 예상했던 건가? 그렇다면…… 총주님이 봉인 삼문을 쓰면서까지 주목하고 있는 자라면…… 어쩌면 총주님은 놈의 정체를 알고 있을지도 모른다.

"후후! 이거 내 위신이 형편없이 구겨졌는데."

비공은 툴툴 웃었다.

자신은 무림 정세를 한눈에 굽어보는 위치에 앉아 있다. 무림이 흘러가는 모습을 보다가 마음에 안 들면 원하는 쪽으로 방향을 비틀기도 한다.

무총 총단의 이름으로 내려지는 명령을 거역하는 자는 없다.

홍첩은 협조 형식을 빌리지만…… 명을 내리는 자신이나 명을 받드는 문파들이나 그것이 일방적인 명령이란 건 잘 알고 있다.

그런데 어느 날 문득 정신을 차려보면 무림이 이상한 방향으로 흘러가고 있다는 것을 발견하게 된다.

꼭 지금처럼 말이다.

단차라는 인물이 나타나지 않았다면 북무림이 평온할 텐데, 이상한 놈이 튀어나와서 휘젓고 다닌다. 더군다나 총주가 그 놈을 알고 있다. 어지간한 놈을 붙여서 무공을 시험한 게 아니라 대번에 봉인 삼문을 끌어냈다.

그만큼 중요하다는 뜻이다.

그런 놈들이 또 있다. 동정호에 있는 사일도와 사약란은 이해한다. 그들은 충분히 대접받을 자격이 있다. 한데 고우진이란 놈은 또 누군가? 안선에서 튀어나온 놈인데…….

모든 정보를 손아귀에 꽉 쥐고 있다는 비목대 대주가 아무것도 모르고 있다.

"이래서는 안 되지. 후후후! 의살이 맞다? 이건 보고할 것이고…… 하지만 놈은…… 봉인 삼문을 해제하면서까지 죽이라고 하셨으니 할 말은 없을 터……."

비목대 대주 비공은 잠시 더 생각했다. 그리고 결심을 굳힌 듯 고개를 끄덕이더니 조금 강한 어조로 말했다.

"개방에 협조 요청해라. 단차에 관한 것이라면 어디서 뭐를 먹었는지까지 모두 달라고 해."

"알겠습니다."

집무실 밖에서 대답 소리가 들려왔다.

"그리고…… 염라왕야님이 어디 계시는지 파악하도록."

"호광성에 계시는 걸로 알고 있습니다."

"호광성 어디! 정확히 보고해!"

"조사해 보겠습니다!"

대답 소리가 우렁찼다.

동정호 오대고수 중의 일인인 염라왕야라면…… 그분이라면 단차를 제거할 수 있다.

비공은 웃었다.

'놈은 죽어야 해. 지금은 사일도에게 집중해야 할 때…….'

＊　　　　＊　　　　＊

"살림이 당해?"

차를 마시던 일교사의 손이 얼음처럼 굳어버렸다.

"전부 당한 것은 아니고 여섯 명만 죽었답니다."

고우진이 재미있다는 듯 싱글거리며 말했다.

"살림이 어떤 곳인지 아느냐?"

"제가 알 리 있습니까."

고우진은 관심없다는 듯 시큰둥하게 말했다.

"그들 열 명이면 나도 죽일 수 있다. 그들이라면 빙극검형을 깨뜨릴 수 있어."

"그런가요? 한데 여섯 명이지 않습니까? 그러니 빙극검형을 깨뜨릴 수 있다고 보기에는…… 그렇죠?"

"후후후!"

일교사는 고우진의 안하무인격인 태도를 웃음으로 받아들였다.

그는 종종 자신이 일교사보다 강하다는 뜻을 비치곤 한다. 자신이 앞에 나서서 무엇인가를 하기 바란다.

어려서 그런 것이다.

고우진의 무공이 어느 정도인지는 조만간 알게 될 게다. 붕지가 움직이고 있으니 빙마지체가 되어버린 고우진이라고 할지라도 땀깨나 흘려야 할 게다.

'그건 그렇고……'

그는 고개를 갸웃거렸다.

단차가 하늘에서 뚝 떨어졌다.

그가 무림에 나타나 살림 살수 여섯 명을 죽일 때까지 그의 귀에 들어온 말은 거의 없었다.

그런 자가 북지단 비화원 부원주?

그의 직책은 허울이다. 북지단도 그를 붙잡아두지 못하고 있는 게다. 필요에 의해서 서로를 이용하는 것일 뿐, 깊은 은원은 없다고 봐야 한다.

'놈이 북지단 마방주를 죽였다. 그랬다는 건 안선을 끌어내겠다는 뜻…… 소안마도를 던져 두자 넙죽 받아먹었다. 아니지. 그건 이쪽에서 공격한 거니까 놈이 받아먹었다고 보기는 그렇고……'

단차의 심중을 알아볼 필요가 있다.

그는 왜 안선을 적으로 삼고 있는가?

명목상으로는 계야부의 원수를 갚겠다는 것인데…… 사실 계야부와 안선의 관계를 돌이켜 보면 안선이 그에게 원수를 갚아야지 그가 안선에게 검을 들이댈 이유는 없다.

기껏해야 빙정을 심은 것뿐이다. 그를 무림에 끌어낸 것도 있나?

하지만 그는 안선도를 무참히, 그것도 상당수를 죽였으니 은원은 해결되었다고 봐야 하지 않나.

더군다나 그는 동정호에서 사약란에게 죽었다. 그녀가 그를 죽음으로 몰아넣었다.

원수를 갚으려면 무총에 갚아야 한다.

'먹이를 던져 주면 알겠지. 어떻게 잡아먹는지 지켜보면 놈의 뜻을 읽을 수 있을 거야. 후후! 어쨌든 놈이 나타난 건 안 좋아. 빙정까지 뺏긴 마당에 엉뚱한 놈까지 등장해서야……'

제거!

일교사의 심중에 살의(殺意)가 자리 잡았다.

놈이 살림 살수 여섯 명을 죽였다면 놈의 무공은 의살이 맞을 것이다. 의살이 아니고서는 그런 결과를 창출할 수 없다. 만약 다른 무공을 사용했다면 벌써 소문이 났을 것이다.

알 수 없는 무공으로 죽였다고 했다.

무지 빨랐다는 말만 나돈다.

보통 사람이 그리 말한다면 이해하겠지만 북지단 무인들의 입에서 그런 말이 나온 건 납득하기 힘들다.

그 말은 단차의 무공 내력을 알아보지 못했다는 뜻이다.

한마디로 중원에 등장한 적이 없는 무공이다. 그렇다면 일단은 의살로 인정해 줘도 무방할 것 같다.

의살을, 정신 무공을, 공의 무공을 누가 깨뜨릴 수 있을까?

그의 눈길이 고우진에게 머물렀다.

그라면 가능할까?

그가 단차에게 쓸 수 있는 무공은 빙화참과 빙극검형뿐이다.

그의 가장 강력한 무공인 빙령초혼마공은 다른 자에게는 통용되어도 의살을 사용하는 자에게는 무용지물이다.

그걸 사용하려고 했다가는 되레 당할 수 있다.

빙화참과 빙극검형 대 의살.

좋은 승부가 될 것이다. 하나 그것은 나중 일이다. 우선은 붕지와 고우진의 싸움을 지켜봐야 한다. 단차에게 먹음직스러운 먹이를 던져 주어 반응도 살핀다.

그런 연후에 다시 한 번 생각을 정리한다.

"이봐. 너 오늘 밤 나하고 자는 게 어때?"

고우진이 그의 시녀에게 농을 걸었다.

그가 지켜보고 있는데도 어깨를 껴안는가 하면 가슴에 손을 집어넣기도 했다.

"오늘 밤에 와라. 내 극락이 무엇인지 가르쳐 줄게."

"이러지 마세요."

시녀가 몸부림쳤지만 그의 억센 손을 뿌리치지는 못했다.

결국 시녀는 일교사를 쳐다봤다. 그에게 구원의 눈길을 보내온 것이다.

"그만 하지."

일교사가 마지못한 듯 말했다.

"에이 참…… 한참 재미있었는데. 하하하! 우리 나중에 꼭 한번 하자. 나, 재미있는 놈이라니까."

고우진은 예의와는 담을 쌓았다.

일교사 앞에서는 더욱 그랬다.

일교사의 속내를 환히 꿰뚫어 보고 있다는 듯, 잔머리를 달달 굴리는 모습이 보인다는 듯…… 자신이 다 알고 있다는 표정과 행동을 숨기지 않았다.

일교사는 피식 웃을 뿐이었다.

3

계야부는 북지단으로 돌아가지 않았다.

상처 입은 맹수가 그러하듯 그는 산으로 발길을 옮겼다.

인적이 드문 곳으로, 사람이 찾지 않을 곳으로…… 깊이깊이 들어갔다.

걸음을 떼어놓기 힘들다. 당장에라도 주저앉고 싶다. 너무 몸이 고달파서인지 이쯤이면 아무도 찾는 사람이 없을 것이라는 유혹까지 치민다.

그래도 그는 계속 걸었다.

비틀! 비틀……!

공의 세계에 정신을 두고, 멀쩡한 몸을 상상하며 발길을 재촉했다. 하지만 이미 무뎌지기 시작한 육신은 제멋대로 휘청거릴 뿐, 뜻대로 움직여 주지 않는다.

보보마다 혈족(血足)이 새겨진다. 몸에서 흘러나온 피가 산길을 붉게 물들인다.

피를 너무 많이 흘리고 있다.

더욱 고통스러운 것은 벽력구에 살이 익어버렸다는 점이다. 나뭇가지에 긁힐 때마다 화상 입은 살갗이 삶은 살덩이가 되어 떨어져 나간다.

육신을 쉬어줄 때가 되었다.

'후후! 이만하면 혹사할 만큼 했지. 수고했다. 하지만 조금만 더 참아라.'

그는 육신을 재촉했다.

아무 데라도 주저앉으면 그것으로 끝이라는 걸 그 자신이 너무 잘 알고 있다.

두 번 다시 일어나지 못한다. 너무 힘들어서 잠드는 수가 있다. 너무 고통스러워서 혼절할 수도 있다. 어쨌든 털썩 주저앉으면 일어서지 못한다.

'조금만 더 가자. 조금만……'

딱히 찾는 곳은 없다. 하지만 맹수라도 피할 수 있는 곳이면 좋지 않은가.

이런 몸으로 산에 들어온 것은 자살행위인가?

처음에는 북지단으로 갈 생각도 해봤다. 한데 아무리 생각해도 그건 아니다. 북지단은 적이 아니다. 그렇다고 동지도 아니다. 서로 모르는 남남이나 마찬가지다.

그곳에서 정보를 얻는다. 대신 자신은 북지단의 천적인 안선을 제거해 준다. 그것뿐이다.

그런 입장에서 상처 입은 몸으로 기어들어 가 금창약이나 내놓으라고 말할 수는 없다.

"하아!"

계야부는 뜨거운 입김을 쏟아냈다.

조그마한 동굴이라도 발견하면 기어들어 가려고 했는데…… 이제는 그만 쉬어야 할 것 같다.

“쯧! 사람이 어찌 이리 미련하누. 그렇지 않은가?”

“그러네요.”

묵직한 음성과 조용한 여인의 음성이 조용한 산길을 흔들었다.

“어떻게…… 치료는 가능하겠는가?”

“너무 많이 상해서 장담할 수는 없네요.”

“허허허! 그래도 이놈이 의살을 익힌 놈이네. 약간만 보살펴 주면 제 스스로 일어설 놈이니 안심하고 치료해 주게.”

“어르신은…….”

“허허! 여기 벌레들이 많이 꼬였잖은가. 이놈을 죽이려는 연놈도 있고, 구경 삼아 따라온 한심한 위인들도 있고…….”

그는 일부러 들으라는 듯 목청 높여 말했다.

“난 이곳에 앉아서 바둑이나 둘라네! 자넨 들어가 보게!”

“그럼 이만.”

여인이 쓰러진 계야부를 안아 들고 일어섰다.

딱! …따악!

드문드문 바둑돌 놓는 소리가 들렸다.

비화원주는 고개를 갸웃거렸다.

이 사람, 도대체 누구인가. 누구이기에 무총주와 어깨를 나란히 하는 천중일기가 몸소 나타났는가.

단차가 아닌 것만은 틀림없다.

비화원주는 계야부의 복면을 벗겼다.

복면…… 그녀에게는 낯설지 않은 물건이다.

단차가 밖에 나갈 때 사용하라고 그녀가 직접 천을 고르고 바느질을 해서 만들어주었다.

그에게 복면을 건네준 사람은 만총림주이지만 물건 자체는 그녀의 손에서 탄생되었다.

복면을 벗기는 손이 조심스러웠다.

그녀도 벽력구를 안다. 무인치고 모르는 사람이 없을 게다. 하지만 벽력구에 당한 사람을 만져 보기는 처음이다. 벽력구에 당하면 뼈도 추릴 수 없을 만큼 가루가 되어버리기 때문에 치료를 한다는 말 자체가 어불성설이었다.

상당히 조심해서 복면을 벗겼는데도 헝겊에 살점이 묻어 나왔다.

팔이나 다리에 난 상처는 아무것도 아니다. 전신에 깨알만한 쇠붙이들이 잔뜩 틀어박혀 있는데, 그것도 지금은 신경이 가지 않는다. 당장, 아주 시급하게 치료해야 할 것은 전신을 뒤덮은 화상이다.

이윽고 복면이 완전히 벗겨졌다.

"아!"

그녀는 자신도 모르게 탄성을 토해냈다.

그는 추물이었다. 방갓을 쓰고 나타났을 때, 방갓 안에 있는 얼굴을 봤다. 그래서 그를 이해한다. 오죽하면 얼굴을 가리고 살겠나. 오죽하면 낮이나 밤이나 방갓을 뒤집어쓰고 다니겠나.

한데 그 얼굴이 아니다. 복면 아래 드러난 얼굴은 아주 반듯하다.

이목구비가 오밀조밀하지는 않지만 매우 선이 굵다. 그래서 강직하다는 느낌이 절로 풍긴다.

그는 결코 추남이 아니다.

그녀가 본 얼굴도 꾸며진 얼굴이었다.

무슨 사연이 있겠지. 좌우지간 천중일기가 직접 챙기는 것을 보면 보통 사람은 아닌 듯한데.

그녀는 계야부의 옷을 벗기기 시작했다.

아주 조심스럽게 벗겼다. 벗기는 것이 아니라 들춰서 잘라내는 것이다. 살과 맞닿지 않은 부분은 그냥 칼로 오려내고 맞닿은 부분은 잠시 내버려 두었다.

그런 부분을 막 벗겨내면 살점이 떨어질 우려가 있으니 조심해야 한다.

그녀는 온 정성을 다했다.

눈을 떴다.

사방이 온통 시커멓다.

어둠에 눈이 익자 이번에는 커다란 돌들이 눈에 들어온다.

'여기가 어디……?

그는 자신이 어디에 있는지 궁금해졌다.

잠시 그 상태 그대로 누워서 눈을 뜨기 직전에 무엇을 했는지 생각했다.

상처 입은 몸으로 산길을 걷다가 심한 어지럼증을 느꼈다.

그것이 기억나는 마지막 장면이다.

아마도 그 길로 혼절한 듯한데…… 하면 이곳은 어떻게 들어왔단 말인가.

하나 그는 생각을 오래 잇지 못했다.

"음……!"

자신도 모르게 신음이 새어 나왔다.

머리가 깨어질 듯이 아프다. 눈을 떴을 때는 몰랐는데, 잠시 시간이 흐르자 두통이 아주 심하게 밀려온다.

손을 들어 이마를 짚으려고 했다. 그러자 이번에는 두통과는 비교도 되지 않을 극통이 치민다. 전신이 기름 솥에 던져진 것처럼 활활 타오른다.

"끄으윽……."

숨을 쉴 수가 없다.

계야부는 고통이 뼛속에서부터 일어나면 숨까지 막힌다는 사실을 처음 알았다.

"일어났어요?"

어디선가 아픔을 뚫고 여인의 음성이 들려왔다.

'누구……?'

계야부는 상대가 누구인지 물어보려고 했다. 하나 그 말조차도 새어 나오지 않았다. 대신 거친 숨만 연신 뿜어냈다.

"후읍! 후읍! 후읍……!"

숨은 쉴 수가 있다. 하나 몸은 움직이지 못한다.

'그래…… 심한 상처를 입었었지.'

그는 이제야 자신이 어떤 상태인지 정확하게 인식했다.

"움직이지 말아요. 상처가 아주 깊어요."

다정한 음성과 함께 어둠을 밀어내는 밝은 빛이 동굴 안을 밝혔다.

"비화……"

그는 그 말밖에 하지 못했다.

그녀는 비화원주다.

자신에게 무너진 여인이다. 많은 사람들이 보는 앞에서 창피하게 졌다. 끝을 보지는 않았지만 누가 봐도 그녀가 진 비무였다. 그리고 그 비무는 지금도 많은 호사가들의 입에 오르내린다.

그날 이후, 그녀와 따뜻하게 차 한 잔 마신 적이 없다.

직책이 비화원 부원주일 뿐, 꽃이나 나무에 관심이 있는 것도 아니다. 하니 그녀와 말을 섞을 이유도 없다.

한데 그녀가 눈앞에 있다. 대충 짐작하건대 자신을 이리로 데려온 사람도 비화원주인 것 같다.

"상처가 이렇게 깊은 줄 모르고 약을 조금밖에 안 가져와서 아주 혼났어요. 대충 응급조치는 했는데…… 상처가 어떻게 될지는 알 수 없네요."

그녀가 입가에 미소를 지으며 말했다.

"원주."

"아무 소리 말고 푹 쉬어요. 지금은 쉬는 수밖에 다른 방법이 없네요. 제가 신의라도 되면 모를까 의술이라고는 어깨너머로 배운 것밖에 없으니. 아! 천중일기 어르신 알아요?"

계야부는 눈을 끔뻑거려 안다는 표시를 했다.

"역시… 천중일기께서 밖에서 바둑을 두고 계세요. 혼자서 무슨 재미로 두는지…… 어쨌든 밖은 어르신이 지키고 있으니 안심하고 푹 쉬어요."

계야부는 무슨 말인가를 하려고 했다. 하나 아무 소리도 하지 못했다. 천 근이나 된 듯 무겁게 내려오는 눈꺼풀을 이기지 못하고 눈을 감고 말았다. 그리고 곧 깊은 수면 속으로 빠져들었다.

"상처가 어느 정도 아물 때까지는 잠이 더 편할 거예요. 그나마 꿈속에서는 고통을 느낄 수 없으니."

비화원주가 수혈(睡穴)에서 손을 뗐다.

『패군』 14권에 계속…

무공을 익힐 수 없는 비운의 천재 제갈수.
공작가의 망나니 공자 슈.

운명을 벗어나려는 제갈수의 노력은 망나니 공자의 죽음과 만나 비상한다.

제갈수의 영혼과 슈의 신체를 이어받은 새로운 슈 부르셀라 폰 레비안또 가누비엔
그것은 하나의 위대한 기적!

홀로선별 퓨전 판타지의 신기원!
『기적!』

따뜻한 그의 이야기가 지금 시작된다.

유행이 아닌 자유추구 -
WWW.chungeoram.com
Book Publishing CHUNGEORAM

KARMA MASTER 카르마 마스터

이상혁 게임 판타지 소설

살아 있다는 것이 무엇인가?

살아 있는 것과 살아 있지 않은 것. 자극을 받는 것과 받지 않는 것.
자극을 받는 그 무엇. 즉, 자아(自我).

형이 개발한 게임, 샹그릴라에서 만난 소녀. 사고로 깊은 잠에 빠진 형을 알고 있는 그녀로
인해 한규의 게임 인생이 180도 뒤바뀐다!

"한규, 티아메트 만나."

이상혁 작가의 새로운 도전! 〈카르마 마스터〉
샹그릴라를 둘러싼 비밀까지 한큐로 날려 버린다!

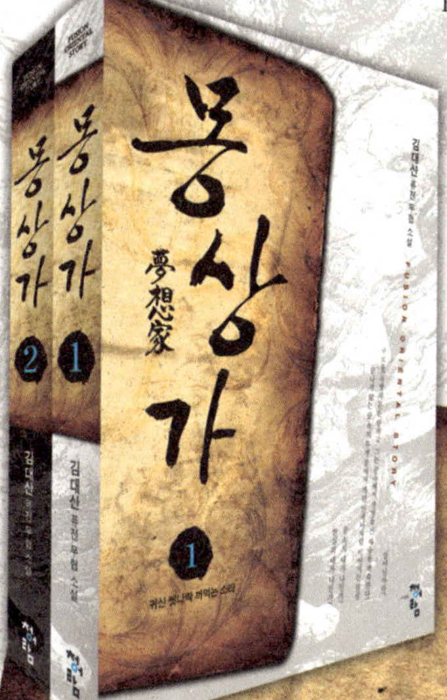

Book Publishing CHUNGEORAM

김대산
퓨전 무협 소설

몽상가
夢想家

"살아남아라!"

구르릉!
옥방의 문은 닫히고, 그는 꿈속에서 생명을 건 싸움을 계속한다!

끝나지 않는 꿈속의 투쟁, 꿈에서 깨면 언제나처럼 이어지는 현실.
꿈속의 내가 나인가? 현실의 내가 나인가?

이윽고, 두 개의 삶이 점차 하나가 되고……
그 끝에 기다리는 운명은?!

김대산의 여덟 번째 독특한 세상 〈몽상가〉!
전율로 감싼 꿈과 현실의 김대산류 이야기가 찾아온다!

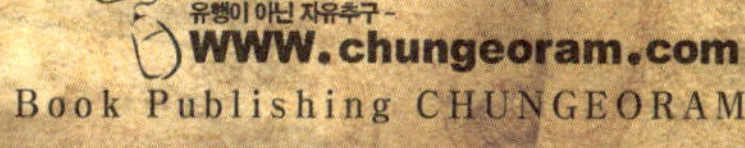

Book Publishing CHUNGEORAM